한시로
만나는
한국
현대시

한시로 만나는 한국 현대시

초판 1쇄 발행 · 2022년 4월 5일
초판 2쇄 발행 · 2022년 6월 10일

지은이 · 강성위
펴낸이 · 한봉숙
펴낸곳 · 푸른사상사

주간 · 맹문재 | 편집 · 지순이 | 교정 · 김수란, 노현정 | 마케팅 · 한정규
등록 · 1999년 7월 8일 제2-2876호
주소 · 경기도 파주시 회동길(서패동) 337-16
대표전화 · 031) 955-9111(2) | 팩시밀리 · 031) 955-9114
이메일 · prun21c@hanmail.net
홈페이지 · http://www.prun21c.com

ⓒ 강성위, 2022

ISBN 979-11-308-1905-1   03810
값 26,000원

漢詩

한시로 만나는 한국 현대시

강성위

푸른사상
PRUNSASANG

나는 산처럼 서서 널 생각한다.
吾立如山思吾君(오립여산사오군)

신석정(辛夕汀) 선생의 시 「서정소곡(抒情小曲)」에 보이는 이 시구 하나가 저자에게 우리 현대시를 한시(漢詩)로 옮기도록 하는 동기를 부여해주었다. 사실 그전에도 가끔 한글 카피나 문구 등을 한시 구절로 옮겨보고, 또 지인이 지은 한글시를 재미 삼아 한시로 재구성해보기는 했지만, 현대시를 본격적으로 번역해보려고 마음먹었던 것은 선생의 이 시구를 한시 구절로 만들어 지인들에게 소개한 뒤부터였다. 여기에 서울대학교 중문학과 이정훈 선생의 꼼꼼한 조언과 한국경제신문사 고두현 논설위원의 따스한 제안과 푸른사상사 맹문재 주간의 적극적인 배려가 더해져, 이 책이 마침내 세상에 나오게 되었다.

애초에는 원시(原詩) + 한역시(漢譯詩) + 중국어 번역시로 구성하여 중국에서 먼저 발표할 계획이었지만, 중국어로 옮길 전문 번역가를 섭외하는 일이 여의치 못하여, 부득불 발표 순서를 변경해서 한역한 시를 칼럼으로 엮어 소개하게 되었다. 과문(寡聞)인지 몰라도 중국의 현대시를 중국인 누군가가 한시로 옮겨 책을 낸 일이 있다는 말은 여태 들어본 적이 없다. 어쩌면 한시로의 번역에 한역 노트를 곁들인 이 책은 현대시를 한시로 옮긴 최초의 저작이 아닐까 싶다.

저자는 2019년 6월 26일부터 한국경제신문의 인터넷판인 한경닷컴에 "한국 현대시, 한시로 만나다"라는 코너를 열고 칼럼 집필을 시작하였다. 만 3년이 다 되어가는 이 기간 동안 거의 매주 1회씩 지금까지 연재한 칼럼이 총 130꼭지가 넘는다. 그리하여 책으로 간행하기로 마음먹었지만, 출판계의 사정 등을 감안해서 선집으로 선보일 수밖에 없는 상황이 그저 아쉽기만 하다. 이 책에 수록하지 못한 나머지 칼럼들은 부득이 후일을 기약하기로 한다.

　이 책은 전체적으로 5부로 구성되어 있다. 1부에서 4부까지는 시인들의 원시에 나타난 계절이나 칼럼 발표 시기 등을 종합적으로 고려하여 부를 편성하였으며, 각 부 안에서는 시인의 한글 이름 가나다순으로 작품을 배열하였다. 시인 한 명당 한 수씩 수록하는 것을 원칙으로 삼아 각 부마다 16수씩 도합 64수를 수록하였다. 4부까지의 모든 칼럼은, 일률적으로 "원시"를 앞에 두고, 그 다음에 저자의 "한역시"와 그에 대한 "주석"을 곁들였으며, 마지막에 저자의 한역시에 대한 직역(直譯)인 "한역의 직역"을 첨부한 뒤에 "한역 노트"라는 이름으로 해설을 적었다. 5부는 저자의 자작 한글시 1편을 시인들의 시처럼 칼럼으로 엮은 한 꼭지와 자작 한시를 칼럼으로 작성한 여섯 꼭지로 이루어졌다. 말하자면 5부는 저자의 작품만 따로 다룬 부록(附錄)이 되는 셈이다.

　우리 현대시를 한역하는 과정에서 불가피하게 원시에는 없는 말이 더러 보태지기도 하였고, 원시에는 있는 말이 더러 빠지기도 하였다. 또한 한글과 한문의 언어 생리가 다른 탓에 시구(詩句)의 순서가 더러 바뀌기도 하였다. 이 점 두루 양해를 구하는 바이다. 그리고 한경닷컴을 통해 소개할 때와는 자구(字句)가 약간 달라진 꼭지도 일부 있지만, 대개는 원형을 그대로 유지하였다.

이 지면을 통해 특별히 감사의 뜻을 표해야 할 두 분 선생님이 계신다. 한 분은 저자의 고등학교 선배님이자 고려대학교 한문학과 명예교수이신 김언종 선생님이고, 다른 한 분은 저자의 대학교 선배님이자 서울대학교 중문학과 명예교수이신 이영주 선생님이다. 이 두 분 선생님은 저자를 위하여 추천사를 기꺼이 써주셨을 뿐만 아니라 저자가 한역 과정에서 범한 이런저런 오류까지 바로잡는 수고를 마다하지 않으셨다. 그 은혜를 어찌 형언(形言)할 수 있겠는가!

저자가 칼럼을 집필하고 이 선집을 엮으면서 느꼈던 감회를 단 한 구절로 요약하면 아래와 같다.

강호는 넓고 좋은 시는 많다
江湖廣大好詩多(강호광대호시다)

다만 저자의 역량이 턱없이 부족하여 눈길과 손길이 두루 미치지 못한 것이 그저 안타깝고 면구스러울 따름이다. 이 척박한 물질만능의 시대를 살면서도 시의 영토를 꿋꿋하게 지키고 있는 이 땅의 모든 시인들께 고요히 고개 숙인다.

2022년 경칩(驚蟄)을 앞두고
구로(九老) 학우재(學牛齋)에서 태헌(太獻) 강성위(姜聲尉) 삼가 적음

한시(漢詩)로 만나는 한국 현대시

2부 그대가 초롱초롱 별이 되고 싶다면

3부 보름달 하나 솔가지에 걸어뒀소

차례

4부 그대에게 가는 길

1

온 천지가 꽃이라도

저무는 우시장

고두현

판 저무는데

저 송아지는
왜 안 팔아요?

아,
어미하고
같이 사야만 혀.

❀ 태헌의 한역

薄暮牛市(박모우시)

牛市將欲罷(우시장욕파)
彼犢何不賣(피독하불매)
乃日彼黃犢(내왈피황독)
應與母牛買(응여모우매)

❀ 주석

· 薄暮(박모) 저물 무렵, 땅거미가 질 무렵. · 牛市(우시) 우시장. · 將欲罷(장욕파) 장차 파하려고 하다, 막 끝나려고 하다. · 彼犢(피독) 저 송아지. · 何不賣(하불매) 어째서 팔지 않는가, 왜 팔지 않는가? · 乃日(내왈) 이에 말하다. · 彼黃犢(피황독) 저 누런 송아지, 저 송아지. · 應(응) 응당 ~해야 한다. · 與母牛買(여모우매) 어미 소와 함께 사다.

저무는 우시장

우시장이 막 파하려는데
"저 송아지는 왜 안 팔아요?"
말하기를, "저 송아지는
어미 소와 함께 사야 해."

✻ 한역 노트

젊거나 어린 세대들은 소를 사고파는 우시장(牛市場)을 직접 본 적이 거의 없겠지만, 농사를 짓는 집이라면 너 나 없이 소가 거의 재산 목록 1호였던 시절에 우시장은 없어서는 안 되는 시장이었다. 시(詩)에서는 이 우시장에 송아지밖에 살 수 없는 농부와 그 아이만을 등장시키고 있지만, 어미 소에 더해 송아지까지 팔아야 하는 농부도 저만치 보인다. 가슴에 사연을 묻어두고 우시장에서 눈길이 마주치기도 했을 두 농부의 마음은, 해 질 녘에 날리는 저녁노을처럼 타들어가고 있었을 것이다. 어쩌면 결국 둘 다 다음 장이나 다른 장을 기약하며 왔던 길을 되밟아 돌아갔음 직하다. 새 식구, 송아지를 만날 기대감에 한껏 들떠 있었을 아이는 이미 어두워진 길을, 아버지 뒤를 따라 고개 숙이고 타박타박 걸었지 않을까? 어둠이 깔린 그 농로(農路)를 그려보다가 역자는 어린 시절의 역자를 만날 수 있었다.

소를 살 때 어른들을 따라 우시장에 가본 적이 없는 역자는 이 시를 볼 때면, 우시장의 풍경보다는 집에서 우시장으로 실려 가던 송아지의 모습이 먼저 떠오른다. 경운기에 실려 집과 어미 소를 떠나가던, 햇살보다 눈부신 울음을 울던 송아지의 눈망울을 보며 눈물지었던 어린 시절의 아픔이, 인간 세상의 비애임을 알게 된 것은 제법 오랜 세월이 흐른 뒤의 일이었다. 처자식을 먹여 살리거나 자식들 뒷바라지를 위해, 사람밖에 할 수 없는 일을 사람이라서 해야 했던 그 시절 아버지들의 마음은 또 얼마나 힘들었을까?

비애를 말하지 않았지만 비애가 있고, 눈물을 보여주지 않았지만 눈물이 있는 이런 시는 우리를 어린 시절 그쯤으로 데려가주는 타임머신 같은 것이 아닐까 하는 생각이 든다. 시인도 어쩌면 그 비슷한 회억(回憶) 속에서 이 시를 지었을 법하다. 곰곰이 생각해보면 인생에는 눈물이 없는 때가 없는 듯하다. 이은상 선생이 「가고파」에서 "그 눈물 없던 때"라고 한 어린 시절 또한 그러했으니 말이다.

3연 6행으로 이루어진 원시를 역자는 오언(五言) 4구(句)의 고시로 한역(漢譯)하였다. 이 시의 압운자(押韻字)는 '賣(매)'와 '買(매)'이다.

봄날은 간다

구양숙

이렇듯 흐린 날엔 누가
문 앞에 와서
내 이름을 불러주면 좋겠다

보고 싶다고 꽃나무 아래라고
술 마시다가
목소리 보내오면 좋겠다

난리 난 듯 온 천지가 꽃이라도
아직은 니가 더 이쁘다고
거짓말도 해주면 좋겠다

✽ 태헌의 한역

春日去(춘일거)

如此陰日來門前(여차음일래문전)
誰呼吾名吾自喜(수호오명오자희)
花下酒中忽憶吾(화하주중홀억오)
打電傳音吾自喜(타전전음오자희)
花雖滿地汝猶美(화수만지여유미)
故吐虛言吾自喜(고토허언오자희)

·春日去(춘일거) 봄날이 가다. ·如此(여차) 이렇듯, 이처럼. ·陰日(음일) 흐린 날. ·來門前(내문전) 문 앞으로 오다, 문 앞에 오다. ·誰呼吾名(수호오명) 누가 내 이름을 부르다. ·吾自喜(오자희) 내가 저절로 기뻐지다, 내가 스스로 기뻐하다. ·花下(화하) 꽃(나무) 아래에서. ·酒中(주중) 술을 마시는 중에, 술을 마시다가. ·忽(홀) 문득, 불현듯. ·憶吾(억오) 나를 생각하다. 원시의 "보고 싶다고"를 역자가 의역한 표현이다. ·打電(타전) 전화를 걸다. 한역의 편의를 위하여 원시에 없는 말을 역자가 임의로 보탠 것이다. ·傳音(전음) [목]소리를 전하다. ·花(화) 꽃. ·雖(수) 비록 ~할지라도. ·滿地(만지) 땅에 가득하다, 천지에 가득하다. ·汝猶美(여유미) 네가 오히려 예쁘다. ·故(고) 짐짓, 일부러. 한역의 편의를 위하여 원시에 없는 말을 역자가 임의로 보탠 것이다. ·吐虛言(토허언) 거짓말을 하다.

❀ 한역의 직역

봄날은 간다

이렇듯 흐린 날에 문 앞에 와서
누가 내 이름 불러주면 난 절로 기쁘겠다
꽃 아래서 술 마시다 불현듯 내가 생각나
전화 걸어 목소리 전해주면 난 절로 기쁘겠다
"꽃이 천지에 가득해도 네가 오히려 예쁘다"고
일부러 거짓말도 해주면 난 절로 기쁘겠다

❀ 한역 노트

흐린 날은 누구나 우울해지기 쉽다. 그런 날 나를 찾아와 내 이름을 불러주는 친구가 있다면, 커피를 내려 권하고 음악을 들으면서 유쾌하게 수다도 떨며, 봄날 한때를 즐길 수 있을 것이다. 그것이 아니라면, 가볍게 술잔을 주고받으며 얘기 나누는 것도 그리 나쁘지는 않을 것이다. 그런데 시인의 문 앞에 와서 이름을 불러주는 친구가 지금은 없다.

봄밤에 꽃나무 아래서 술을 마셔본 사람이라면, 그것이 얼마나 운치가 있는 풍류(風流)인지를 알 것이다. 그러나 그런 술자리라도 친구가 전화를 걸어 무작정 나오라고 하면, 난감하다 못해 당황스럽거나 괴로울 때가 많다. 친구의 요구에 응하지 못할 특별한 사정이 없더라도 상황이 별반 다르지 않은 것은, 예정에도 없던 즉석 호출이 때로 불편할 수도 있기 때문이다. 바로 그럴 때에 그냥 전화를 걸어 분위기가 너무 좋다며, 네가 보고 싶다며 이런 저런 얘기를 들려준다면 오히려 고맙지 않을까 싶다. 취기로 인한 친구의 객쩍음 때문에 얼마간의 시간 손실은 각오해야겠지만 말이다. 그런데 그런 곳에서 술을 마시며 시인에게 전화를 해주는 친구가 지금은 없다.

봄은 꽃들의 세상이다. 온갖 종류의 꽃들이 천자만홍(千紫萬紅)으로 피어나면 정말이지 정신이 아뜩할 정도가 된다. 그런 때문일까? 옛날부터 사람들은 미녀를 꽃에 견주는 경우가 많았다. 말을 알아듣는 꽃이라는 뜻의 '해어화(解語花)'가 양귀비(楊貴妃)를 지칭한 것이기는 하지만, 후대에는 미녀의 대명사로 자주 쓰였다. 여기서 더 나아가 꽃보다 더 예쁘다고 한다면, 미녀에 대한 찬사로는 최고라고 할 수 있을 것이다. 한동안, 아니 오랫동안 꽃보다 더 예쁘다는 말을 들었을 시인에게 이 말을 들려주는 사람이 이제는 없는 듯하다. 살다 보면 거짓말이 때로 진실보다 더 인간적이고 그리울 때가 있다. 그러므로 거짓말인 줄 알면서도 아직은 꽃보다 더 예쁘다는 말을 듣고 싶은 사람이 시인 한 사람뿐은 아닐 것이다. 역자의 짐작에는 시인 또래 여성들의 대다수가 그런 마음이지 않을까 싶다.

찾아오는 친구도, 술자리에서 전화를 걸어주는 친구도, 거짓말을 해주는 사람도 없는 가운데 봄날은 간다. 눈앞의 봄과 함께 인생의 봄도 보내야만 하는 시인의 마음자리가 안타깝기만 하다. 가는 세월을 머물러둘 수가 없기에 우리는 그저 지켜볼 수밖에 없다. 흘러간 강물이나 날아간 홀씨처럼, 지나간 청춘도 다시는 돌아오지 않는다. 그러기에 막바지 청춘의 끝자락에 서 있을 듯한 시인의 심사가 바로 독자의 심사가 되어 애잔하게 다가오는 것이다.

시에서 직접적으로 언급되지는 않은 이 시의 제목은 오래된 대중가요 〈봄날은 간다〉에서 취하였을 것이다. 제목에 유의하면서 이 시를 감상하노라면, "아직은"이라는 단어 하나가 예사롭지 않게 눈에 들어온다. "아마 곧 ~하게 되겠지만"이라는 앞말이 생략된 이 단어야말로 제목이 주는 비애감을 절박하게 내보이는 말이라 할 수 있을 듯하다.

역자는 3연 9행으로 이루어진 원시를 6구의 칠언고시(七言古詩)로 재구성하였다. 한역하는 과정에서 제2연의 경우는 시어의 배열을 다소 파격적으로 가져가면서 생략된 시어도 보충하였다. 3연에서는 일부 시어의 한역을 생략하였으며, 모든 연 끝에 반복적으로 보이는 "좋겠다"는 의미를 다소 풀어서 한역하였다. 이 한역시는 짝수구마다 동자(同字, 같은 글자)인 '嘻(희)'로 압운(押韻)하였다.

제법 여러 해 전 꽃이 좋던 어느 봄날 밤에, 한 가인(佳人)의 사진을 보다가 불현듯 시상이 일어 지어보았던 졸시 하나를 말미에 붙여둔다. 이런 시가 공연히 부끄러움을 더하는 일이란 걸 모르지 않지만 속절없이 지는 꽃이, 또 속절없이 가는 세월이 아쉬워 허허롭게 느낀 마음 자락을 표해 두는 것일 뿐이니, 너무 허물하지는 마시길 바란다.

春宵(춘소)

春宵花影低(춘소화영저)
何事眞淸逸(하사진청일)
非酒亦非詩(비주역비시)
枕依佳女膝(침의가녀슬)

봄밤

봄날 밤 꽃그늘 아래에서
무슨 일이 정말 멋있을까
술도 아니고 시도 아니고
미인의 무릎 베는 것이리

흰 밥

김용택

해는 높고
하늘이 푸르른 날
소와 쟁기와 사람이 논을 고르고
사람들이 맨발로 논에 들어가
하루 종일 모를 낸다
왼손에 쥐어진
파란 못 잎을 보았느냐
캄캄한 흙 속에 들어갔다 나온
아름다운 오른손을 보았느냐
그 모들이
바람을 타고 쓰러질 듯 쓰러질 듯 파랗게
몸을 굽히며 오래오래 자라더니
흰 쌀이 되어 우리 발 아래 쏟아져
길을 비추고
흰 밥이 되어
우리 어둔 눈이 열린다
흰 밥이 어둔 입으로 들어갈 때 생각하라
사람이 이 땅에 할 짓이 무엇이더냐

白飯(백반)

日高春天碧碧日(일고춘천벽벽일)

人驅耒牛治水田(인구뢰우치수전)

衆人赤足入田裏(중인적족입전리)

盡日揷秧無休眠(진일삽앙무휴면)

君不見左手中靑靑稻苗(군불견좌수중청청도묘)

又不見黑泥裏入出右手(우불견흑니리입출우수)

稻秧因風欲倒下(도앙인풍욕도하)

靑靑屈身生長久(청청굴신생장구)

終竟爲白米(종경위백미)

照耀吾前路(조요오전로)

終竟爲白飯(종경위백반)

開敞吾暗眸(개창오암모)

白飯呑口時(백반탄구시)

吾子思而思(오자사이사)

人生於世間(인생어세간)

所事竟是何(소사경시하)

❋ 주석

· 白飯(백반) 흰 밥. · 日高(일고) 해가 높다. · 春天(춘천) 봄 하늘. · 碧碧日
(벽벽일) 푸르른 날, 푸르디푸른 날. · 人驅耒牛(인구뢰우) 사람이 쟁기와 소를 몰
다, 사람이 쟁기를 메운 소를 몰다. · 治水田(치수전) 논을 고르다. '水田'은 논을 가
리킨다. · 衆人(중인) 여러 사람들. · 赤足(적족) 맨발. · 入田裏(입전리) 전답 안
에 들어가다. 여기서 전답은 논을 가리킨다. · 盡日(진일) 진종일, 온종일. · 揷秧

(삽앙) 모를 심다, 모를 내다. ·無休眠(무휴면) 쉼이 없다, 쉴 겨를이 없다. ·君不見(군불견) 그대는 ~을 보지 못했는가? ·左手中(좌수중) 왼손 안. ·靑靑稻苗(청청도묘) 푸르고 푸른 못 잎. ·又不見(우불견) 또 ~을 보지 못했는가? ·黑泥裏(흑니리) 검은 흙 속. ·入出(입출) 들고 나다, 들어갔다 나오다. ·右手(우수) 오른손. ·稻秧(도앙) 볏모. ·因風(인풍) 바람으로 인하여. ·欲倒下(욕도하) 쓰러지려고 하다. ·靑靑(청청) 푸르고 푸르게. ·屈身(굴신) 몸을 굽히다. ·生長久(생장구) 오래 자라다. ·終竟(종경) 마침내. ·爲白米(위백미) 흰 쌀이 되다. ·照耀(조요) ~을 비추다. ·吾前路(오전로) 우리의 앞길. ·爲白飯(위백반) 흰 밥이 되다. ·開敞(개창) ~을 활짝 열다. ·吾暗眸(오암모) 우리의 어두운 눈. ·呑口時(탄구시) 입으로 삼킬 때, 입으로 들일 때. ·吾子(오자) 그대. ·思而思(사이사) 생각하고 또 생각하다. ·人生(인생) 사람으로 살다. ·於世間(어세간) 세상에서. ·所事(소사) 일삼을 바, 할 일. ·竟是何(경시하) 마침내 무엇일까? 과연 무엇인가?

✽ 한역의 직역

흰 밥

해 높고 봄 하늘 푸르른 날

사람이 쟁기와 소 몰아 논 고르고

사람들은 맨발로 논에 들어가

하루 종일 모 내느라 쉴 겨를 없네

그대는 보지 못했는가?

왼손 안에 있는 푸르고 푸른 못 잎을!

또 보지 못했는가?

검은 흙 속으로 들어갔다 나온 오른손을!

모들이 바람 때문에 쓰러질 듯하면서도

푸르고 푸르게 몸 굽히며 오래 자라더니

마침내 흰 쌀이 되어

우리 앞길을 비추고

마침내 흰 밥이 되어

우리 어둔 눈을 열었지
흰 밥을 입으로 들일 때
그대여, 생각하고 생각하라!
사람으로 이 세상에 살면서
할 일이 과연 무엇인지를……

✳ 한역 노트

살기 위해 먹든, 먹기 위해 살든 누구나 다 밥을 먹는다. 고관대작들도 밥을 먹고 지하도 노숙자들도 밥을 먹는다. 성찬(盛饌)이든 소찬(素饌)이든 먹고사는 것은 마찬가지지만, 요컨대 그 밥값을 버는 방법과 밥값을 하는 모양새는 저마다 다르다. 각설이 품바 타령도 따지고 보면 밥값을 벌고 밥값을 하기 위한 하나의 몸부림으로 간주할 수 있을 것이다. 그런데 정작 밥값은 꼬박꼬박 받으면서도 밥값을 하지 못하는 사람들을 우리는 과연 어떻게 이해해야 할까?

밝히기가 정말 부끄럽지만 역자는 사실 고교 시절에 이미 음주를 하였다. 고교 2학년 시절 여름 방학에 친구들과 밤늦도록 술을 진탕 퍼먹고는 늘어지게 자고 일어난 적이 있었더랬다. 점심시간도 한참 지난 시각이라 배가 고파 혼자 찬물에 밥을 말아 먹고 있었는데, 아버지께서 불쑥 방문을 여시더니 역자를 한심하게 내려다보시고는, "밥이 아야 소리 안 하다?[밥이 아프다는 소리를 안 하더냐?]"라고 하셨다. 역자가 아버지께 들은 여러 책망의 말 가운데 가장 아프게 다가온 것이었다. '밥값도 못 하는 한심한 놈'이라는 뜻의 이 말은 이상하게도 역자에게는 두고두고 힘을 주는 말이 되었다. 그리하여 "무얼 하든 밥값은 하자."는 것이 역자에게는 평생의 좌우명처럼 되었다. 역자는, 선생이 선생답지 못하거나 학생이 학생답지 못하다면 밥값을 못하는 것으로 이해한다. 평범한 듯하지만 '답다'는 것은 정말 무서운 말이 아닌가!

"사람이 이 땅에 할 짓이 무엇이더냐"라며 밥값 하기를 권하는 김용택 시인의 이 시를 읽고 있노라면, 역자는 당(唐)나라 시인 이신(李紳)의 「민농 (憫農, 농민들을 불쌍히 여기며)」이라는 시가 떠오른다.

　　　鋤禾日當午(서화일당오)
　　　汗滴禾下土(한적화하토)
　　　誰知盤中餐(수지반중찬)
　　　粒粒皆辛苦(입립개신고)

　　　벼에 호미질하자니 해가 한낮이 되었는데
　　　벼이삭 아래 흙에 땀이 방울져 떨어지네.
　　　누가 알리요, 밥상 위의 쌀밥
　　　알알이 모두가 농민들 수고한 것임을!

　쌀을 뜻하는 '米' 자를 파자(破字)하면 '八十八'이 되는데 혹자는 밥알 한 톨이 만들어지기까지 여든여덟 번의 손길이 가야 한다고 해서 만들어 진 글자로 보기도 하나, 기실은 이삭 하나[가로선]에 여러 개의 낱알[여섯 개 의 점]이 달린 것을 형상화한 상형문자이다. 어쨌거나 쌀밥 한 톨 한 톨에 농민들의 숱한 신고(辛苦)가 밴 것임은 틀림이 없다.

'米'의 고문자

　연 구분 없이 18행으로 이루어진 원시를 역자는 16구의 한시로 재구성 하였다. 오언과 칠언은 물론 십언(十言) 시구(詩句)까지 사용하였으며, 원 시의 일부 시어는 시화 과정에서 누락시키는 한편 마지막 2행은 오언 4구 로 재구성하면서 원시에 없는 시어를 일부 보태기도 하였다. 짝수 구마다 압운을 하면서 4구마다 운을 바꾸었다. 이 시의 압운자는 '田(전)'·'眠(면)', '手(수)'·'久(구)', '路(로)'·'眸(모)', '思(사)'·'何(하)'이다.

우짤란지

엄마 말씀이
자가, 자가
저러다가
우짤란지 모르겠데이
결국엔
크게 다칠 낀데
그래, 보라카이
그 높은 이름에 먹칠했지
더 어떤 망칠 일 있겠노?
돈, 그기 머라꼬!?

표준어 버전

어쩌려는지

엄마 말씀이
쟤가, 쟤가
저러다가
어쩌려는지 모르겠다
결국엔
크게 다칠 건데
그래, 보거라
그 높은 이름에 먹칠했지
더 어떤 망칠 일 있겠느냐?

돈, 그게 무엇이라고!?

❀ 태헌의 한역

將如何(장여하)

母曰彼哉彼人哉(모왈피재피인재)

如彼不知將如何(여피부지장여하)

行行至終局(행행지종국)

恐或受傷多(공혹수상다)

是也請細看(시야청세간)

高名遂蒙瑕(고명수몽하)

誤事焉有甚於此(오사언유심어차)

金錢彼又何物耶(금전피우하물야)

❀ 주석

· 將如何(장여하) 장차 어쩔까, 장차 어찌할까? · 母曰(모왈) 어머니가 ~라고 말
씀하시다. '母曰' 다음의 모든 내용이 어머니가 하신 말씀이다. · 彼哉(피재) 저이
여! · 彼人哉(피인재) 저 사람이여! ※ '彼'와 '彼人'은 같은 뜻인데 한역의 편의를 위
하여 말을 달리하면서 호격(呼格)으로 처리하였다. · 如彼(여피) 저와 같이, 저와 같
아서. 역자가 "저러다가"의 의미로 사용한 말이다. · 不知(부지) 알지 못하다, 모르
겠다. · 行行(행행) 가고 가다. 어떤 상태를 지속한다는 의미로 쓴 말이다. · 至終
局(지종국) 종국에 이르러, 결국에는. · 恐或(공혹) 어쩌면 혹, 거의, 아마. · 受傷
多(수상다) 상처받은 것이 많다, 상처를 많이 입다. ※ 이 구절은 원시의 "크게 다칠 낀
데"를 다소 의역한 표현이다. · 是也(시야) 옳거니, 그래! · 請細看(청세간) 자세히
보거라. '細'는 한역의 편의를 위하여 원시에는 없는 말을 역자가 임의로 보탠 것이다.
· 高名(고명) 높은 이름. · 遂(수) 마침내, 드디어. 한역의 편의를 위하여 원시에는
없는 말을 역자가 임의로 보탠 것이다. · 蒙瑕(몽하) 허물을 입다. 원시의 "먹칠했지"

를 다소 의역한 표현이다. ·誤事(오사) 일을 그르치다, 그르친 일. ·焉有(언유) 어찌 ~이 있으랴! ·甚於此(심어차) 이보다 심하다. ·金錢(금전) 돈. ·彼(피) 그것. ·又(우) 또, 도대체. ·何物耶(하물야) 무슨 물건이냐, 무엇이[더]냐!

장차 어찌할지

어머니가 말씀하시기를,
저 사람이, 저 사람이
저러다 장차 어찌할지 모르겠다.
가고 가 결국에는
아마 많이 다칠 텐데⋯⋯
그래, 자세히 보거라!
높은 이름이 마침내 허물을 입었지.
망칠 일이 이보다 심한 게 어찌 있겠냐?
돈, 그게 도대체 무슨 물건이라고!?

시인의 설명에 의하면 이 시는, 시인의 "엄마"가 텔레비전을 통해 어떤 젊은 정치인을 우려스럽게 지켜보다가 결국 그 우려가 현실이 되어버린 상황을 목도하고 자식들에게 권계(勸戒)의 뜻으로 들려준 말을 그대로 시화(詩化)한 것이라고 한다. 말하자면 "엄마"가 사회 비판을 위해서가 아니라 자식들 교육을 위하여 현실 정치 이야기를 들려주었다는 뜻이다. 성공적으로 높은 자리에 이르렀더라도 무리하게 돈을 좇다가 명예를 손상시키는 것보다 더 나쁜 일은 없다는 "엄마"의 가르침은, 기실 시인이 오늘날 우리 모두에게 들려주는 일종의 경책(警策)이기도 하다.

따지고 보면 누구나 꿈꾸는 성공적인 삶을 어떻게 이해해야 할까? 일

김원준 우형완자

31

반적인 의미에서 성공을 얘기하자면 무엇보다 "부귀공명(富貴功名)"이라는 말을 먼저 떠올릴 수 있지 않을까 싶다. 그런데 재미있는 것은, "부귀"는 보통 '부'와 '귀'의 병렬이 아니라 '부유하면서도 고귀함', 곧 '재산이 넉넉하고 지위가 높음'을 뜻하는 말로 쓰이는 데 반해, "공명"은 '공이 있고 명예로움'이 아니라 보통 '공적(功績)과 명예(名譽)'의 뜻으로 풀이된다는 점이다.

역자는, 좀은 엉뚱하게 잠시 "부귀"는 '부'와 '귀'의 병렬로, "공명"은 '공'과 '명'의 병렬로 간주하는 입장에서 이 네 가지를 통상적으로 얘기하는 성공의 척도로 삼아보고자 한다. 사실 부유하면서 고귀한 사람도 있지만, 부유하지만 고귀하지 않은 사람도 있고, 또한 고귀하지만 부유하지 않은 사람도 있기 때문에, "부귀"를 '부'와 '귀'의 병렬로 보는 것이 그리 무리가 되지는 않을 듯하다.

어쨌거나 이 부·귀·공·명이라는 네 요소 중에 하나만 제대로 누리거나 이루어도 성공했다고 할 수 있다면, 시 속의 "엄마"는 '부'를 낮추어 보고 '명'을 높게 본 것이므로, 성공에도 격이 있음을 에둘러 얘기한 것이라 할 수 있겠다. 그리고 세상에는 고귀하기만 하고 공이 없는 사람도 있고, 또 공은 있지만 명예를 잃어버린 사람도 있다. 그런데 부유하지 않아도, 고귀하지 않아도, 공이 없어도 명예를 지킬 수는 있다. 이렇게 보자면 성공의 척도 가운데 명예가 가장 윗자리에 놓이는 것이라고 할 수 있을 듯하다. 그렇다면 "높은 이름", 곧 명예에 먹칠한 것은 더 이상 나빠질 수 없다는 말이 된다. 명예를 잃어버리면 다른 것은 그다지 의미가 없다는 뜻이 아니겠는가!

그런데 지금 우리가 발 딛고 있는 현실은 어떠한가? 고귀한 자리에 있는 자들 가운데 상당수가 돈의 하수인이 된 지 이미 오래고, 심지어 명예마저도 돈으로 사고파는 시대가 되고 말았으니, "김중배의 다이어 반지가 그렇게도 탐이 났단 말이냐?"와 같은 유(類)의 질책은 그야말로 신파극에서나 만날 수 있을 뿐인 세상이 되었다고 해도 과언이 아니다. 이미 돈의 하수인이 되어버린 사람들에게 그 "엄마"의 말씀이 얼마나 절실하게 들릴까? 아니, 들리기나 하는 걸까?

이 시를 쓴 김원준 시인은 매우 특이한 이력의 소유자이다. 개인으로는 현재 대한민국에서 가장 많은 족보(族譜)를 보유하고 있으며, 30년이 넘는 세월 동안 시쳇말로 '돈이 되지 않는' 사설 족보도서관을 운영하면서 오로지 한 길만을 걸어왔다. 누군가가 꼭 해야 할 일을 하고 있기에 너 없이 아름다운 것이고, 명예는 분명 이런 분들에게도 있는 것이다. 조상들의 핏줄이나 조상들에게 시집온 할머니들의 핏줄이 혹시라도 궁금해지는 날에, 심심풀이 삼아 부천에 있는 족보도서관을 한번 찾아가보기 바란다. 거기에 가면 부귀와는 관계없는 공(功) 하나를 분명 만날 수 있을 것이다.

역자는 연 구분 없이 9행으로 이루어진 원시를 오언과 칠언이 섞인 8구의 고시로 재구성하였다. 짝수 구마다 압운하였으며 압운자는 '何(하)'·'多(다)'와 '瑕(하)'·'耶(야)'이다.

풀꽃

나태주

자세히 보아야
예쁘다
오래 보아야
사랑스럽다
너도 그렇다

❋ 태헌의 한역

草花(초화)

細觀則娟(세관즉연)
久觀應憐(구관응련)
吾君亦然(오군역연)

❋ 주석

· 草花(초화) 풀꽃. · 細觀(세관) 자세히 보다. · 則(즉) ~을 하면. · 娟(연) 예쁘
다. · 久觀(구관) 오래 보다. · 應(응) 응당. · 憐(연) 어여삐 여기다, 사랑하다, 사
랑스럽다. · 吾君(오군) 그대, 너. · 亦(역) 또, 또한. · 然(연) 그러하다, 그렇다.

❋ 한역의 직역

풀꽃

자세히 보면 예쁘다
오래 보면 사랑스럽다

너 또한 그렇다

이 시는 어쩌면 나태주 시인의 시 가운데 가장 널리 알려지고 가장 사랑받는 시가 아닐까 싶다. 시인의 공로를 기리기 위하여 시인의 고향인 공주에 설립한 문학관 이름이 "풀꽃"이고, 시인을 "풀꽃" 시인으로 칭하는 경우가 많은 것을 보면, 이 시를 시인의 출세작(出世作)으로 보아도 무방할 듯하다.

"풀꽃"을 소재로 한 이 시가 대상을 '보는 법'에 대하여 얘기한 것이기 때문에, 역자는 최근에 접한 『소크라테스 익스프레스』라는 책에서 다룬 소로(H. D. Thoreau)의 이야기가 자연스럽게 떠올랐다. 미국의 사상가이자 문학가인 소로는 기존의 이념을 초월하여 '보는 법'을 강조했는데 인식의 실재보다 자연의 실재에 더 큰 관심을 가졌고, 지식보다는 '보는 힘'을 중시하였다. 소로가 새롭게 보는 법으로 제시한 것이 마음의 렌즈를 닦고 스캔하듯이 지혜를 보는 것이라면, 나태주 시인이 제시한 보는 법은 돋보기를 대고 가만히 응시하듯 지혜를 보는 것이라고 할 수 있다.

자세히, 그리고 오랫동안 보면 세상에 아름답지 않은 것이 없다는 것이 시인의 생각일 듯하다. 그러한 시인의 뜻이 어디로 향하고 있는가를 알게 하는 글자는 바로 "너"라는 글자 뒤에 붙은 조사(助詞) "도"이다. 사실 이 조사가 아니라면 이 시는 멋있지만 다소 단조로운 시가 되고 말았을 것이다. 시가 짧으면서도 단조롭다는 것은 치명적인 약점이 될 수도 있다.

그러나 시인은 원숙한 대가(大家)답게 단 하나의 조사로 독자의 마음을 송두리째 사로잡았다. 이 시에서의 "너"는 당연히 풀꽃이므로 조사 "도"로 추정하건대 또 다른 존재 역시 풀꽃과 닮았다는 것을 알 수 있다. 그 '또 다른 존재'는 누구일 수도 있겠고, 무엇일 수도 있겠다. 시인이 시시콜

콜하게 다 말하지 않았기 때문에, 시가 비록 짧아도 독자의 상상력에 의해 얼마든지 늘어날 수 있게 되었다. 이것은 분명 시인이 의도한 시의 탄력성이다. 그러니 역자가 역자의 생각을 다 말하지 않는 것 역시 시인의 뜻에 공감하는 표현이 될 것이다.

'대충', 그것도 '잠깐' 보고 나서 누군가를 다 파악한 것처럼 자신만만하게 얘기하는 자들이 가끔 있다. 그런 사람들을 볼 때마다 역자는, '당신 역시 타인에게 그렇게 평가될 수 있다는 것을 알아야 한다.'는 경고의 말을 들려주고 싶었지만, 역자 역시 그러지는 않았나 싶어 운을 떼지 못한 적이 적지 않았다. 주관적인 선입견을 배제하고 성급한 판단을 내리지 않는 것이 누구에게나 쉽지만은 않을 것이다. 이 시는 바로 그런 오류에 대한 질책의 뜻으로도 읽힌다. 일찍이 공자(孔子)께서 말씀하셨던 것처럼, 내가 원하지 않는 것을 남에게만 적용시키거나 강요하는 것은 비겁을 넘어 이미 죄악이 될 수 있다. 세상에 넘쳐나는 '내로남불'에 역자가 도저히 수긍할 수 없는 이유가 바로 여기에 있다.

장미는 대충 보아도 예쁘지만, 풀꽃은 자세히 보아야 예쁘다. 장미는 잠깐 보아도 사랑스럽지만, 풀꽃은 오래 보아야 사랑스럽다. 사람들은 장미꽃 같은 아름다움에 익숙하기 때문에 풀꽃 따위에는 그다지 관심도 두지 않는다. 그러나 생각해보라. 세상의 모든 꽃이 장미일 뿐이라면 장미가 장미겠는가? 장미의 아름다움이 돋보이는 것은, 금방은 보이지 않는 풀꽃 같은 아름다움도 있기 때문이다. 그러므로 우리는 고개 들어 장미만 볼 것이 아니라, 허리 굽혀 풀꽃도 볼 필요가 있는 것이다.

역자는 연 구분 없이 5행 25자로 이루어진 원시를, 3구의 사언시(四言詩)로 재구성하였다. 매구마다 압운을 하였으므로 이 한역시의 압운자는 '娟(연)'·'憐(연)'·'然(연)'이 된다.

흰 구름

박종해

"울지 마라
너가 울면 내가 빨리 못 간다."

먼먼 길을 떠나시며
어머니께서 하신 말씀이다.

어머니는 어디로 그렇게 서둘러 가신 것일까.
동산머리에 흰 구름이 피어 오른다.
구름은 피어 하늘을 떠돌다가
내가 잠시 한눈을 파는 사이
어디로 갔는지 사라지고 없다.

❋ 태헌의 한역

白雲(백운)

莫泣汝若泣(막읍여약읍)
吾不能速去(오불능속거)
將登遠路時(장등원로시)
母親向余語(모친향여어)
母親恩恩去何處(모친총총거하처)
小山頭上白雲浮(소산두상백운부)
浮雲遊回天空中(부운유회천공중)
余暫顧他跡忽無(여잠고타적홀무)

❋ 주석

· 白雲(백운) 흰 구름. · 莫泣(막읍) 울지 마라! · 汝若泣(여약읍) 네가 만약 울면.
· 吾(오) 나. · 不能(불능) ~을 할 수 없다. · 速去(속거) 빨리 가다. · 將(장) 장
차. 아직 미발(未發)의 상황이기 때문에 이를 고려하여 역자가 임의로 보탠 시어이다.
· 登遠路(등원로) 먼 길에 오르다, 세상을 떠나다. · 時(시) ~할 때에, ~할 적에.
· 母親(모친) 어머니. · 向余(향여) 나를 향해, 나에게. · 語(어) 말하다. · 恖恖
(총총) 다급하게, 바쁘게, 서둘러. · 去何處(거하처) 어디로 가는가? · 小山(소산)
작은 산, 동산. · 頭上(두상) 머리 위. · 浮(부) 뜨다, 떠 있다. 원시의 "피어 오른다"
를 역자가 임의로 고쳐 한역한 표현이다. · 浮雲(부운) 뜬구름. · 遊回(유회) 떠돌
아다니다, 떠돌다. · 天空中(천공중) 하늘 가운데, 하늘에. · 暫(잠) 잠시. · 顧他
(고타) 다른 것을 돌아보다, 딴전을 피우다, 한눈을 팔다. · 跡(적) 자취, 종적. 한역
의 편의를 위하여 원시에 없는 말을 역자가 임의로 보탠 것이다. · 忽(홀) 문득, 갑자
기. 이 역시 한역의 편의를 위하여 원시에 없는 말을 역자가 임의로 보탠 것이다. · 無
(무) 없다, 없어지다. 원시의 마지막 구절을 역자가 함축적으로 나타낸 말이다.

❋ 한역의 직역

흰 구름

"울지 마라! 네가 울면
내가 빨리 갈 수 없다."
장차 먼 길 오르실 적에
어머니께서 내게 하신 말씀이다.
어머니는 서둘러 어디로 가신 걸까?
동산 머리 위에 흰 구름이 떴다.
뜬구름이 하늘에서 떠돌더니
내 잠시 한눈파는 새 종적 문득 사라졌다.

❋ 한역 노트

시인처럼 부모님이 운명할 때 임종한 자식을 뜻하는 말인 '종신자식(終

身子息)'은 이상하게도 출처나 유래가 확인되지 않는다. 어쩌면 민간에서 만들어져 지금까지 쓰이고 있는 것은 아닐지 모르겠다. 역자는 어려서부터 종신자식은 하늘이 낸다는 말과 함께, 예로부터 부모님의 마지막 길을 지켜보는 것을 매우 큰 효도로 여겼다는 얘기를 집안 어른들로부터 자주 들어왔다.

어느 마을 효자가 아버지의 마지막 길을 지켜보려고 같은 방에서 침식(寢食)까지 하며 병수발을 들었는데, 어느 날 잠깐 측간을 다녀오는 사이에 아버지가 세상을 떠나버려 원통해하며 한없이 통곡했다고 한 할아버지의 얘기를 귀를 쫑긋거리며 들었던 기억이 새삼스럽다. 역자의 먼 친척 가운데 한 분에게는 이런 일도 있었다. 임종을 하고자 두어 달 휴직까지 하고서 고향으로 내려와 병수발을 드는 중에, 찾아온 친구가 있어 담벼락에 나란히 쪼그리고 앉아 담배 두어 대 태울 정도의 시간 동안 얘기하고 일어섰는데 그새 어른이 돌아가셨더라는 것이었다. 아마도 이런 일들 때문에 종신자식은 하늘이 낸다는 말이 생겨났을 듯하다.

그렇지 않아도 여러 가지로 힘든 시기인데 슬퍼서 읽기 힘든 시를 왜 소개하느냐고 타박할 독자가 계실지 모르겠다. 그러나 생각해보라! 힘들지만 가야 할 길이 있듯, 슬프지만 해야 할 얘기도 있는 법이다. 삶과 죽음에 관한 얘기를 힘들거나 슬프다는 이유로 묻어둘 수만은 없지 않은가! 그리하여 역자는 이 힘겨운 시기에도 아랑곳 않고 이 시를 소개하게 되었다. 기록된 것은 그것이 기쁨이든 슬픔이든 훗날 모두 역사가 된다. 그런 의미에서 이 시는 시인의 가족사(家族史)의 한 장면으로 간주해도 손색이 없을 것이다.

역자는 이 시를 감상하면서 슬프지만 결코 슬프지 않은 시라는 느낌을 받았다. 때가 되면 가야 하는 것도 인생이고, 때가 되면 보내야 하는 것도 인생이라는 생각이 들었기 때문이다. 그리고 이 시에서 언급하고 있는 '일'들이 하나의 공간 안에서 이루어진 것이 아니라는 사실에 주목하였다. 이 시의 공간 설정은 연에 따라 다른데 1연과 2연은 병실로, 3연은 선영이 있는 시인의 고향이거나 추모공원 등의 장소로 추정된다. 이 시의 공간 설정에 대한 이해는, 이 시의 제목이기도 하고 핵심 소재이기도 한 "흰 구름"에 대한 이해와 맞물려 있다.

이 시에서의 "흰 구름"은 한마디로 시인의 어머니 영혼의 투영체라고 할 수 있다. 어머니의 영혼이 슬퍼하는 자식을 위하여 흰 구름으로 동산 머리에 떠서 하늘을 서성이다가 자식이 잠시 다른 것도 돌아보는 것을 알고는 조용히, 그리고 흔적도 없이 먼 곳으로 가셨다는 뜻으로 이해된다. 여기서 시인이 한눈팔았다는 것은 슬픔 속에서도 약간의 일상을 돌아보았다는 의미로 보는 것이 타당할 듯하다. 시인의 눈길이 계속하여 영혼의 투영체인 흰 구름에만 머물러 있었다면 어머니의 영혼은 쉽사리 떠날 수가 없으셨을 테니까 말이다. 그러므로 시인이 한눈판 것은 결과적으로 어머니의 영혼을 보내드린 것이 된다.

이 시에서의 "흰 구름"은 달리 인간사가 덧없고 단촉한 것임을 보여준 것이기도 하다. 삶이란 한 조각 뜬구름이 이는 것이요, 죽음이란 한 조각 뜬구름이 사라지는 것[生也一片浮雲起 死也一片浮雲滅]이라는 생성과 사멸의 원리는 어머니의 삶에도 그대로 적용되어 남은 자식의 마음자리를 이토록 허허롭게 하는 것이다.

이보다 앞서 병실에서 울먹이며 어머니의 마지막 길을 지켜보고 있었을 시인에게 들려준 어머니의 말씀은 단호하고 비장하기까지 하여 깊은 울림을 준다. 다시는 못 올 길을 가는 어머니를 붙들고 싶어도 붙들 수 없는 자식의 마음과 가야 할 길을 알고 서둘러 가려고 하는 어머니의 마음이 교차하는 그쯤에서 나왔을 이 "말씀"이 역자의 경우와 마찬가지로 시를 감상하는 독자들에게도 많은 것을 생각하게 할 듯하다.

역자는 3연 9행으로 이루어진 원시를 오언 4구와 칠언 4구로 구성된 고시로 한역하였다. 오언구와 칠언구는 압운을 달리하였으며, 모두 짝수 구에 압운하였다. 그러므로 이 한역시의 압운자는 '去(거)'·'語(어)', '浮(부)'·'無(무)'가 된다.

책 시

송창선

좋은 책은 향기입니다
숨이 깃들어
손끝에서 피어나고
가슴을 적시는
삶의 향기입니다

좋은 책은 풀잎입니다
바람 맞으며
흙에 뿌리 내리고
몸을 푸르게 하는
삶의 노래입니다

좋은 책은 꽃입니다
어둠 속에서
별빛 모으고
눈을 맑히는
삶의 자랑입니다

오늘도
그런 책 속에서
가꾸고
꿈꿉니다

書冊之詩(서책지시)

好書卽香薰(호서즉향훈)

氣息久隱伏(기식구은복)

開卷手端發(개권수단발)

浥胸人生馥(읍흉인생복)

好書卽草葉(호서즉초엽)

風來不憚搖(풍래불탄요)

土中恒植根(토중항식근)

靑身人生謠(청신인생요)

好書卽花朶(호서즉화타)

暗中集星光(암중집성광)

白日開而示(백일개이시)

淸目人生揚(청목인생양)

今日亦書裏(금일역서리)

養吾夢優美(양오몽우미)

❀ 주석

·書冊(서책) 책. ·之(지) ~의. 앞말을 관형어로 만드는 구조 조사. ·詩(시) 시.
·好書(호서) 좋은 책. ·卽(즉) 즉, 곧, 바로 ~이다. ·香薰(향훈) 향기. ·氣息
(기식) 숨을 내쉬고 들이쉬는 기운, 숨. ·久(구) 오래, 오래도록. 한역의 편의를 위
하여 원시에는 없는 말을 역자가 임의로 보탠 것이다. ·隱伏(은복) 숨어 엎드리다.

원시의 "깃들어"를 시의(詩意)와 압운 등을 고려하여 역자가 임의로 한역한 표현이다. ·開卷(개권) 책을 열다, 책을 펴. 원시에서 생략된 것으로 여겨지는 말을 역자가 임의로 보탠 것이다. ·手端發(수단발) 손끝에서 피다, 손끝에서 피어나다. ·浥胸(읍흉) 가슴을 적시다. ·人生馥(인생복) 인생의 향기, 삶의 향기. ·草葉(초엽) 풀잎. ·風來(풍래) 바람이 오다, 바람이 불다. ·不憚搖(불탄요) 흔들리는 것을 꺼리지 않다. ※ 이 구절은 원시의 "바람 맞으며"를 의역하여 풀어서 쓴 표현이다. ·土中(토중) 흙 속에, 흙에. ·恒(항) 늘, 항상. 한역의 편의를 위하여 원시에는 없는 말을 역자가 임의로 보탠 것이다. ·植根(식근) 뿌리박다, 뿌리를 내리다. ·靑身(청신) 몸을 푸르게 하다. ·人生謠(인생요) 인생의 노래, 삶의 노래. ·花朶(화타) 꽃, 꽃송이. ·暗中(암중) 어둠 속에서. ·集星光(집성광) 별빛을 모으다. ·白日(백일) 대낮, 대낮에. ·開而示(개이시) 열어서 [별빛을] 보여주다. '開'는 연다는 뜻 외에도 핀다는 뜻이 있으므로 꽃이 피어 [별빛을] 보여준다는 의미로 풀어도 무방하다. ※ 이 구절은 원시의 1연과 2연의 행문(行文)을 참고하여 역자가 임의로 추가한 구절이다. ·淸目(청목) 눈을 맑게 하다. ·人生揚(인생양) 인생의 자랑, 삶의 자랑. ·今日(금일) 오늘. ·亦(역) 또한 역시. ·書裏(서리) 책 속, 책 속에서. ·養吾(양오) 나를 기르다. ·夢優美(몽우미) 우미함을 꿈꾸다, 우미해지기를 꿈꾸다. 곧 아름다워지기를 꿈꾸다. ※ 이 구절은 원시의 "가꾸고/꿈꿉니다"를 옮기면서 생략된 것으로 여겨지는 말을 보충하여 한역한 것이다.

❋ 한역의 직역

책의 시

좋은 책은 향기입니다
숨이 오래 숨어 있다가
책을 열면 손끝에서 피어나
가슴 적시는 인생의 향기입니다

좋은 책은 풀잎입니다
바람 불면 흔들림 꺼리지 않으며
흙 속에 늘 뿌리를 내리고

몸을 푸르게 하는 인생의 노래입니다

좋은 책은 꽃입니다
어둠 속에서 별빛을 모아
대낮에 열어 보여주는
눈을 맑히는 인생의 자랑입니다

오늘도 책 속에서
나를 가꾸고 아름다워지기를 꿈꿉니다

✱ 한역 노트

　17세기와 18세기 교체기에 활동하였던 영국의 수필가 조지프 애디슨
(Joseph Addison)은 "책은 대천재가 인류에게 남기는 유산"이라고 하였다. 책
을 지은 이가 반드시 대천재인 것은 아니겠지만, 펼쳐두고 읽어보면 얼마
든지 소중하게 활용할 수 있는 그 '유산'을, 역자는 바쁘다는 등의 핑계로
외면해온 지가 제법 오래되었다. 곰곰이 생각해보니, "책은 열지 않으면
종이뭉치에 불과하다"는 말처럼 역자의 가슴에 와닿던 경구(驚句)도 없
었던 듯하다. 아! 역자의 나태와 무관심으로 열지 않은 책 속에 있는 글자
들이 어느 시점에 역자에게 다이아몬드가 되었을지 알지도 못한 채, 역자
가 고이 모시고만 살아온 그 책들은 그저 글자들의 감옥에 불과할 따름이
다. 이런 이유 때문에 역자는 시인의 이 시를 읽고 나서, '종이뭉치'에 뒤
통수를 한 대 맞은 듯 멍해지고 말았다.
　시인에 의하면 "좋은 책"은 가슴을 적시고, 사람을 푸르게 하며, 눈을
맑게 해주는 것이다. 그리고 시인은 그런 책을 통하여 자신을 가꾸고 꿈
을 키운다고 하였다. 시인이 "좋은 책"과 나쁜 책에 대한 견해를 직설적으
로 밝히지는 않았지만, 비유를 통하여 자신이 생각하는 좋은 책의 조건에

대해서는 어느 정도 얘기한 것으로 보인다.

좋은 책에 대한 시인의 조건을 역자가 거칠게 요약해보면 대략 이러하다. 첫째로, 좋은 책은 향기로워야 한다. 그 향기는 책에 손을 대지 않으면 절대 맡을 수 없는 것이지만, 일단 책에 손을 대면 손끝에서 피어나 가슴을 적시는 삶의 향기가 되어주는 것이다. 둘째로, 좋은 책은 푸르러야 한다. 땅에 뿌리를 단단히 내리고 있는 풀잎이 사람에게 싱그러움을 주듯이 푸른 책은 사람을 생기 있게 해주어 삶의 노래가 되어주는 것이다. 셋째로, 좋은 책은 찬란해야 한다. 시인의 생각에 의하면 꽃은 찬란한 별빛을 모아두었다가 우리에게 보여주는 존재물이다. 그 찬란하게 아름다운 것이 눈을 해맑게 하며 삶의 자랑거리가 되어주는 것이다.

어느 작가가 혼신의 힘을 다해 쓴 글이나 시를 엮어서 만들어낸 "좋은 책"은 바로 그 작가의 분신이자 피와 살이다. 그 피가 제대로 수혈되고 그 살이 온전히 영양소가 된다면, 그 책은 확실히 '나'의 마음의 양식이 된 것이다. 그러지 못한 책이라면 나에게 결코 "좋은 책"이 아니거나, 내가 아직 열지 않아 한낱 '종이뭉치'에 불과한 책일 것이다.

지금은 은행도 시장도 놀이터도 책도 핸드폰 속으로 들어가 따로 또 살림을 차린 모바일 시대이다. 거기에 더해 AI가 지은 시가 등단(登壇)까지 했다는 이웃나라 얘기가 들려오는 문명 과속의 시대이기도 하다. 바로 이러한 시대에 책을 얘기하는 것이 웃기게 들릴지는 모르겠지만, 책은 누군가가 쓰지 않는다면 모바일 세상에서도 만날 수 없고, AI도 결코 활용할 수 없을 것임은 분명하다. 기계가 시를 짓고 소설을 쓰며 다양한 책까지 집필하는 시기가 마침내 온다 하여도, 아니 이미 왔다 하여도, 우리 영혼의 영토를 넓혀가는 주체가 그런 기계가 아니라 숨 쉬는 인간이 만든 "좋은 책"이기를 바라는 것이 너무 낭만적인 생각인 걸까?

역자는 4연 19행으로 이루어진 원시를 4단 14구의 오언고시(五言古詩)로 재구성하였다. 각기 5행으로 이루어진 원시의 제1·2·3연은 각 연마다 4구의 오언고시로 한역하고, 4행으로 이루어진 원시의 제4연은 2구의 오언고시로 한역하였다. 3단까지는 단마다 운을 달리하며 짝수 구에 압운하였으며, 4단은 매구에 압운하였다. 그러므로 이 시의 압운자는 '伏(복)'·'馥(복)', '搖(요)'·'謠(요)', '光(광)'·'揚(양)', '裏(리)'·'美(미)'가 된다.

꽃의 마중

신지영

꽃은 걷지 못해 향기를 키웠지
먼 데 있는 벌더러
잘 찾아오라고

마음으로는 백 리라도 걸어 마중 가겠지만
발로는 걸어갈 수 없으니
향기로 마중 나갔지

❈ 태헌의 한역

花之出迎(화지출영)

花葩不步養芬馨(화파불보양분형)
遙使遊蜂識道程(요사유봉식도정)
心也甘行百里遠(심야감행백리원)
難能脚走以香迎(난능각주이향영)

❈ 주석

· 花之出迎(화지출영) 꽃의 마중. '之'는 '~의'에 해당되는 구조 조사이다. '出迎'은 마중을 나가거나 나가서 마중함을 뜻하는 말이다. · 花葩(화파) 꽃. · 不步(불보) 걷지 못하다. · 養芬馨(양분형) 향기를 기르다. '芬馨'은 꽃다운 향기, 곧 아름다운 향기라는 뜻이다. · 遙(요) 멀리, 아득히. · 使遊蜂識道程(사유봉식도정) 꿀벌로 하여금 길[여정]을 알게 하다. '遊蜂'은 이리저리 날아다니는 꿀벌을 가리키는 말이고, '道程'은 여행 경로나 길을 가리키는 말이다. · 心(심) 마음, 생각. · 也(야) 주어나 목적

어[빈어] 뒤에 쓰여 앞말을 강조하는 조사(助詞). ·甘行(감행) 기꺼이 가다. '甘'은 '달게, 기꺼이'라는 뜻으로 쓰였다. ·百里遠(백리원) 백 리 멀리까지. ·難能脚走(난능각주) 걸어서 가기가 어렵다, 걸어서 갈 수가 없다. ·以香迎(이향영) 향기로 맞이하다, 향기로 마중하다.

❋ 한역의 직역

꽃의 마중

꽃은 걷지 못해 향기를 키웠지
멀리 꿀벌더러 길을 잘 알라고
맘은 백 리 멀리도 달게 가겠지만
발로 갈 수 없어 향기로 마중했지

❋ 한역 노트

트로트 가수 나훈아 씨가 노래하고 작사와 작곡까지 하였던 〈잡초〉라는 가요의 가사에서 잡초는 발이 없어 님 찾아갈 수도 없고, 손이 없어 님 부를 수도 없다고 하였지만, 꽃은 다행히 향기가 있어 님을 부를 수가 있다. 과학자들의 실험에 의하면 공기 분자 10억 개 안에 꽃향기를 내는 분자가 단 한 개만 있어도 꿀벌은 알아낼 수 있다고 한다. 꽃이 들려주는 희미한 밀어(蜜語)를 먼 데 있는 님인 벌이 듣고 불현듯 찾아오면, 꽃의 연애는 비로소 본격적으로 시작된다. 꽃은 연애를 하며 꿀을 주지만 벌에게 화분(花粉)을 나르게 한다. 꽃과 벌의 연애조차 공짜가 아닌 것이다. 꽃이 달콤한 향기로 벌을 부르는 것과 벌이 그 향기를 따라 꽃을 찾아가는 것은 대자연의 섭리이자 숭고함이다. 세상사 무엇이 저절로 생겨나겠는가? 시인의 얘기처럼 꽃이 향기로 벌을 마중하지 않는다면, 벌이 어찌 저 외진 들녘까지 찾아갈 수 있겠는가? 그러므로 꽃의 마중은 소중한 것이다.

향기가 좋던 어느 해 봄날에 역자가 호젓한 공원을 산책하다가 우연히 아래와 같은 시구를 얻었다.

> 花留其所香浥世(화류기소향읍세)
> 꽃은 그 자리에 머물지만
> 향기는 세상을 적신다

너무도 기분이 좋아 바로 몇몇 SNS 동호회에 올렸더니 벗 하나가 즉각적으로 이를 패러디한 댓글 하나를 달아주었다. 그 순발력도 순발력이지만, 그 의미가 범상치 않아 임시에 한시 구절로 만들어 메모장에 저장해두었던 것을 이제 다시 꺼내본다.

> 똥은 그 자리에 있지만
> 악취는 하늘에 닿는다
> 糞在其所臭薄天(분재기소취박천)

내용이 다소 뭣하게 보일지는 몰라도 역자가 생각하기에는 지금에도 정말 무서운 얘기로 들린다. 사람이 풍기는 냄새가 꽃처럼 아름다운 향기뿐이라면 얼마나 좋을까만, 사람에 따라서는 똥과 같은 악취를 풍기기도 한다. 어디 한 개인만 그러겠는가? 한 집안이 그럴 수도 있고, 한 집단이 그럴 수도 있으며, 또 한 나라가 그럴 수도 있다. 풍기는 것이 악취라면 그것이 개인이든 집안이든 집단이든 나라든 슬프지 않겠는가? 그러나 정작으로 더 슬픈 것은, 자신이 풍기는 것이 역겨운 악취가 아니라 고상한 향기라고 생각하는 경우가 많다는 사실이다. 안타깝게도 내가 풍기는 냄새는 내가 판단하는 것이 아니라 남이 판단하는 것이다. 내가, 그리고 내 편이 아무리 향기라고 우겨도 객관적으로 바라볼 수 있는 쪽에서 악취라고 한다면 그건 악취가 맞다. 이는 역사가 증명하는 사실이다.

누구나 그렇겠지만, 늘 겸손해하면서 자신의 향기를 가꾸는 사람들 앞에 서면 역자는 저절로 고개가 숙여진다. 봄날의 어느 꽃인들 그보다 아름다울 수가 있으랴! 저마다 인생을 살며 향기의 뜰을 가꾸는 일이 쉽지는 않다 하여도 우리가 포기하지 못할 이유는 바로 여기에 있지 않을까?

2연 6행으로 이루어진 원시를 역자는 칠언절구(七言絕句)로 한역하였다. 이 한역시의 압운자는 '馨(형)'·'程(정)'·'迎(영)'인데 '馨'은 인운자(隣韻字:이웃한 운자)이다.

바늘귀

오순택

가진 건 아주 작은
귀 하나뿐이어도

실을 꿰어
해진 것 다 깁는다.
바늘 너는

너처럼
깨끗한 귀 하나
가졌으면 좋겠다.

✽ 태헌의 한역

針耳(침이)

針兮汝所有(침혜여소유)

但止一小耳(단지일소이)

穿針線能走(천침선능주)

綻裂盡可理(탄렬진가리)

耳若汝耳純(이약여이순)

吾人丁寧喜(오인정녕희)

・針耳(침이) 바늘귀. 이규경(李圭景) 선생의 『오주연문장전산고(五洲衍文長箋散稿)』에 의하면 '침이(針耳)'는 우리식 한자어로 보인다. 중국 사람들은 바늘귀를 '침공(針孔)', '침안(針眼)', '침비(針鼻)' 등으로 표기하였다. ・針兮(침혜) 바늘아! '兮'는 호격(呼格) 어기사(語氣詞)이다. ・汝所有(여소유) 네가 가진 것. ・但(단) 다만, 그저. ・止(지) ~에 그치다, ~에 불과하다. ・一小耳(일소이) 작은 귀 하나. ・穿針(천침) 바늘귀에 실을 꿰다. 이 말 자체가 바느질한다는 뜻으로도 쓰인다. ・線能走(선능주) [바늘에 꿴] 실이 갈 수 있다. 바느질을 하여 실을 가게 한다는 뜻으로 이해하면 된다. 한역의 편의를 위하여 원시에는 없는 말을 역자가 임의로 보탠 것이다. ・綻裂(탄렬) [옷 따위가] 터지거나 찢어지다. ・盡(진) 모두, 다. ・可(가) ~을 할 수 있다. ・理(리) 바루다, 손질하다. '깁다'의 뜻으로 이해해도 무방하다. ・耳(이) 귀. ・若汝耳(약여이) 너의 귀와 같다. 너의 귀처럼. ・純(순) 순일(純一)하다. 원시의 "깨끗한"을 역자가 함의를 고려하여 한역한 표현이다. ・吾人(오인) 나. 원시의 생략된 주어를 보충한 것이다. ・丁寧(정녕) 정녕, 틀림없이. 원시의 뉘앙스를 살리고 한역의 편의를 도모하기 위하여 원시에는 없는 말을 역자가 임의로 보탠 것이다. ・喜(희) 기쁘다. 원시의 "좋겠다"를 역자가 압운을 고려하여 한역한 표현이다.

✤ 한역의 직역

바늘 귀

바늘아! 너는 가진 것이
그저 작은 귀 하나에 그치지만
귀에 꿰어 실을 가게 하면
해진 것 다 기울 수 있지.
귀가 네 귀처럼 순일하다면
나는 정녕 기쁘겠다.

✤ 한역 노트

"너는 미묘(微妙)한 품질(品質)과 특별한 재치(才致)를 가졌으니, 물중(物

中)의 명물(名物)이요, 철중(鐵中)의 쟁쟁(錚錚)이라. 민첩하고 날래기는 백대(百代)의 협객(俠客)이요, 굳세고 곧기는 만고(萬古)의 충절(忠節)이라. 추호(秋毫) 같은 부리는 말하는 듯하고, 두렷한 귀는 소리를 듣는 듯한지라.”

이 글이 무엇을 얘기한 건지 바로 파악한 독자라면 지금 이 순간에 거의 예외 없이 그 옛날 학창 시절로 돌아가고 있을 것이지만, 어디서 보기는 한 듯한데, 라며 고개를 갸우뚱하는 독자라면 아마도 학창 시절은 까마득하게 잊고 일상에 묻혀 살고 있을 공산이 크다. 이 글은 우리들 대개가 학창 시절에 배운 「조침문(弔針文)」이라는 옛날 수필의 한 단락으로, 글을 쓴 분이 “인간부녀(人間婦女)의 손 가운데 종요로운 것”으로 정의한 그 ‘바늘’에 관해 묘사한 대목이다.

바늘이 이제는 더 이상 ‘인간 세상의 부녀자들 손 안에서 매우 긴요한 것’이 아닌 세상에서 우리가 살고 있지만, 그렇다고 해서 바늘의 중요성이 잊혀지거나 사라진 것은 결코 아니다. 그것을 주로 사용하는 사람이 달라지고, 그것이 달린 도구 내지는 연장이 달라졌을 뿐이다. 빙하기에 네안데르탈인이 멸망하고, 현재 인류의 조상이 살아남은 이유 가운데 하나로 거론되기도 하는 이 ‘바늘’의 가치나 의의에 대해서는 새삼 얘기할 필요가 없을 것이다.

가진 것은 미미하여도 그 가진 것으로 누군가나 무엇인가가 꼭 해야 할 일을 하는 존재가 있다. 우리는 이들의 존재를 평상시에는 대수롭지 않게 여기지만, 이들이 없을 때면 그제야 커다란 불편을 느끼면서 그 중요성을 절감하게 된다. 바늘에 달린 바늘귀 역시 그러한 존재 가운데 하나이다. 그 “아주 작은 귀 하나”가 없다면 바늘은 그 어떤 실도 끌고 갈 수가 없다. 바늘허리에 실을 묶어서 쓸 수는 없으니, 바늘귀가 없는 바늘이 어찌 바늘일 수가 있겠는가!

그런데 왜 하필이면 “깨끗한 귀”일까? 바늘의 귀는 오직 실 하나만 꿰기 때문에 순일(純一)한 것이라고 할 수 있다. 순일하다는 것은 다른 것이

섞이지 않고 순수하다는 뜻이므로 달리 깨끗하다고 해도 무방하다. 이에 반해 우리들 귀는 어떠한가? 이것도 좋다 싶어 꿰어두고 저것도 좋다 싶어 꿰어두지만, 정작 필요할 때에는 무엇으로 "해진 것"을 기워야 할지 알지를 못한다. 꿰어둔 것이 많다고 결코 좋은 게 아닌 것이다. 우리가 귀에 깨끗하게 꿰어두어야 할 것으로는 '원리원칙이라는 실' 하나면 족하지 않을까 싶다. 학연이니 지연이니 코드니 하는 낡은 것들을 내려놓지 못하는 한, 우리는 저 바늘만큼도 세상에 기여하는 바가 없을지도 모른다.

이어령 선생은 「바늘의 문화는 끝났는가」라는 칼럼에서, "바느질은 칼질과 달리 두 동강이가 난 것을 하나로 합치게 하는 작업입니다. 바늘의 언어는 융합과 재생의 언어로 구성되어 있는 것이지요."라고 하였다. 지금 우리의 터지고 찢어진 마음들을 하나로 합쳐 융합시키거나 재생시킬 바느질을 할 사람은 과연 누구일까? "어린 아들 굿에 간 어미 기다리듯" 그렇게 기다려볼 일인 듯하다.

역자는 3연 8행으로 된 원시를 6구의 오언고시로 재구성하였는데, 한역하는 과정에서 원시의 행문(行文)과 구법(句法)을 다소 과감하게 변화시켰다. 제5구의 "바늘 너는"을 제1구로 끌어올렸으며, 제3연의 3행을 2구로 한역하면서 함의에 주안점을 두고 의역하였다. 한역시의 제3구와 제6구에 원시에 없는 말을 제법 보탰지만, 원시의 뜻을 손상시키지는 않았다. 한역시는 짝수 구마다 압운하였으며, 그 압운자는 '耳(이)'・'理(리)'・'喜(희)'이다.

은발이 흑발에게

유안진

어제는
나 그대와 같았으나
내일은
그대가 나와 같으리라.

✼ 태헌의 한역

銀髮告於黑髮(은발고어흑발)

昨日余如汝(작일여여여)
明日汝如余(명일여여여)

✼ 주석

· 銀髮(은발) 은발, 백발(白髮), 흰머리. · 告於(고어) ~에게 고하다. 그냥 "~에게
로" 이해해도 무방하다. · 黑髮(흑발) 흑발, 검은 머리. · 昨日(작일) 어제. · 余如
汝(여여여) 나는 그대와 같다. · 明日(명일) 내일. · 汝如余(여여여) 그대는 나와
같다.

✼ 한역의 직역

은발이 흑발에게

어제는 내가 그대와 같았으나
내일은 그대가 나와 같으리라.

　이 시는 역자가 여태 한역한 시 가운데 가장 짧은 시이다. 정확하게는 한역시 본문에 사용된 한자(漢字) 수가 가장 적은 시라고 할 수 있다. 더욱이 오언고시 2구로 재구성한 한역시에서 중복 사용된 글자를 제외하면 단 6자로 이루어진 시인 셈이다. 그럼에도 불구하고 이 시에는 시인이 우리에게 들려주려고 하는 인간 세상의 철리(哲理) 하나가 오롯이 구현되어 있다. 그러니 어찌 시가 꼭 길어야만 하겠는가?

　시인은 백발에 대한 생각이나 감회를 직접 언급하는 대신에, 색깔이 다른 머리카락끼리의 대화라는―기실은 일방적인 '들려줌'이지만―색다른 설정을 통하여 백발의 비애를, 정확하게는 그런 백발을 머리에 이고 사는 이들의 비애를 에둘러 노래하였다. '양자강(揚子江) 뒷 물결이 앞 물결을 밀어낸다[長江後浪推前浪]'는 말과 비슷하게, 어떤 흑발이든 결국 세월의 물결에 밀려 백발이 될 수밖에 없다는 불가역(不可逆)의 섭리를 담담하게 얘기한 것이다.

　나이는 누구나 한 해에 한 살씩 더하는 것이지만, 백발이 성하는 속도는 사람마다 다르다. 이 현상을 두고 현대를 사는 우리들은 곧잘 DNA 문제나 영양 문제, 모발 관리 문제 등을 거론한다. 그러나 사실 따지고 보면 그뿐만이 아니다. 역자는 오래전부터 늙음의 표징(標徵)인 이 백발을 재촉하는 것은, 앞서 언급한 여러 요인들 외에도 그 사람이 처한 주변의 일일 수도 있다고 생각해왔다. 그 어떤 일로 야기된 몸 고생과 마음 고생은 그 궤적(軌跡)을 철저히 남겨, 주름살을 더하거나 머리 빛을 바꾸기 마련이기 때문이다. 이렇게 풍상(風霜)이 긋는 나이테는 사람을 가려 찾아드는 불청객이지만, 적어도 세월은 누구에게나 공평한 신(神)의 룰(Rule)이다.

　세월이 갈 때마다 백발이 더해지는 속도만큼 허전해져가는 마음의 뜰을 그나마 빛바래지 않게 하는 것은 옛 추억이 아닐까 싶다. 그 옛 추억 고요한 자리에서 역자가 불현듯 아득한 옛사랑을 그려보다가, 그 옛사랑

또한 신의 룰을 피하지는 못했을 것으로 여겨보며 언젠가 지어두었던 어눌한 시 한 수를, 여기 말미에 붙여둔다. 이 또한 백발을 더하는 하나의 업(業)이 되리라는 것을 모르지 않음에도…….

사랑하는 사람아!
나는 지금 거울을 보고 있다.
세월이 짓고 있는 슬픈 시를
거울에 띄워두고 낭독하는 것이다.
거울의 정직이 싫어 던져버리거나
시가 되고 싶지 않다며 아무리 고함친들
펜을 멈추지 않을 비정한 시인……
그대에겐 그가 더디 찾아가길 빌어본다.

※ 이 한역 노트의 일부분은 역자의 저서『강서시파』에서 인용하였다.

빨랫줄

하늘에 고민 하나 널어놨더니
바짝 말라 사라져 버렸다

아쉬움도 하나 널어놨더니
슬며시 바람이 가져갔다

내 마음도 널어보았더니
사랑비가 쏟아지더라

너의 마음도 널어보면
뭐가 내릴까?

❋ 태헌의 한역

曬衣繩(쇄의승)

一曬苦悶於天中(일쇄고민어천중)
乾燥而滅無尋處(건조이멸무심처)
又曬一遺憾(우쇄일유감)
天風暗帶去(천풍암대거)
還曬吾人心(환쇄오인심)
愛雨忽沛然(애우홀패연)
若曬吾君心(약쇄오군심)
何物自此傳(하물자차전)

· 曬衣繩(쇄의승) 옷을 [햇볕에] 말리는 줄, 빨랫줄. '曬'는 쬐다, 햇볕에 쬐어 말린다는 뜻이다. · 一(일) 한 번, 한 차례. · 苦悶(고민) 고민. · 於天中(어천중) 하늘 가운데에, 하늘에. '於'는 처소를 나타내는 개사이다. · 乾燥而滅(건조이멸) 말라서 사라지다. '乾燥'는 마르다, 말린다는 뜻이다. · 無尋處(무심처) 찾을 곳이 없다. 어디에 있는지 알 수가 없다는 뜻이다. · 又(우) 또, 또한. · 遺憾(유감) 유감, 아쉬움. · 天風(천풍) 보통은 하늘 높이 부는 바람이라는 뜻으로 쓰이나 그냥 바람을 가리키기도 한다. · 暗(암) 몰래, 슬며시. · 帶去(대거) 데리고 가다. · 還(환) 다시, 게다가. · 吾人(오인) 나. · 心(심) 마음. · 愛雨(애우) 사랑 비. 원시에 쓰인 "사랑비"를 한자로 조어(造語)해본 말이다. · 忽(홀) 문득, 갑자기. 한역의 편의를 위하여 원시에 없는 말을 역자가 임의로 보탠 것이다. · 沛然(패연) 비가 세차게 쏟아지는 모양. · 若(약) 만약. · 吾君(오군) 당신, 그대, 너. · 何物(하물) 무슨 물건, 무엇. · 自此(자차) 이로부터, 빨랫줄로부터. 한역의 편의를 위하여 원시에 없는 말을 역자가 임의로 보탠 것이다. · 傳(전) 전하다, 전해지다. 원시의 "내릴까"를 압운(押韻) 등을 고려하여 바꾸어본 표현이다.

* 한역의 직역

빨랫줄

하늘에 고민 한 번 널어놨더니
말라 사라져버려 찾을 곳 없다
또 아쉬움 하나 널어놓았더니
하늘 바람이 슬며시 데려갔다
다시 내 마음 널어보았더니
사랑비가 문득 쏟아지더라
만일 너의 마음 널어보면
무엇이 여기서 전해질까?

✽ 한역 노트

〈진주난봉가〉의 한 대목처럼 흰 빨래는 희게 빨고 검은 빨래는 검게 빨았다면, 이제 이것을 빨랫줄에 넣어 말려야 할 것이다. 허공에 쳐진 빨랫줄은 햇살과 바람으로 빨래를 마르게 하는, 아주 간단하면서도 요긴한 장치이다. 유은정 시인의 이 시는 바로 그런 빨랫줄에 젖은 옷들을 넣어 말리는 데서 착안하여 지은, 이른바 생활시 계열의 작품이다. 빨래라는 지극히 일상적인 일을 매개로 하여 삶의 지향점 내지는 가치관을 내보인 이러한 시는, 우리를 긴장시키지 않기에 무엇보다 읽기가 편하다는 강점이 있다.

그러나 이 시의 제목이 "빨랫줄"이기는 하지만 빨래는 등장하지 않는다. 대신에 빨래를 너는 동작과 햇살이나 바람에 의해 빨래가 마른다는 사실을 빌려와 시의(詩意)를 전개하였기 때문에, 마침내 빨랫줄에 널 수 없는 것조차 널 수 있게 되었다. 이 발상의 전환이 바로 시인의 득의처(得意處)가 아닐까 싶다. 원시의 1연과 2연은 그러한 생각의 연장선상에서 작성된 시구이다. 1연의 "고민"이 현재에 모습을 드러내고 있는 괴로움이라면, 2연의 "아쉬움"은 과거에 뿌리를 두고 있는 괴로움이다. 고민이든 아쉬움이든 '나'를 괴롭게 하는 것이므로, 시인은 이것을 털어낼 방편으로 빨래처럼 빨랫줄에 넣어버리는 것을 상상하였다. 이 얼마나 재미있는 발상인가!

3연에 쓰인 "사랑비"라는 말이, 시인이 젊은 세대들이 좋아함 직한 대중가요 〈사랑비〉를 참고하여 사용한 것인지는 알 수 없지만, 3연 전체는 빨래를 하여 빨래를 너는 기분으로 내 마음을 넣어보자 마음이 맑아지고 깨끗해지면서, 사랑스럽지 않던 것조차 모두 사랑스럽게 보이게 되더라는 뜻으로 이해된다. 그래서 쏟아져 내린 것이 바로 사랑비라는 것이다. 다른 한편으로는, '내'가 자기중심적인 생각을 씻어내고 말려버리자 한 사람이, 혹은 많은 사람이 내게 사랑으로 다가오더라는 뜻으로도 이해할

61

수 있다. 어떤 경우로 보든 사랑비가 시인에게 긍정적인 에너지가 되었을 것임에는 틀림이 없다.

이 시의 마지막 연에 나오는 "너"는 누구일까? 시적 화자가 좋아하는 사람으로 한정시켜버리면 이 시는 사랑을 노래한 시가 되지만, 이 시를 읽는 독자로 범위를 확대시키면 사람들에게 빨래하는 기분으로 본인의 마음자리를 깨끗하고 뽀송뽀송하게 만들어보기를 권한다는 의미가 된다. 어떤 뜻으로 쓴 것인지는 시인이야 알겠지만, 독자들은 모르기 때문에 역설적으로 오히려 즐거울 수 있다. 상상의 나래는 시인이 펴는 것이 아니라 독자가 펴는 것이므로…….

여담(餘談)으로, 역자는 널 수 없는 것을 널어 말리는 시인의 시상을 따라가다가, 말릴 수 없는 것을 말린다고 한 중국 진(晉)나라 시절 학륭(郝隆)의 일화를 불현듯 떠올리게 되었다. 잠시 아래에 소개하기로 한다.

칠석날에 어느 부잣집이 좋은 옷들을 햇볕에 말리는 것을 보고는, 학륭이 땡볕에서 하늘을 향해 배를 드러낸 채 누웠는데 어떤 사람이 그 까닭을 묻자, "나는 뱃속의 책을 말리고 있는 중이오."라고 하였다는 일화에서 생겨난 '쇄복중서(曬腹中書, 뱃속의 책을 말린다는 뜻)'라는 성어가 있다. 이 성어가 현시(顯示)한 것은 사람들을 웃기려고 취한 우스꽝스런 행동이 아니라, 허위에 찬 당시 위정자들을 신랄하게 비판하기 위해 취한 뼈 있는 행동이었다. 당연한 얘기지만 지식인으로서의 자부심을 과시하는 행동이기도 하였다. 돈과 힘을 가진 너희들이 가난한 백성들에게서 온갖 것을 수탈하여도, 내 머릿속에 든 공부야 너희들이 어쩌겠느냐는 일갈이었던 것이다. 문명이 발달하여 더 이상 책을 볕에 말리지 않아도 되는 세상이 되었지만, 허위에 찬 위정자들은 이 시대에도 여전히 있으니 역사의 본질은 쉽사리 바뀌지 않는다고 한 옛사람의 말이 그저 군소리는 아닌 듯하다.

역자는 4연 8행으로 된 원시를 칠언 2구와 오언 6구로 이루어진 고시로 한역하였으며, 짝수 구에 압운하였으나 전반 4구와 후반 4구의 운을 달리하였다. 이 시의 압운자는 '處(처)'·'去(거)', '然(연)'·'傳(전)'이다.

새로운 길

윤동주

내를 건너서 숲으로
고개를 넘어서 마을로

어제도 가고 오늘도 갈
나의 길 새로운 길

민들레가 피고 까치가 날고
아가씨가 지나고 바람이 일고

나의 길은 언제나 새로운 길
오늘도…… 내일도……

내를 건너서 숲으로
고개를 넘어서 마을로

❋ 태헌의 한역

新康(신강)

渡川向林(도천향림)
越嶺向莊(월령향장)
昨日已去(작일이거)
今日將踉(금일장량)

吾前吾路(오전오로)

卽是新康(즉시신강)

地丁開花(지정개화)

喜鵲飛翔(희작비상)

少女行過(소녀행과)

天風徜徉(천풍상양)

吾前吾路(오전오로)

常是新康(상시신강)

今日亦然(금일역연)

明日亦當(명일역당)

渡川向林(도천향림)

越嶺向莊(월령향장)

❉ 주석

· 新康(신강) 새로운 길. '康'은 보통 오달(五達)의 길, 곧 오거리라는 뜻으로 쓰이는 경우가 많지만, 일반적인 의미에서 여러 군데로 막힘없이 통하는 큰길을 가리키기도 한다. '길'을 의미하는 다른 한자가 많음에도 불구하고 굳이 이 글자를 쓰게 된 이유는 압운(押韻)을 우선적으로 고려한 때문이다. · 渡川(도천) 내를 건너다. · 向林(향림) 숲을 향하다, 숲으로. · 越嶺(월령) 고개를 넘다. · 向莊(향장) 마을을 향하다, 마을로. · 昨日(작일) 어제. · 已(이) 이미. 한역의 편의를 위하여 원시에는 없는 말을 역자가 임의로 보탠 것이다. · 去(거) 가다. · 今日(금일) 오늘. · 將(장) 장차. 한역의 편의를 위하여 원시에는 없는 말을 역자가 임의로 보탠 것이다. · 踉(양) 가려고 하다, 천천히 가다, 급히 가다. · 吾前(오전) 내 앞, 내 앞의. 한역의 편의를 위하여 원시에는 없는 말을 역자가 임의로 보탠 것이다. · 吾路(오로) 나의 길. · 卽是(즉시) 바로 ~이다. '卽'은 한역의 편의를 위하여 원시에는 없는 말을 역자가 임의로 보탠 것이다. · 地丁(지정) 민들레. · 開花(개화) 꽃이 피다. · 喜鵲(희작) 까치. · 飛翔(비상) 날다, 날아다니다. · 少女(소녀) 소녀, 아가씨. · 行過

(행과) 지나가다. ·天風(천풍) 바람, 하늘에 높이 부는 바람. ·徜徉(상양) 천천히 이리저리 거닐다, 서성이다. 원시의 [바람이] "일고"를 번역하면서 압운을 고려하여 선택한 역어(譯語)이다. ·常是(상시) 언제나 ～이다. ·亦(역) 또한, 역시. ·然(연) 그렇다. 술어인 뒤가 생략된 말을 역자가 임의로 보충한 것이다. ·當(당) 당연하다. 술어인 뒤가 생략된 말을 역자가 임의로 보충하면서 압운을 고려하여 선택한 역어(譯語)이다. 뜻은 앞에 나온 '然'과 같다.

❋ 한역의 직역

새로운 길

내를 건너 숲으로
고개 넘어 마을로
어제 이미 가고
오늘도 장차 갈
내 앞의 나의 길은
바로 새로운 길
민들레가 꽃 피고
까치가 날고
아가씨가 지나가고
바람이 서성이는
내 앞의 나의 길은
언제나 새로운 길
오늘도 그렇고
내일도 당연하리
내를 건너 숲으로
고개 넘어 마을로

❋ 한역 노트

이 시는, 윤동주 시인이 1938년 4월에 연희전문학교 문과에 입학하고 한 달가량이 지난 후인 5월 10일에 지은 시로 알려져 있다. 식민지 조국이라는 절망적인 상황 속에서도 대학 생활로 새로운 여정을 시작하면서, "길"을 소재로 하여 앞날에 대한 희망과 기대를 노래한 시이다.

중국의 대문호 노신(魯迅)은 「고향(故鄕)」이라는 글에서, "원래 땅 위에는 길이란 것이 없었다. 걸어 다니는 사람이 많이 있으면 그것이 곧 길이 되는 것이다."라고 하였다. 이것은 길의 생성의 원리를 보여준 것이다. 이에 반해 윤동주 시인의 이 「새로운 길」은 길의 희망의 원리를 얘기한 것이라고 할 수 있다.

시인이 얘기한 길은 '내가' 어제도 가고 오늘도 가고 내일도 갈 길이다. 이 길을 가면서 만난, 오늘 핀 민들레는 어제 핀 그 민들레가 아니다. 그리고 오늘 부는 바람은 어제 불던 그 바람이 아니다. 길 위를 지나가는 아가씨나 길 위를 날아다니는 까치가 어제의 그 아가씨고 어제의 그 까치라 하더라도, 어제의 그 모습과 그 소리 그대로인 것은 아니다. 그리고 '오늘'은 또 '내일'의 어제가 된다. 그러므로 내가 '오늘' 길에서 만나는 것은 언제나 새로운 것이다. 길에서 만나는 것이 언제나 새로우므로 내가 가는 길 역시 언제나 새로운 길이 된다. 가야만 의미가 있는 이 새로운 길은 또 희망의 길이기도 하다.

따지고 보면 새롭기 때문에 희망이 있는 것이다. 그 옛날 은(殷)나라 탕왕(湯王)이 세숫대야에 새겨두었다는, "나날이 새롭게 하고, 또 날로 새롭게 하라[日日新 又日新]."는 잠언도 결과적으로는 변화라는 희망을 얘기한 것이다. "변하지 않으면 진보하지 못한다."는 뜻의 중국 고대 문학 술어인 "불변부진(不變不進)" 역시 같은 맥락이다. 변한다는 것은 새롭다는 것이고, 새롭다는 것은 그만큼 진보한 것이기 때문이다. 마음처럼 변함이 없어 좋은 것도 더러 있지만, 대개는 "변함없음"이 정체거나 답보거나 심지어 죽음일 수도 있다. 그러므로 우리는 새로운 변화는 좋은 것이고, 새로운 변화는 곧 희망이라고 할 수 있겠다.

시인에게 궁극의 "새로운 길"은 해방과 그 이상의 희망이었을 것이다. 그러나 시인은 해방된 조국의 "새로운 길"을 끝내 걸어보지 못하고, 침략자의 나라 차디찬 형무소에서 쓸쓸히 눈을 감았다. 결국 해방도, 해방 그 이상의 희망도 시인에게는 갈 수 없는 길이 되고 말았던 것이다.

시인에게 그러한 통한을 안겨주고 우리의 역사에 씻을 수 없는 죄를 지은 자들이야 죽어서도 죽어 마땅하겠지만, 이 시대를 사는 우리는 이제 무엇을 어떻게 해야 할까? 그런 일이 이 땅에서 다시는 반복되지 않도록 하는 것보다 더 중요한 일은 없을 것이다. 그러기 위하여 우리는 그 최소한의 준비로 우리끼리의 소모적인 싸움만큼은 종식시켜야 하지 않겠는가! 그 작은 길부터 시작하여 큰 "새로운 길"을 만들어가야 할 우리의 여정이, 슬프게도 아직은 멀게만 느껴진다.

5연 10행으로 된 원시를 역자는 사언시(四言詩) 16구로 재구성하였다. 원시의 행수(行數)보다 한역시의 구수(句數)가 많아진 것은 원시 한 행을 한역시 두 구로 처리한 경우가 많았기 때문이다. 원시에 쓰인 시어를 한역하는 과정에서 누락시키지는 않았지만, 원시에 없는 내용을 일부 보태기는 하였다. 원시의 1·2행과 9·10행은 내용이 동일하기 때문에 압운자 역시 같은 글자로 통일시켰다. 원시의 4행과 7행이 동일하게 "새로운 길"이라는 말로 끝나고 있기 때문에 이 부분의 압운자 역시 같은 글자로 통일시켰다. 이 한역시는 짝수 구마다 압운하였으며, 그 압운자는 '莊(장)', '踉(양)', '康(강)', '翔(상)', '徉(양)', '康(강)', '當(당)', '莊(장)'이다.

분재

이길원

애초엔 등이 곧은 선비였다
가슴엔 푸르름을 키우고
높은 하늘로 고개를 든 선비였다
예리한 삽이 뿌리를 자르고
화분에 가두기까지

푸르름을 키우면 키울수록
가위질은 멈추질 않았다
등이라도 곧추세우려면
더욱 조여오는 철사줄
십 년을, 또 십 년을……

나는 곱추가 되었다
가슴에 키우던 푸르름을
언뜻 꿈에서나 보는
등 굽은 곱추가 되었다
사람들은 멋있다 한다

✽ 태헌의 한역

盆栽(분재)

當初吾爲背直儒(당초오위배직유)
胸養靑氣欽高天(흉양청기흠고천)

忽然根切於銳鍬(홀연근절어예초)

吾身被囚於花盆(오신피수어화분)

愈養靑氣剪愈數(유양청기전유삭)

欲挺曲背鐵砂緊(욕정곡배철사긴)

一十霜(일십상)

又十年(우십년)

吾人終爲一佝僂(오인종위일구루)

胸養靑氣夢中見(흉양청기몽중견)

脊背彎曲如駱駝(척배만곡여낙타)

人人皆謂誠好看(인인개위성호간)

❋ 주석

· 盆栽(분재) 분재. · 當初(당초) 처음에, 애초에. · 吾爲(오위) 나는 ~이다, 나는 ~이었다. · 背直儒(배직유) 등이 곧은 선비. · 胸養靑氣(흉양청기) 가슴에 푸른 기상을 기르다. · 欽高天(흠고천) 높은 하늘을 흠모하다. · 忽然(홀연) 문득, 갑자기. · 根切於銳鍬(근절어예초) 뿌리가 날카로운 삽에 의해 잘리다. · 吾身(오신) 내 몸. · 被囚於花盆(피수어화분) 화분에 가두어지다. · 愈養靑氣(유양청기) 푸른 기운을 기르면 기를수록. · 剪愈數(전유삭) 가위질이 더욱 잦아지다. · 欲挺曲背(욕정곡배) 굽은 등을 곧추세우려 하다. · 鐵砂緊(철사긴) 철사가 굳게 얽다. · 一十霜(일십상) 10년. · 又十年(우십년) 또 10년. · 吾人(오인) 나. · 終爲(종위) 마침내 ~이 되다. · 一佝僂(일구루) 한 사람의 곱추. · 胸養靑氣(흉양청기) 여기서는 '가슴에서 기르던 푸른 기상'이라는 뜻으로 사용되었다. · 夢中見(몽중견) 꿈속에서 보다. · 脊背彎曲(척배만곡) 등이 굽다, 등의 굽음. · 如駱駝(여낙타) 낙타와 같다. · 人人(인인) 사람들. · 皆謂(개위) 모두 ~라고 말하다. · 誠好看(성호간) 정말로 보기가 좋다, 정말 멋있다.

분재

애초에 나는 등이 곧은 선비였다
가슴엔 푸른 기상 기르고 높은 하늘을 흠모하였다
문득 예리한 삽에 뿌리가 잘리고
내 몸은 화분에 가두어졌다
푸르름을 기르면 기를수록 가위질은 잦아지고
굽은 등을 곧추세우려니 철사가 옥죄어 왔다
십 년,
또 십 년⋯⋯
나는 마침내 한 곱추가 되었다
가슴에 기르던 푸르름은 꿈에서나 보았다
등이 굽어 낙타와 같으나
사람들은 모두 정말 멋있다고 한다

❋ 한역 노트

　분재를 축소 지향적인 일본의 대표적인 문화로 간주하는 사람들이 의외로 많다. 역자 역시 오랜 기간 동안 그렇게 알고 있었다. 물론 오늘날 우리나라 분재가 일본의 영향을 많이 받은 것은 사실이지만, 기실 분재는 중국 당(唐)나라 때부터 있었던 원예 기술의 하나라고 한다. 우리나라에는 삼국시대에 이미 전래되었던 것으로 보이며, 그 시기에 우리 분재 기술이 일본에 전래되었을 것으로 여겨진다. 고려시대에는 특히 문인들이 애호하여 이규보(李奎報)나 이색(李穡), 정몽주(鄭夢周) 등 기라성과 같은 당대(當代) 명사들이 분재를 주제로 한 시문(詩文)을 다수 남겼다. 그러니 조선시대에는 어떠했을지 따로 언급할 필요도 없겠다.

　오늘날 분재 기술자들이나 분재 애호가들은 분재를 하나의 예술로 간

이길원 문체

71

주하는 경향이 있다. 충분히 수긍이 가지만 생물학적 관점에서 보자면, 분재는 사람이 식물에게 가하는 일종의 전족(纏足)과 같은 것이라고 할 수 있다. 이 대목에서 짚고 넘어가야 할 사실은, 인위적으로 생장을 억제하여 고통을 강요하고 마침내 오그라든 그 식물의 몸을 우리가 즐긴다는 것을 가슴 아파한 데서 시인의 시상(詩想)이 시작되었다는 점이다. 가슴에는 푸른 기상을 기르고 높은 하늘을 흠모하던 등이 곧았던 선비가, 사람에 의해 등이 굽어 마침내 낙타와 같이 되었음에도 세상 사람들이 멋있다고 환호한다는, 비애의 아이러니가 이 시의 주지(主旨)이다.

역자는, 방문(房門)이나 대문(大門)을 수고롭게 나서지도 않고 자연을 즐기려고 하는 인간의 욕망이 분재 문화를 만들었을 것으로 추정한다. 그리고 그 편의성과 멋스러움 때문에 분재를 즐기는 사람들이 이 시대에도 여전히 많을 것으로 생각한다. 개인의 기호(嗜好)나 생업(生業)에 대하여 왈가왈부할 생각은 추호도 없지만, 역자가 분재를 대할 때면 언제나, 밭 가장자리에서 소나 개구쟁이들에게 시달려 제대로 자라지 못해 작달막한 키로 애처롭게 열매를 달고 있던 농작물을 바라볼 때처럼, 안타까운 생각이 드는 것은 어쩔 수 없다. 세파에 휩쓸려 이울거나 진영 논리라는 그 좁은 틀 안에 갇혀, 정의(正義)에 대한 신념조차 왜소화된 이 시대의 지식인들도 분(盆)에서 키워진 식물처럼 안타까운 존재가 아닐까 하는 것이 그저 역자만의 생각일까?

역자는 3연 15행으로 이루어진 원시를 12구의 고시로 한역하였다. 이 과정에서 시구(詩句)의 균형을 맞추기 위하여 두 구를 삼언(三言)으로 처리하였다. 한역시는 짝수 구마다 압운하였으며 그 압운자는 '天(천)'·'盆(분)'·'緊(긴)'·'年(년)'·'見(견)'·'看(간)'이다.

소쩍새

밤이 되면 소쩍새는
울음으로 길을 놓는다

어둠 속에서도
지워지지 않는 소리의 길

어린 새끼들 그 길을 따라
집으로 돌아간다

행여 길 끊어질까 봐
어미 소쩍새는
쑥독쑥독 징검돌
연이어 놓는다

골 깊은 봄밤
새끼 걱정에 쑥떡 얹힌 듯
목이 메어
목이 쉬어

杜鵑(두견)

夜來杜鵑鳴作路(야래두견명작로)

聲路暗裏亦不滅(성로암리역불멸)

稚子隨路能歸巢(치자수로능귀소)

母鳥猶恐路或絕(모조유공로혹절)

咕咕又咕咕(고고우고고)

不斷設跳磴(부단설도등)

春夜谷深處(춘야곡심처)

念兒憂兒情(염아우아정)

恰如滯艾糕(흡여체애고)

咽塞嘶啞聲(인색시아성)

❋ 주석

・杜鵑(두견) 이 역시(譯詩)에서는 소쩍새의 뜻으로 사용하였다. 본래 두견[두견새]과 소쩍새는 과(科)가 다르고, 주행성과 야행성으로 생태 또한 다르지만 예로부터 혼동하여왔고 표기 역시 그러하였기 때문에 보편적으로 쓰이는 '杜鵑'이라는 어휘로 소쩍새를 대신하기로 한다. 보통 소쩍새의 뜻으로 사용하는 '제결(鷈鴂)' 역시 두견새의 뜻으로 쓰이기도 한다. ・夜來(야래) 밤이 오다, 밤이 되다. ・鳴作路(명작로) 울음으로 길을 만들다. '鳴' 앞에 '以(이)'가 생략된 것으로 이해하면 된다. ・聲路(성로) 소리의 길, 소리가 만드는 길. ・暗裏(암리) 어둠 속. ・亦(역) 또, 또한. ・不滅(불멸) 사라지지 않는다, 지워지지 않는다. ・稚子(치자) 어린아이, 새끼. ・隨路(수로) 길을 따르다, 길을 따라. ・能(능) ~을 할 수 있다. ・歸巢(귀소) (동물이) 집이나 둥지로 돌아가다. ・母鳥(모조) 어미 새. ・猶(유) 오히려. ・恐(공) ~을 두려워하다. ・路或絕(노혹절) 길이 간혹 끊어지다, 길이 혹시 끊어지다. ・咕咕(고고) 꾹꾹. 꾸르륵. 여기서는 소쩍새가 우는 소리를 뜻하는 의성어(擬聲語)로 사용하였다. ・又(우)

또, 또한. ·**不斷**(부단) 끊임없이, 연이어. ·**設**(설) ~을 가설하다, ~을 놓다. ·**跳磴**(도등) 징검다리, 징검돌. ·**春夜**(춘야) 봄밤. ·**谷深處**(곡심처) 골(짝)이 깊은 곳. ·**念兒**(염아) 자식 혹은 새끼를 염려하다. ·**憂兒**(우아) 자식 혹은 새끼를 걱정하다. ·**情**(정) 정, 생각, 마음. ·**恰如**(흡여) 흡사 ~와 같다, 바로 ~와 같다. ·**滯**(체) ~에 체하다. ·**艾糕**(애고) 쑥떡. 이 대목에서 시인이 '쑥떡'을 언급한 것은 소쩍새의 울음소리가 '쑥떡'과 비슷하게 들렸기 때문으로 보인다. 시인은 소쩍새의 울음소리를 '쑥독쑥독'으로 표현하였다. ·**咽塞**(인색) 목이 메다, 목이 막히다. ·**嘶啞**(시아) 목이 쉬다. ·**聲**(성) 소리.

❋ 한역의 직역

소쩍새

밤이 되면 소쩍새는
울음으로 길을 만드나니
소리의 길은 어둠 속에서도
사라지지 않는다
어린 새끼들 길을 따라
둥지로 돌아갈 수 있는데
어미 소쩍새는 오히려
길 혹시 끊어질까 걱정!
쑥독쑥독 또 쑥독쑥독
징검돌을 연이어 놓는다
봄밤 골 깊은 곳에서
새끼 걱정하는 마음에
마치 쑥떡에 얹힌 듯
목이 메고 목이 쉰 소리!

이대흠 소쩍새

   역자는 애초에 '어린것들은 예쁘지만 말을 무지 안 듣는다.'는 것을 화두(話頭)로 삼아 이야기를 풀어나가려고 하였다. 그런데 생각지도 않은 문제가 생겼다. 역자가 과거에 배운 것으로 기억되는 '稚者皆美(치자개미)'라는 말의 출처 때문이었다. '어린 것들은 모두 예쁘다.'는 이 말은 맹세코 역자가 만든 것이 아니다. 그런데도 '한국고전종합DB'와 '사고전서(四庫全書)'는 물론 'Baidu'나 'Google' 같은 세계적인 검색 엔진에서도 일체 검색이 되지 않았다. '세상에나! 이게 뭔 일이래?' 역자는 갑자기 머리를 무엇에 한 방 맞은 듯이 멍해졌다. 기억을 더듬어 어느 선생님에게 배웠던가를 떠올려보려고 한동안 노력하였지만 허사였다. 학교 선생님이나 역자가 개인적으로 사사한 몇 분 선생님에게 분명 배웠을 터이지만 전혀 기억나는 것이 없었다. 다만 역자가 잠깐 어느 대학의 조교로 근무하던 시절에 학생들과의 술자리에서 이 사자성어(?)를 얘기해준 기억만큼은 또렷하게 떠오르니 적어도 역자가 서른이 되기 이전에 배운 말인 것은 분명해 보인다. 또 '어린것들은 다 예쁘다'는 한글로는 검색이 되기도 하는 것을 보면 어느 위대한 철인(哲人)의 고담준론(高談峻論)이 아닌 것은 틀림없는 듯한데, 어찌 이 네 글자의 한자어가 검색이 되지 않는지는 도무지 모르겠다.['稚者皆美'의 '者'를 '子'로 바꾸어 검색해도 결과는 마찬가지였다.] 역자의 이 궁금증을 누가 속 시원히 해결해준다면 필히 후사하도록 하겠다.

   각설하고, 이 시는 인간세상의 어린것과 그를 염려하는 어미의 마음을 봄밤 소쩍새에 기탁한 것이다. 새끼가 놀러 나간 것으로 보아 어미가 만드는 '소리의 길'이 없어도 집을 찾아갈 법하건만, 어미는 혹시 그 소리의 길이 끊어질까 염려하여 연신 소리의 징검돌을 놓는다. 요새 애들 같으면 기겁을 하겠지만 지극한 모정인 것은 틀림없다. 그러므로 소리 내어 우는 소쩍새는 암컷이 아니라 수컷이니 하는 얘기들은 이 시를 이해하는 데 오히려 거추장스러운 것이 된다. 시인 역시 소쩍새 울음소리와 관련한 여러 이야기들을 모르지 않았을 것임에도, '인간세상의 어린것과 그를 염려하는 어미의 마음'을 투영(投影)시키며 시를 적어 내려갔다. 이것이 이 시의 독특한 점이고 또 매력적인 부분이다.

그런데 짐승이나 사람이나 왜 어미들은 새끼 걱정을 할까? 그것은 기본적으로 새끼들이 대개 몸집이 작고 유약한 데다 자기방어 능력이 거의 없어 포식자들이나 사악한 자들의 사냥감이 되기 쉬운 때문이겠지만, 또 다른 이유로는 험한 세상을 헤쳐온 어미가 들려주는 중요한 가르침들을 새끼들이 귀담아 듣지 않고 제 내키는 대로 하기 때문일 것이다. 대답은 막둥이처럼 잘하면서도 어미의 가르침을 따르지 않아 낭패를 겪은 어린것들이 여태 얼마나 많았을까?

머리가 허옇게 세도록 말을 안 듣는 사람들이 있다. 우리 영혼의 어버이라 할 수 있는 옛 성현들과 역사의 가르침에 귀를 막고 눈을 닫아버리는 사람들은, 아직 아는 것이 없어 두려움을 모르는 저 어린것들과 별반 다르지 않다. 두려움이 없다는 것은 곧 세상과 역사를 모른다는 뜻이다. 세상을 알고 역사를 알고서 어찌 두려움이 없을 수 있겠는가! 언제까지 본인이 보고 싶은 것만 보고, 듣고 싶은 것만 들으면서 모든 것을 판단하는 어리석음으로 세상을 살아갈 것인가! 한심하고 또 한심하다.

5연 14행으로 된 원시를 역자는 칠언고시 4구와 오언고시 6구로 이루어진 10구의 한역시로 재구성하였다. 한역시는 각 짝수 구마다 압운을 하였지만 칠언과 오언의 압운을 달리하였다. 이 시의 압운자는 '滅(멸)'·'絕(절)', '磴(등)'·'情(정)'·'聲(성)'이다.

귀

정현정

입의 문
닫을 수 있고

눈의 문
닫을 수 있지만
귀는
문 없이
산다

귀와 귀 사이
생각이란
체 하나
걸어놓고
들어오는 말들 걸러내면서 산다.

❉ 태헌의 한역

耳(이)

口門可閉眼門亦(구문가폐안문역)
兩耳無門過一生(양이무문과일생)
思篩掛於兩耳間(사사괘어양이간)
隨時入語濾而生(수시입어려이생)

・耳(이) 귀. ・口門(구문) 입의 문. ・可閉(가폐) 닫을 수 있다. ・眼門(안문) 눈의 문. ・亦(역) 또한, 역시. 여기서는 '또한 그렇다'는 의미로 쓰였다. ・兩耳(양이) 두 귀. ・無門(무문) 문이 없다. ・過一生(과일생) 일생을 보내다, 평생을 살다. ・思篩(사사) '생각이라는 체'의 뜻으로 역자가 만든 말이다. ・掛於(괘어) ~에 걸어 두다. '於'는 처소를 나타내는 개사(介詞)이다. ・兩耳間(양이간) 두 귀 사이. ・隨時(수시) 때에 따라, 수시로. ・入語(입어) 들어오는 말. ・濾而生(여이생) 걸러내며 살다.

❊ 한역의 직역

귀

입의 문 닫을 수 있고
눈의 문도 그렇지만
두 귀는 문 없이
평생을 산다
두 귀 사이에
생각이란 체 걸어놓고
수시로 들어오는 말들
거르면서 산다

❊ 한역 노트

사람의 얼굴을 구성하는 4대 요소를 한글로는 "눈코입귀"나 "눈코귀입" 등의 순서로 얘기하고, 한자로는 "이목구비(耳目口鼻)"의 순서로 칭한다. 이 순서를 가지고도 문화적 차이를 얘기할 수 있겠지만, 따지고 보면 어느 하나 중요하지 않은 것이 없다. 이 가운데 눈과 입은 본인의 의지에 따라 열 수도 있고 닫을 수도 있다. 그러나 코와 귀의 경우는 그렇지 못하다. 그리고 귀와 귀 사이에는 생각을 하는 '머리'라는 것이 있다. 여기에서 착안하여 '생각이란 체'를 이끌어낸 시인의 상상력이 그저 놀랍기만 하다. 그런데 누구에게나 '생각이란 체'가 있으련만, 말이 들어오면 거르지도 않고 바로 반응해버리는 사람들을 볼 때면, 더군다나 지도자급 인사들 사이에서 그런 자들을 볼 때면 정말이지 '생각'이라는 것을 하면서 사는 걸까 하는 우려가 절로 든다.

그리고 또 세상에는 자기가 보고 싶은 것만 보고 듣고 싶은 것만 듣는 사람들이 많다. 보기와 듣기에서의 이러한 편식은 생각의 들을 황폐하게 만들 소지가 다분하다. 그 생각의 들이 황폐해지면 나오는 말은 필경 거칠어지거나 편향되기 십상이다. 그러니 어찌 보기와 더불어 듣기를 신중하게 하지 않을 수 있겠는가? '들어오는 말들 걸러내면서 산다.'는 것은 그렇게 살아야 한다는 당위(當爲)의 뜻으로 읽힌다.

4연 12행으로 된 원시를 역자는 4구의 칠언고시로 한역하였는데, 이 과정에서 일부 시어를 보태고 또 일부 시어는 고쳐 번역하였다. 한역시는 짝수 구에 동자(同字)로 압운하였으며 그 압운자는 '生(생)'이다.

제법 여러 해 전에 역자가 "이목구비"를 소재로 하여 지은 시를 말미에 첨부한다. 심심풀이 파적으로 지어본 희시(戲詩)인 만큼 가볍게 감상하면서, 본인의 경우는 어떤지 각자 시로 한번 엮어보는 것도 재미가 있지 않을까 싶다. 시가 뭐 별것이겠는가?

耳目口鼻何時樂(이목구비하시락)

耳聽清樂曲(이청청악곡)
目對好文章(목대호문장)
口得東西玉(구득동서옥)
鼻聞脂粉香(비문지분향)

이목구비는 어느 때에 즐거운가?

귀로 맑은 음악 들을 때
눈으로 좋은 글 대할 때
입으로 맛난 술 마실 때
코로 지분 향기 맡을 때

耳目口鼻何時苦(이목구비하시고)

耳聽兒母詬(이청아모후)
目對吾人陋(목대오인루)
口得辣辛羞(구득랄신수)
鼻聞嘔吐臭(비문구토취)

이목구비는 어느 때에 괴로운가?

귀로 마누라 잔소리 들을 때
눈으로 나의 누추함 대할 때
입으로 매운 먹거리 먹을 때
코로 토악질한 냄새 맡을 때

낙화

조지훈

꽃이 지기로소니
바람을 탓하랴

주렴 밖에 성긴 별이
하나 둘 스러지고

귀촉도 울음 뒤에
머언 산이 다가서다

촛불을 꺼야 하리
꽃이 지는데

꽃 지는 그림자
뜰에 어리어

하이얀 미닫이가
우련 붉어라

묻혀서 사는 이의
고운 마음을

아는 이 있을까
저어하노니

꽃이 지는 아침은

울고 싶어라

落花(낙화)

花落何恨風飄飄(화락하한풍표표)

簾外疏星一二消(염외소성일이소)

杜鵑鳴後遠山迫(두견명후원산박)

應滅燭火憐花落(응멸촉화련화락)

落花殘影照庭中(낙화잔영조정중)

白色推窓映微紅(백색퇴창영미홍)

幽人傷心嫌見知(유인상심혐견지)

花落淸晨欲泣悲(화락청신욕읍비)

❀ 주석

·落花(낙화) 낙화, 지는 꽃, 진 꽃. ·花落(화락) 꽃이 (떨어)지다. ·何恨(하한) 어찌 ~을 한스러워하랴! 어찌 ~을 탓하랴! ·風飄飄(풍표표) 바람이 나부끼다. ·簾外(염외) 주렴 밖. ·疏星(소성) 성긴 별. ·一二消(일이소) 하나둘씩 사라지다. ·杜鵑(두견) 귀촉도(歸蜀道), 소쩍새. ·鳴後(명후) 울고 난 후. ·遠山迫(원산박) 먼 산이 다가오다. ·應(응) 응당. ·滅燭火(멸촉화) 촛불을 끄다. ·憐花落(연화락) 꽃이 지는 것이 아깝다, 꽃이 지는 것을 안타까워하다. 역자는 원시의 "꽃이 지는데"를 "꽃이 지니까", "꽃이 지는 것이 아까우니까" 정도로 이해하였다. 그리하여 이 대목을 한역하면서 당나라 시인 장구령(張九齡)의 「望月懷遠(망월회원)」에 보이는 시구(詩句) "滅燭憐光滿(멸촉련광만)"을 참고하였다. 인용한 시구는 "촛불을 꺼야 하리, 달빛 가득한 게 아까우니"로 번역된다. ·落花殘影(낙화잔영) 지는 꽃의 (스러지는) 그림자. ·照庭中(조정중) 뜰(안)에 비치다. 원시의 "어리어"의 원형 "어리다"는 빛이

나 그림자, 모습 따위가 희미하게 비친다는 뜻이다.   · 白色(백색) 흰빛, 흰빛의, 하
얀.   · 推窓(퇴창) 미닫이(창문).   · 映微紅(영미홍) 희미하게 붉은빛이 비치다. 이 부
분은 "우련 붉어라"를 의역한 것이다. "우련"은 "희미하게"라는 뜻이다.   · 幽人(유인)
은자. 원시의 "묻혀서 사는 이"를 간략히 표현한 말이다.   · 傷心(상심) 애잔한 마음.
원시의 "고운 마음"을, 상황을 고려하여 역자가 임의로 바꾸어본 말이다.   · 嫌見知(혐
견지) 알려지게 되는 것을 싫어하다, 알게 하기 싫다. 원시의 "아는 이 있을까/저어하
노니"를 간략히 표현한 말이다.   · 淸晨(청신) 맑은 새벽, 아침.   · 欲(욕) ~을 하고자
하다, ~을 하고 싶다.   · 泣悲(읍비) 울며 슬퍼하다, 울다.

❋ 한역의 직역

낙화

꽃이 진다고 어찌
나부끼는 바람 탓하랴
주렴 밖 성긴 별도
하나 둘 스러지고
소쩍새 울음 뒤에
먼 산이 다가서는데
촛불을 꺼야하리,
꽃 지는 게 아까우니……
지는 꽃 그림자
뜰에 비치어
하얀 미닫이가
희미하게 붉구나
은자의 애잔한 맘
알게 하기 싫나니
꽃이 지는 아침은
울고 싶어라

  오늘 소개하는 조지훈 시인의 이 「낙화」는 한마디로 '낙화(落花)'라는, 사라지는 것의 아름다움에서 촉발된 삶의 비애를 노래한 시이다. 시에서, 별[星]도 스러지고 먼 산이 다가온다고 한 것은, 동이 트고 있음을 말한 것이다. 머지않아 세상이 환해지고, 뜰에 꽃이 지는 모습이 어릴 터라 시인은 이제 촛불마저 끈다. 생을 마감하는 낙화가 희미하게, 그러나 아름답게 미닫이에 비치며 은자인 시인에게 비애의 심사를 격발시킨다. 꽃이 지는 아침에 시인이 울고 싶게 된 까닭은 바로 이 때문이다. 아름답게 사라지는 것에서도 이렇게 비애가 묻어나니, 비애는 어쩌면 사라지는 것들이 남기는 여운(餘韻)이라고 할 수도 있을 듯하다.

  비애를 그렇게 간주하더라도 이 시의 가장 핵심적인 화두(話頭)는 아무래도 "꽃이 지기로소니/바람을 탓하랴"로 보아야 한다. 바람이 조금 덜하면 꽃이 며칠 더 버틸 수 있을 것임에 바람을 탓함 직도 하지만, 시인은 그저 담담하게 받아들이기로 한다. 이런 달관적인 자세가 꽃이 질 때의 감회인 비애와 어우러져 빚어내는 풍경은, '처절한 아름다움'이라고 할 수 있을 듯하다. 어쩌면 시인은 우리네 인생 역시 저 꽃잎처럼 아름답게 스러져야 하는 것임을 말하고 싶었을 것이다. 그런 관점에서 보자면, 조지훈 시인보다 10여 년 후배가 되는 이형기 시인이 동일한 제목의 시에서, "가야 할 때가 언제인가를/분명히 알고 가는 이의/뒷모습은 얼마나 아름다운가"라고 한 대목이, 조지훈 시인의 이 시와 훌륭한 짝이 된다고 할 수 있겠다. 사라짐이 설혹 비애를 여운으로 남기더라도, 그것이 모든 존재의 숙명인 이상, 아름다울 수 있다면 여기에 다시 무엇을 더 바라겠는가!

  역자는 시인이 구현한 달관의 자세를 곰곰이 생각해보다가, '탓하지 않음'이라는 말을 오래도록 마음속에 머물러두었다. 우리가 세상을 살면서 크고 작게 토해내는 불평과 불만은, 따지고 보면 거개가 그 어떤 '탓'과 연결이 된다. 그리고 그 탓은 당연히 '나'가 아닌 '남'을 향하기 일쑤이다. 바로 여기에 우리 인격의 딜레마가 있다. 일찍이 공자(孔子)께서는, "군자는 자기에게서 찾고, 소인은 남에게서 찾는다[군자구저기(君子求諸己) 소인구저인(小人求諸人)]."고 하였다. 누군가가 군자인지, 소인인지를 알려면 딱 한 가지만 보면 된다. 곧, 어떤 일에 대해 책임을 지는 자세 그 하나만 보면, 그가 군자인지 소인인지를 단번에 알 수 있다. 군자는 자신의 과오나 허물은 말할 것도 없고 아랫사람의 그것까지, 심지어는 윗사람의 그것까지도 자기 탓으로 돌린다. 이에 반해 소인은, 명백한 자신의 과오나 허물조차도 타인 탓으로 돌리며 궁색하고 누추한 모습을 보인다.

동서고금을 막론하고 지도자들이 군자가 아닌 나라는 불행하였다. 그리하여 예전의 훌륭한 지도자들은 심지어 천재지변까지도 본인의 부덕(不德)으로 여겼다. 꽃이 지듯, 권세(權勢)도 진다. 꽃이 지면 슬프듯, 권세가 져도 슬플 것이다. 그러나 제 할 일 다 한 꽃의 '사라짐'이 아름답듯, 소임을 다한 권세의 '사라짐' 또한 아름다울 것이다. 인류의 역사가 이를 증명해왔다. 초야의 서생일 뿐인 역자가 무엇 때문에 다시 허언(虛言)을 더하겠는가!

9연 18행으로 이루어진 원시를 역자는 8구의 칠언고시로 재구성하였다. 한역시는 매구에 압운하였으며, 2구마다 운을 달리하였다. 그리하여 이 시의 압운자는 '飄(표)'·'消(소)', '迫(박)'·'落(락)', '中(중)'·'紅(홍)', '知(지)'·'悲(비)'가 된다.

2

그대가 초롱초롱 별이 되고 싶다면

하루살이와 나귀

권영상

해 지기 전에
한 번 더 만나줄래?
하루살이가 나귀에게
말했습니다.

오늘 저녁은 안 돼.
내일도 산책 있어.
모레, 모레쯤 어떠니?

그 말에 하루살이가
눈물을 글썽이며 돌아섭니다.

넌 너무도 나를 모르는구나.

❀ 태헌의 한역

蜉蝣與驢子(부유여려자)

子復欲逢君(여부욕봉군)
暮前能不能(모전능불능)
蜉蝣問驢子(부유문려자)
驢子卽答應(여자즉답응)
今夕固不可(금석고불가)

明日又逍遙(명일우소요)

明後始有隙(명후시유극)

君意正何如(군의정하여)

蜉蝣含淚轉身曰(부유함루전신왈)

吾君全然不知予(오군전연부지여)

❈ 주석

· 蜉蝣(부유) 하루살이. · 與(여) 연사(連詞). ~와, ~과 · 驢子(여자) 나귀. · 予(여) 나. · 復(부) 다시. · 欲(욕) ~을 하고자 하다. ~을 하고 싶다. · 逢君(봉군) 그대를 만나다. 너를 만나다. · 暮前(모전) 저물기 전, 해 지기 전. · 能不能(능불능) ~을 할 수 있나 없나?, ~이 될까 안 될까? 의문을 나타내는 표현이다. · 問(문) ~을 묻다, ~에게 묻다. · 卽(즉) 즉시, 곧바로. · 答應(답응) 응답하다, 대답하다. · 今夕(금석) 오늘 저녁. · 固(고) 진실로, 정말로. 한역(漢譯)의 편의를 위하여 원시에는 없는 말을 역자가 임의로 보탠 것이다. · 不可(불가) 불가하다, 안 된다. · 明日(명일) 내일. · 又(우) 또, 또한. · 逍遙(소요) 산보하다, 산책하다. · 明後(명후) 모레. 명후일(明後日)을 줄여 사용한 말이다. · 始(시) 비로소. 아래의 '有隙'과 함께 역자가 임의로 보탠 것이다. · 有隙(유극) 틈이 있다, 짬이 있다. · 君意(군의) 그대의 생각, 너의 생각. 아래의 '正'과 함께 역자가 임의로 보탠 것이다. · 正(정) 정히, 바야흐로, 막. · 何如(하여) 어떠냐? 어떠한가? · 含淚(함루) 눈물을 머금다, 눈물을 글썽이다. · 轉身(전신) 몸을 돌리다, 돌아서다. · 曰(왈) ~라고 말하다. · 吾君(오군) 그대, 너. · 全然(전연) 너무도, 도무지, 전혀. · 不知予(부지여) 나를 알지 못하다.

❈ 한역의 직역

하루살이와 나귀

"내가 다시 너를 만나고 싶어.
해 지기 전에 될까?"

하루살이가 나귀에게 묻자
나귀가 바로 대답합니다.
"오늘 저녁은 정말 안 돼.
내일은 산책이 있어.
모레 비로소 틈이 있는데
네 생각은 어떠니?"
하루살이가 눈물 머금고 돌아서며 말합니다.
"너는 나를 너무도 모르는구나."

✱ 한역 노트

　역자가 이솝 우화나 안데르센 동화, 『걸리버 여행기』 등이 일종의 풍자 문학이라는 걸 알게 된 것은 20대 이후의 일인 듯하다. 언제부턴가 역자는 우화나 동화는 물론 동시(童詩)에도 풍자성이 적지 않다는 것을 조금씩 알아, 이를 아이들의 전유물로만 보는 것은 다소 문제가 있다는 생각을 하게 되었다. 역자로서는 참으로 다행한 일이 아닐 수 없었다.

　역자는 위와 같은 '동화적'인 '동시'를 감상하면서 주인공들이 왜 하필이면 하루살이와 나귀일까에 대하여 곰곰이 생각해보았다. 이 시는 일차적으로 극소(極小)의 존재인 하루살이와 극대(極大)의 존재인 나귀가 어느 순간에 친구가 되었다는 사실을 환기시켜준다. 대개 끼리끼리 모여 어울리기 마련인 생명계의 특성에 비추어보자면, 극과 극이 아무리 통한다 해도 '극소'와 '극대'가 친구가 된다는 것은 선뜻 받아들이기가 쉽지 않다. 그럼에도 불구하고 시인이 이렇게 설정한 데는 그만한 이유가 있을 것으로 여겨진다.

　하루살이는 자기에게 남은 시간이 많지 않다는 것을 알고 있었기 때문에, 이미 친구가 된 나귀에게 "한 번 더 만나줄래?"라고 하였을 것이다. 설령 하루살이가 하루밖에 못 산다는 것을 나귀가 깜빡했다거나 전혀 몰랐다 하더라도, 둘이 사귄 당일에 또다시 보자고 했다면 나귀 입장에서는

"왜?" "무슨 일인데?"라는 질문을 먼저 던져야 했지 않을까 싶다. 그런데 나귀는 정작 자기의 스케줄을 얘기한 뒤에야 친구의 사정이 어떤지를 물었다. 역자가 보기에 이것은 친구에 대한 배려가 아니다. 이 시는 결국 '극대'가 오히려 '극소'의 심사를 헤아리지 못한 것으로 결론 지었다. 덩치가 크다고 마음까지 넓은 것은 아니라는 뜻을 강조한 셈이다.

역자는 이 동시 역시 일종의 풍자시로 파악하여, 하루살이를 미약한 존재인 민초(民草)로 보고, 나귀를 유력한 존재인 위정자(爲政者)로 본다. 나귀가 얘기한 '모레'의 만남은 어쩌면 민초들에게는 너무나도 요원한 미래의 일이다. 하루하루가 살기에 바빠 거의 내일이 없는 거나 진배없는 민초들에게, 언제일지도 모르는 미래의 약속이 도대체 무슨 의미가 있겠는가! 그리하여 하루살이는 나귀에게 "넌 너무도 나를 모르는구나!"라는 말을 던지며 돌아서게 되었던 것이다. 위정자가 민초를 헤아려주지 못하니 민초가 위정자에게서 등을 돌린다는 뜻으로 읽힌다.

이쯤에서 역자는 나귀가 약속한 '산보'가 수평적 관계와의 일인가, 아니면 수직적 관계와의 일인가가 궁금해진다. 수평적 관계라면 또 다른 위정자나 상당한 유력자(有力者)와의 약속이겠지만, 수직적 관계라면 나귀 위에 있는 존재, 곧 위정자를 부리는 실세(實勢)와의 약속일 공산이 크다. 그러나 어떤 경우든 나귀의 대답은 '산보'라는 선약을 위하여, 목숨이 경각에 달린 '하루살이'의 간절한 애원 정도는 뒤로 미룰 수 있음을 보여준 것이 된다. '나귀'가 설혹 본인은 몰랐다고 강변하더라도 말이다. 그리하여 '모레'라는 말이 그저 허망하게만 들린다. 하루살이에게는 내일도 없지만 모레는 더더욱 없다.

4연 10행으로 이루어진 원시를 역자는 오언 8구와 칠언 2구로 구성된 10구의 고시로 한역하였다. 각 짝수 구에 압운하였는데 제6구에서 한 번 운을 바꾸었다. 이 시의 압운자는 '能(능)'·'應(응)', '遙(요)'·'如(여)'·'予(여)'이다.

여름 숲

언제나 축축이 젖은
여름 숲은
싱싱한 자궁이다

오늘도 그 숲에
새 한 마리 놀다 간다

오르가슴으로 흔들리는 나뭇가지마다
뚝뚝 떨어지는
푸른 물!

✽ 태헌의 한역

夏林(하림)

夏林常漉漉(하림상록록)
便是活子宮(변시활자궁)
今日亦一鳥(금일역일조)
盡情玩而行(진정완이행)
極感搖樹枝(극감요수지)
靑水滴瀝降(청수적력강)

·夏林(하림) 여름 숲. ·常(상) 언제나, 늘. ·漉漉(녹록) 축축한 모양, 또는 흐르는 모양. ·便是(변시) 바로 ~이다. ·活子宮(활자궁) 살아 있는 자궁. ·今日(금일) 오늘. ·亦(역) 또, 또한. ·一鳥(일조) 한 마리의 새. ·盡情(진정) 실컷, 마음껏. ·玩而行(완이행) 놀고 가다. ·極感(극감) 지극한 느낌, 극치의 느낌. 이 시에서는 '오르가슴'의 뜻으로 사용하였다. ·搖(요) 흔들다, 흔들리다. ·樹枝(수지) 나뭇가지. ·青水(청수) 푸른 물. ·滴歷(적력) (물이 떨어지는 소리) 뚝뚝, 후두둑. ·降(강) 떨어지다.

❈ 한역의 직역

여름 숲

여름 숲은 늘 축축이 젖은
바로 살아 있는 자궁
오늘도 새 한 마리가
실컷 놀고는 간다
오르가슴에 나뭇가지가 흔들리자
뚝뚝 떨어지는 푸른 물!

❈ 한역 노트

당연히 시에도 19금(禁)이 있다. 그리하여 이 시를 19금시로 분류하는 독자나 평자가 분명 많을 듯하다. 설혹 다중(多衆)에 의해 19금이라는 판결이 내려진다 하더라도 역자는 이 시를 정말 '건전한' 시로 간주하고 싶다. 물론 비유와 묘사가 다소 선정적이고 대담한 측면이 있기는 하지만, 시인이 시에 담은 뜻은 자연의 건강함이 인간의 건강함과 결코 다르지 않다는 것이기 때문이다. 뒤집어 말하자면 인간은 자연의 건강함, 곧 그 섭리(攝理)를 배우고 순응해야 한다는 뜻으로도 읽힌다. 어쨌거나 역자는 이 시를 감상하면서 인간의 상상력은 과연 어디까지일까를 생각해보게 되었다. 저 하늘 너머 우주만이 어찌 광대무변(廣大無邊)한 것이겠는가!

한역시의 '極感(극감)'은 문헌에 보이는 어휘는 아니지만 우연하게도 동양대 강구율 교수와 의견이 일치한 조어(造語)라서 사용하게 되었다. 역자가, 오늘날 중국에서 '오르가슴'의 의미로 사용하고 있는 '고조(高潮)'라는 어휘를 군이 피한 이유는 '高潮'의 '潮[물결]'와 이 시의 '나뭇가지'는 어울리지 않는 조합으로 보았기 때문이다. 말이 없으면 만들어가는 것, 어쩌면 한시를 즐기는 자들만의 특권이 아닌지 모르겠다.

짧은 음보(音步)의 3연 8행으로 구성된 이 시를 역자는 6구의 오언고시로 옮겨보았다. 원시 제2행에 위치한 주어 '여름 숲은'을 맨 앞으로 끌어올리고 관형어구인 제1행을 술어로 처리하였으며, 제3행을 한역하면서 원시에 없는 '바로[便]'를 보충하였다. 제4행의 '그 숲에'는 한역 과정에서 누락시키고, 제5행에 없는 '실컷[盡情]'을 또 보충하였다. 한역시는 짝수 구마다 압운(押韻)하였으며, 압운자는 '宮(궁)', '行(행)', '降(강)'이다.

엄마야 누나야

김소월

엄마야 누나야 강변 살자
뜰에는 반짝이는 금모래 빛
뒷문 밖에는 갈잎의 노래
엄마야 누나야 강변 살자

✽ 태헌의 한역

母兮姉兮(모혜자혜)

母兮姉兮住江畔(모혜자혜주강반)
庭前金沙色璨璨(정전금사색찬찬)
門外蘆葉聲漫漫(문외로엽성만만)
母兮姉兮住江畔(모혜자혜주강반)

✽ 주석

· 母兮(모혜) 엄마! 엄마야! '兮'는 호격(呼格) 어기사(語氣詞)이다. · 姉(자) 손윗누이. 누나. · 住江畔(주강반) 강변에 살다. '畔'은 '邊(변)'과 같은 의미이다. · 庭前(정전) 뜰 앞. 원시의 "뜰에는"을 한역하면서 본래적인 의미를 고려하여 '前'을 보충하였다. · 金沙(금사) 금모래, 금빛 모래. · 色(색) 빛. · 璨璨(찬찬) 밝게 빛나는 모양. 의태어로는 '반짝반짝'의 뜻. · 門外(문외) 문 밖. 원시의 "뒷문 밖"을 한역하면서 "뒷"에 해당하는 "後(후)"를 생략한 표현이다. · 蘆葉(노엽) 갈잎, 갈대 잎. · 聲(성) 소리, 노래. · 漫漫(만만) 넘실넘실. '漫漫'은 보통 시간이나 공간이 끊임없이 이어져 긴 모양을 나타내는데 역자는 '소리'가 끊임없이 이어지는 것도 여기에 포함시킬 수 있을 것으로 생각하였다. 옛날 사람들은 무엇인가 많은 모양이나 바람이 끝없이 부는 모

양도 이 '漫漫'으로 표기하였다. 원시의 "반짝이는"을 의태어 '반짝반짝'을 뜻하는 '璨璨'으로 한역하였기 때문에, "갈잎의 노래"에도 의태어를 써보는 것이 좋겠다는 생각이 들어 '漫漫'을 택하면서 한글로는 '넘실넘실'로 옮겨보았다.

❋ 한역의 직역

엄마야 누나야

엄마야 누나야 강변에 살자
뜰 앞엔 반짝반짝 금모래 빛
문 밖엔 넘실넘실 갈잎 노래
엄마야 누나야 강변에 살자

❋ 한역 노트

이번엔 조금은 특별하게 역자의 옛날이야기를 적어가며 한역한 「엄마야 누나야」를 감상해보기로 한다. 다 읽고 나면 아마도 그 이유를 알게 되시리라 믿는다.

'김소월' 하면 대부분의 독자들은 학창 시절에 배운 시 제목이나 시를 노래로 만든 '가곡' 제목이 먼저 떠오를 듯하다. 그런데 역자는 엉뚱하게도 재수생 시절이 먼저 떠오른다. 역자가 고향집이 아니라 결혼한 큰누나가 살고 있었던 안양의 어느 독서실에서 몇 달 동안 재수 생활을 할 적에, 김소월의 본명인 '정식(廷湜)'을 역자의 '가명(假名)'으로 사용한 이력이 있기 때문이다. 역자는 역자의 본명이 싫어서라기보다는, 아무리 신경 써서 이름을 불러줘도 사람들이 한 번에 못 알아듣는 경우가 거의 대부분이고, 용케 알아들은 사람들도 꼭 중국 사람 이름 같다며 한마디씩 하는 게 마뜩하지가 않아 가명을 사용하게 되었던 것이지만, 보다 근본적으로는 김소월이 역자가 당시에 가장 좋아하였던 시인이었고, 또 그의 이력 역시 어느 정도 알고 있어, '폼 나게' 그의 본명을 역자의 가명으로 사용해보게 되었던 것이다.

　김소월이 스무 살 되던 해에 발표한 이 시 「엄마야 누나야」는 역자가 시로 외운 것이 아니라 노랫말로 외운 것인데, 초등학교 몇 학년 때 배운 건지는 기억이 나지 않는다. 다만 이 노래를 처음으로 배울 즈음에 역자는 이미, 당시 '국민학교' 학생들에게는 부르는 것이 금지된 것이나 마찬가지였던 대중가요의 하나인 〈강촌에 살고 싶네〉를 부를 수 있을 정도였기 때문에, 어린 마음에도 동요가 다소 시시하다는 생각을 떨쳐버릴 수가 없었더랬다. 가수 나훈아 씨가 부른 대중가요 〈강촌에 살고 싶네〉는 아마도, 우리 집에 유난히 자주 놀러 오셨던, 사촌 사이이자 친구 사이이면서 그 당시에 농촌 총각들이었던 당숙(堂叔) 두 분이 부르던 노래를 역자가 따라 부르다가 저절로 익혔을 것으로 짐작된다. 시골에는 텔레비전은 고사하고 라디오조차 흔하지 않았던 그 시절이라 누구에게나 이와 비슷한 일들이 있었을 듯하다. 어찌 되었건 이 두 곡의 노래로 인해 어린 역자의 마음속에서는 '강촌' 혹은 '강변'에 대한 로망이 싹텄던 것은 분명하다.

　그러던 역자가 난생처음으로 강이라고 부를 만한 큰물을 가까이에서 제대로 보게 된 것은 초등학교 3학년 때였다. 여름 방학을 맞아 부모님께 무진장 떼를 써서 영주(榮州) 이모네 집에 놀러 가게 되었을 때, 이종사촌 누나 둘이서 나에게 물이 불은 내성천(乃城川)을 구경시켜주었던 것이다. 짐작건대 아마 장마 뒤였거나 태풍 뒤였을 당시에 역자는 넘실대는 큰물이 무서워 다리를 덜덜 떨었지만, 그 큰물에 대한 형언(形言)하기 어려운 느낌만큼은 오래도록 뇌리에서 지워지지 않았다. 나중에 어른이 되면 꼭 강마을에 살아야겠다는 생각을 하게 된 것도 대략 이 무렵이었을 것으로 여겨지는데, 안타깝게도 역자는 지금까지 단 한 번도 강이 보이는 집에서 살아본 적이 없다.

　뜰 앞에는 금빛 모래밭이 펼쳐져 있고, 뒷문 밖에서는 갈대의 노랫소리가 끊임없이 들려오는 김소월의 "강변"은 실재하는 공간이라기보다는 평화롭고 행복이 넘치는 일종의 유토피아로 이해된다. 설혹 이 "강변"이 어딘가에 실재하는 공간이라 하더라도, 역자의 경우 "엄마"는 이미 저세상에 가신 지 제법 되었고, "누나"들은 할머니 되어 자기 손자·손녀 돌보느라 여념이 없으니, 이 시점에서 이 노래를 다시 부르는 것은 아무런 소용이 없을 것이다. 이제는 부르는 사람을 바꾸어 "여보야", "애들아"로 이노래를 불러야 할 때가 되었다는 것일까? 어쨌거나 노랫말이 된 시 하나가 그 어린 시절 어린 꿈을 오래도록 가슴속에서 살게 해주었으니, 역자는 이것만으로도 시인에게 무한한 감사를 드리고 싶다. 멋진 시를 어설프게 한역한 것이야 역자가 부끄러워해야 할 몫이지만, 이 또한 사람의 일임을 저세상에 있을 시인 역시 모르지는 않으리라.

　역자는 보통 4행으로 처리되어 소개되는 원시를 4구의 칠언고시로 한역하였다. 한역하는 과정에서 한 두 시어(詩語)를 가감한 것은 주석 부분에 자세히 기술해두었다. 원시의 제1행과 제4행이 동일한 관계로 역자는 부득이 매구마다 압운하는 방식을 취하였다. 그러므로 이 시의 압운자는 '畔(반)'·'璨(찬)'·'漫(만)'·'畔(반)'이 된다.

그해 여름
— 아버지

김용수

대지가 뒤끓는 대낮
대청마루 뒤안길은
여름 바람이 몰래 지나가는 길

뒷문 열어제치면
봇물 터지듯 쏟아지는 솔솔이 바람

반질반질한 대청마루 바닥에
목침을 베고 누워
딴청을 부리시던 아버지

매미 소리 감상하며
소르르 여름을 즐기시던 우리 아버지

❋ 태헌의 한역

當年夏日(당년하일)
— 父親(부친)

大地沸騰屬夏午(대지비등속하오)
廳堂後匿夏風途(청당후닉하풍도)
後門任誰一大開(후문임수일대개)
如坼洑水風直趨(여탁보수풍직추)

當年廳堂裏(당년청당리)

油光木廊上(유광목랑상)

父親依枕臥(부친의침와)

說他世事忘(설타세사망)

快賞蟬聲淸(쾌상선성청)

慢嗜夏日旺(만기하일왕)

❋ 주석

·當年(당년) 그해. ·夏日(하일) 여름, 여름날. ·父親(부친) 아버지. ·大地(대지) 대지, 땅. ·沸騰(비등) 들끓다, 뒤끓다. ·屬夏午(속하오) 바로 여름 한낮. '夏'는 역자가 한역 시구의 의미의 완결성을 위하여 임의로 보탠 글자이다. ·廳堂(청당) 대청(大廳). 역자는 이 시에서 대청마루의 의미로 사용하였다. ·後(후) ~뒤, ~뒤에. 역자가 원시의 "뒤안길"을 대신하여 사용한 말이다. ·匿(익) 숨다, 숨어 있다. ·夏風途(하풍도) '여름 바람[의] 길'이라는 의미로 역자가 조어(造語)한 한자어이다. ·後門(후문) 후문, 뒷문. ·任誰(임수) 누구든지, 아무든지. 역자가 한역의 편의를 위하여 임의로 보탠 글자이다. ·一大開(일대개) 한번 활짝 열다. 원시의 "열어제치면"을 역자가 한역한 표현이다. ·如(여) ~과 같다. ·坼洑水(탁보수) 봇물을 터뜨리다. ·風直趨(풍직추) 바람이 곧바로 내닫다. ·裏(리) ~의 안, ~의 속. ·油光(유광) 반질반질[하다]. ·木廊(목랑) 마루. 역자는 이 시에서 나무로 된 마루의 의미로 사용하였다. ·上(상) ~의 위, ~의 위에. ·父親(부친) 부친, 아버지. ·依枕臥(의침와) 목침에 의지하여 눕다, 목침을 베고 눕다. ·說他(설타) 다른 것을 말하다, 딴전을 피우다. ·世事忘(세사망) 세상일을 잊다. 역자가 한역의 편의를 위하여 임의로 보탠 표현이다. ·快(쾌) 마음껏, 기꺼이. 한역의 편의를 위하여 역자가 임의로 보탠 글자이다. ·賞(상) ~을 감상하다. ·蟬聲淸(선성청) 매미 소리가 맑다. 어떤 동사의 목적어가 되면 "맑은 매미 소리"라는 뜻이 된다. ·慢(만) 느긋이, 마음대로. 역자가 "소르르"의 대응어로 골라본 글자이다. ·嗜(기) ~을 즐기다. ·夏日旺(하일왕) 여름이 한창이다. 어떤 동사의 목적어가 되면 "한창인 여름"이라는 뜻이 된다.

그해 여름
— 아버지

대지가 뒤끓는, 바로 여름 한낮
대청 뒤에 숨어 있는 여름 바람 길
대청 뒷문을 누구든 한번 활짝 열면
봇물 터지듯 곧바로 내닫는 바람
그해 대청 안
반질반질한 마루 위에
아버지는 목침을 베고 누워
딴청 부리시며 세상일 잊고
맑은 매미 소리 마음껏 감상하며
한창인 여름을 소르르 즐기셨지

❋ 한역 노트

엊그제 입추 지나고 오늘이 말복이니 이제 올 더위도 얼추 다한 듯하지만, 그리하여 바람 끝이 벌써 달라진 듯도 하지만, 아직은 한동안 낮이면 가마솥처럼 뜨거울 것이고, 또 그래야만 할 것이다. 농작물들이 본격적으로 성숙해야 할 담금질의 시간이 남아 있기 때문이다. 거기에 비례해 농부들의 노고의 시간 역시 거를 수 없는 징검돌로 놓여 있다. 가을의 풍요 속에는 이렇게 담금질과 노고의 시간이 스며들게 되는 것이다.

세상에는 미루어 짐작해서 알 수 있는 것들도 있고, 직접 겪고 나서야 알 수 있는 것들도 있다. 시인이 얘기한 "솔솔이 바람"은, 역자가 보기에는 후자 가운데 하나임이 분명하다. 그런데 대청마루에서 제대로 된 "솔솔이 바람"을 느끼자면 전제 조건이 충족되어야 한다. 일단 대청마루 앞뒤가 모두 최소한 어느 정도는 트여 있어야 하며, 정남향의 집이어야 한다는 것이다. 옛사람들이 정남향집을 선호했던 것은, 겨울에는 따뜻하고 여름에는 시원하다는 것을 경험적으로 알았기 때문이었다. 그리고 대청마루는 여름을 시원하게 나기 위한 우리 선조들의 지혜가 깃든 공간이기도 하였다.

오전의 들일을 마치고 돌아와 등목을 끝낸 후에 대청마루에서 점심상을 마주하였을 시 속의 "아버지"에게는 들일의 피로와 점심 식사 후의 포만감과 곁들인 탁주의 취기가 한꺼번에 몰려들었을 것이다. 거기에 더해 무더운 여름날을 무색하게 만드는 "솔솔이 바람"까지 얹어졌으니 "아버지"는 목침에 머리가 닿자마자 이내 곯아떨어지셨을 터다. 그런데 이 낮잠을 누군가가 깨웠다는 사실과 이 낮잠의 품질(?)을 알 수 있게 하는 말은 무엇일까? 바로 "딴청"이라는 말이다. 이 "딴청"은, "아버지"가 완전한 수면 상태가 아니라 언제든지 깰 수 있는 가수면 상태라는 것을 알게 해주는 말이기도 하지만, 이 시를 이해하는 데 있어 결정적인 관건(關鍵)이 되는 핵심어라는 사실에 주목할 필요가 있다. 사실 이 "딴청"이라는 말이 아니라면 이 시는 시의 내용보다 더 많은 얘기를 들려줄 수가 없다. 다소 애가 타 "아버지"의 낮잠을 깨워야만 하는 가족 누군가─당연히 어머니겠지만─의 심사와, 꿀보다 달콤한 낮잠을 좀 더 즐기고픈 "아버지"의 심사를 이 말이 아니라면 어떻게 설명할 수 있겠는가!

아무리 뜨거운 여름이라도 농가에는 해야 할 일이 산처럼 쌓여 있다. 누군들 더운 여름날에 시원한 대청마루에서 낮잠을 원 없이 자고 싶지 않았으랴만, 그랬다가는 죽도 밥도 안 된다는 것을 농촌에 사는 사람이라면 모를 리가 없다. 말이 났으니 말이지 들을 그냥 내버려두면 잡풀이 금세 쫓아 들어와 1주일만 지나도 호랑이가 새끼를 쳐도 모를 정도로 자라버린다. 그러기에 가족 성원 누군가가 길어지고 있는 "아버지"의 단잠을 깨웠을 것이다. 그런데 조금이라도 더 단잠을 즐기고픈 "아버지"의 선택지는 그리 많지가 않다. "조금만 더 자고"와 같은 직설적인 말은 가장으로서의 체통을 손상시키는 것이 되기 쉽다. 그렇다고 잠결에 아스라이 들려오는 그 '채근'을 나 몰라라 할 수도 없는 노릇이다. 그리하여 다소 궁색하기는 해도 그나마 딴청이 가장 잘 어울릴 것으로 여기셨으리라. "내년에 들 밭둑에 매화나 몇 그루 심어볼까?"와 같은 말이 바로 "아버지"의 딴청이었을 것이다.

농촌에서 유소년 시절을 보낸 독자라면 '이 시는 바로 우리 집 얘기네.'라는 혼잣말을 하게 되었을 듯하다. 이 "아버지"의 '딴청 사건'이 과연 몇 시쯤에 일어났을까를 따져보는 것은, 땅을 하늘로 여기며 살아왔고 지금도 그렇게 살고 있는, 흙을 지키는 사람들의 노고를 만분지일이나마 이해하는 일이 될 듯하여, 도회지 출신의 독자들에게 숙제로 남겨둔다.

역자는 4연 10행으로 된 원시를 칠언 4구와 오언 6구로 구성된 고시로 한역하였다. 칠언구와 오언구 모두 짝수 구에 압운하였지만 운(韻)은 달리하였다. 그리하여 이 한역시의 압운자는 '途(도)'·'趨(추)', '上(상)'·'忘(망)'·'旺(왕)'이 된다.

물고기에게 배운다

맹문재

개울가에서 아픈 몸 데리고 있다가
무심히 보는 물속
살아온 울타리에 익숙한지
물고기들은 돌덩이에 부딪히는 불상사 한번 없이
제 길을 간다
멈춰 서서 구경도 하고
눈치 보지 않고 입 벌려 배를 채우기도 하고
유유히 간다
길은 어디에도 없는데
쉬지 않고 길을 내고
낸 길은 또 미련을 두지 않고 지운다
즐기면서 길을 내고 낸 길을 버리는 물고기들에게
나는 배운다
약한 자의 발자국을 믿는다면서
슬픈 그림자를 자꾸 눕히지 않는가
물고기들이 무수히 지나갔지만
발자국 하나 남지 않은 저 무한한 광장에
나는 들어선다

學於溪魚(학어계어)

溪邊坐傷身(계변좌상신)

無心看水中(무심간수중)

魚識生來地(어식생래지)

未有與石衝(미유여석충)

順行自己路(순행자기로)

停止賞風光(정지상풍광)

開口不顧眄(개구불고면)

充腹悠悠行(충복유유행)

路也隨處無(노야수처무)

不斷拓行路(부단척행로)

還復不留戀(환부불유련)

拓路又抹去(척로우말거)

喜樂拓行路(희락척행로)

拓路無心擲(척로무심척)

於彼水中魚(어피수중어)

吾誠有所學(오성유소학)

謂信弱者步(위신약자보)

橫臥悲影數(횡와비영삭)

衆魚無數過(중어무수과)

脚印一個無(각인일개무)

無限廣場裏(무한광장리)
遂入吾身軀(수입오신구)

✿ 주석

・學於(학어) ~에게 배우다. ~에서 배우다. ・溪魚(계어) 개울의 물고기. ・溪邊 (계변) 개울가. ・坐傷身(좌상신) 아픈 몸을 앉히다. ・無心(무심) 무심히. ・看水 中(간수중) 물속을 보다. ・魚識生來地(어식생래지) 물고기는 살아온 땅[곳]을 안다, 물고기는 살아온 땅[곳]에 익숙하다. ・未有(미유) [여태] 있지 않았다, 없다. ・與石 衝(여석충) 돌과 부딪히다. ・順行(순행) 잘 가다. ・自己路(자기로) 자기가 가야 할 길, 제 길. ・停止(정지) 멎다, 멈추다. ・賞風光(상풍광) 풍경을 감상하다, 구경 하다. ・開口(개구) 입을 열다. ・不顧眄(불고면) 두리번거리지 않다, 눈치 보지 않 다. ・充腹(충복) 배를 채우다. ・悠悠行(유유행) 유유히 가다. ・路也(노야) 길. '也'는 주어나 목적어[빈어] 뒤에 쓰여 앞말을 강조하는 조사(助詞)이다. ・隨處無(수 처무) 어디에도 없다. ・不斷(부단) 쉬지 않고, 부단히. ・拓行路(척행로) [갈] 길을 만들다, [갈] 길을 내다. ・還復(환부) 다시, 다시 또. ・不留戀(불유련) 미련을 두지 않다. ・拓路(척로) 만든 길, 낸 길. ・又(우) 또. ・抹去(말거) 지우다. ・喜樂(희 락) 기뻐하며 즐거워하다, 즐기다. ・擲(척) 던지다, 버리다. ・於(어) ~에게서, ~ 에서. ・彼水中魚(피수중어) 저 물속의 물고기. ・吾(오) 나. ・誠(성) 진실로, 정 말. ・有所學(유소학) 배운 것이 있다. ・謂(위) ~라 하다, ~라 말하다. ・信(신) ~을 믿다. ・弱者步(약자보) 약한 자의 걸음, 약한 자의 발자국. ・橫臥(횡와) ~을 (가로로) 눕히다. ・悲影(비영) 슬픈 그림자. ・數(삭) 자주, 잦다. ・衆魚(중어) [많 은] 물고기들. ・無數過(무수과) 무수히 지나가다. ・脚印(각인) 발자국. ・一個 無(일개무) 한 개도 없다. ・無限(무한) 끝이 없다, 무한하다. ・廣場裏(광장리) 광 장 안. ・遂(수) 마침내, 드디어. ・入(입) 들이다, 집어 넣다. ・吾身軀(오신구) 나 의 몸.

개울 물고기에게 배운다

개울가에 아픈 몸 앉혀두고
무심히 보는 물속
물고기들은 살아온 곳에 익숙한지
돌덩이와 부딪히는 일도 없지
제 길을 잘 가다가
멈추고서 구경도 하고
눈치 보지 않고 입 벌리고
배를 채우기도 하며 유유히 간다

길은 어디에도 없는데
쉬지 않고 갈 길을 내고
다시 미련을 두지 않고
낸 길은 또 지운다

즐기면서 길을 내고
낸 길을 무심히 버리는
저 물속의 물고기에게서
나는 진정 배운 것이 있다
약한 자의 발자국을 믿는다면서
슬픈 그림자를 자주 눕혔구나

물고기들이 무수히 지나갔지만
발자국 하나 남지 않은
무한한 광장 안에
마침내 내 몸을 들인다

　중국이 낳은 대시인 두보(杜甫)는 종이를 살 돈이 없어 딸아이의 낡은
치마폭에 시를 적은 적이 있을 정도로 극빈(極貧)의 삶을 살았지만, 시에
대한 열정은 정말 대단하여 "어불경인사불휴(語不驚人死不休)"라는 천고
(千古)의 금언(金言)을 토설(吐說)하고 평생을 그러한 자세로 일관하였다.
그러니 어찌 그가 위대하지 않겠는가! "말이[시가] 사람을 놀라게 하지 못
한다면 죽어도 쉬지 않으리라."는 이 말이, 시에 대한 그러한 열정이, 어
쩌면 오늘날의 많은 시인들 가슴속에서도 여전히 들끓고 있을 것이다.

　그리하여 시인들은 정말 다양한 방식으로 독자들을 놀라게 한다. 기가
막히는 비유(比喩)나 깊은 사색에서 끌어올린 철리(哲理), 따뜻하게 세상을
어루만지는 인정(人情) 등을 그 주무기로 삼는가 하면, 맹문재 시인의 이
시처럼 섬세하고 예리한 관찰을 바탕으로 우리가 익히거나 실천해야 할
가치를 끌어내며 놀라움을 주기도 한다. 기왕에 '시는 낯설게 하기'라는
말이 있었으니, '시는 놀라게 하기'라고 해도 그리 틀리지는 않을 듯하다.

　유소년 시절에 징검다리를 건너다가 개울에 물고기 떼가 보이면 돌멩
이를 집어 들어 던지고는 했던 역자는 이 시 앞에서 많은 부끄러움을 느
낀다. 물고기는 "돌덩이에 부딪히는 불상사 한번 없이/제 길을" 가는데,
역자가 물고기에게 던졌던 그 옛날 돌멩이가 이제는 세상이 내게로 던지
는 돌멩이가 되어 역자의 몸과 마음에 아프게 부딪히기 때문이다.

　"약한 자의 발자국을 믿는다면서/슬픈 그림자를 자꾸 눕히지 않는가"
라고 한 이 시구는 기본적으로 시인이 추구하고 싶은 가치, 곧 약자의 편
에 서리라는 다짐이 '생각 따로, 행동 따로'가 되고 마는 것에 대한 반성이
지만, 이는 달리 사회에 대한 따끔한 질책이기도 하다. 세상에 흔하디흔
한 '내로남불' 역시 이 범주 안에서 이해할 수 있지 않을까?

　원시는 연 구분 없이 18행으로 이루어진 시이지만, 역자는 편의상 네
단락 22구의 오언고시로 재구성하였다. 단락마다 모두 짝수 구에 압운하

였으며, 또 단락마다 운(韻)을 달리하였다. 이 한역시의 압운자(押韻字)는 '中(중)'·'衝(충)'·'光(광)'·'行(행)', '路(로)'·'去(거)', '擲(척)'·'學(학)'·'數(삭)', '無(무)'·'軀(구)'이다.

연잎

살랑거리는
연못의 마음

잡아
주려고

물 위에
꽂아놓은

푸른 압정

❀ 태헌의 한역

蓮葉(연엽)

淵心蕩漾(연심탕양)
欲使靜平(욕사정평)
水上誰押(수상수압)
靑綠圖釘(청록도정)

❀ 주석

·蓮葉(연엽) 연잎. ·淵心(연심) 연못 한가운데, 연못의 마음.   ·蕩漾(탕양) (물결
따위가) 살랑거리다.   ·欲使(욕사) ~로 하여금 ~하게 하다. 여기서는 '使' 뒤에 '淵心'

이 생략되었다. ·靜平(정평) 평정(平靜). 고요하다. ·水上(수상) 물 위. ·誰押(수압) 누가 눌러두었나? 누가 꽂아두었나? ·靑綠(청록) 청록빛, 푸르다. ·圖釘(도정) 압정(押釘)의 중국식 표현. 그림 따위를 고정시키기 위한 쇠못이라는 뜻이다.

❀ 한역의 직역

연잎

연못의 맘 살랑거려
고요하게 해주려고
물 위에 누가 꽂았나?
푸른 압정!

❀ 한역 노트

바람에 살랑거리는 수면을 연못의 마음으로, 수면 위에 납작 엎드려 있는 연잎을 그 마음을 잡아주는 압정으로 비유한 이런 동시는 주된 독자인 아이들은 물론 어른들까지도 유쾌하고 즐겁게 하기에 충분할 듯하다. 그리고 "살랑거리는 연못의 마음"이라는 시구는 자연스레 '사람의 흔들리는 마음'으로 생각의 무게중심을 옮겨가게 한다.

연못과는 비교도 안 되는, 세상이라는 거대한 호수에서 무시로 흔들리는 우리들의 마음은 무엇으로 잡아주어야 할까? 압정은 일종의 못인지라 아무래도 따끔거릴 테니 무엇인가 묵직한 것으로 눌러두어야 하지 않을까 싶다. 우리는 예로부터 무엇인가를 눌러두는 돌을 '누름돌'로 불러왔다.

역자에게는 특별한 추억이 담긴 누름돌이 있다. 그것은 할머님이나 어머님이 김칫독 안에 눌러두신 그 누름돌이 아니라, 작은누나가 메모를 한 종이 위에 얹어두었던 애들 주먹만 한 크기의 누름돌이다.

"어느 들로 와라."

작은 누나가 갱지(更紙) 연습장에 색연필로 이 글을 쓰고는 마당 가운데다 두고 바람에 날아가지 않게 얹어두었던 어린 시절의 그 누름돌! 당시에 작은누나는 중학생이었고 역자는 초등학생이었다. 집에 가기가 싫어, 정확하게는 들에 일하러 가기가 싫어, 학교 도서관에서 빌려온 책을 어느 산자락 묘소 상석(床石) 앞에 엎드려 읽느라 중학생인 누나보다 귀가 시간이 늦어질 수밖에 없었고, 이 때문에 누나가 부모님을 따라 동생들과 들에 가면서 그 메모를 내게 남겨준 것이었다. 누런 갱지 위에 올려져 있던 그 돌 역시 누름돌이라는 걸 안 건 한참 뒤의 일이었지만, 그 누름돌은 당시의 역자에게는 그냥 슬픈 돌이었다. 어린 마음에 그 돌만 없었어도 종이가 날아가버려 가기 싫었던 들에 가지 않아도 되었을 것으로 생각했기 때문이었다. 그 옛날에 역자가 가기 싫어 땅만 내려다보며 타박타박 걸었던 좁은 농로를 마지막으로 밟아본 것이 언제인지 아득하기만 하여도, 지금에 부끄럽고 죄스러운 그때의 기억은 아직까지 또렷하기만 하다.

사람이 살다 보면 생각뿐만 아니라 일이나 삶 자체가 흔들릴 수 있다. 바로 이러한 때에 필요한 존재가 누름돌과 같은 친구가 아닐까 싶다. 내가 바람 앞의 갈대처럼 흔들리고 있을 때 누름돌이 되어줄 친구가 없는 경우보다 더 슬픈 순간이 또 있을까? 누름돌이 없는 독 안의 김치가 오롯하게 익어갈 수 없듯, 누름돌이 없는 사람의 마음자리 역시 온전하지 못해 군데군데 상처로 얼룩지게 될 듯하다.

본인의 의지와는 관계없이 세상이 흔들릴 때는 또 어찌해야 할까? 지진보다 더 아찔하게 흔들리는 세상에서 우리 모두의 친구가 되어 누름돌이 될 사람은 누구일까? 그런 사람이 과연 있기나 한 걸까? 세상은 여전히 흔들리는데 어두운 눈에 누름돌은 보이지 않으니, 백면서생(白面書生)인 역자는 오늘도 그저 갑갑할 따름이다.

역자는 4연 7행으로 된 원시를 4구의 사언고시(四言古詩)로 재구성하였다. 이 한역시의 압운자는 '平(평)'·'釘(정)'이다.

무더위

박인걸

당신의 뜨거운 포옹에
나는 더 이상 저항하지 못하고
무장해제 당하고 말았다.

다리는 후들거리고
두 팔은 힘이 쪽 빠지고
얼굴은 화끈거리고
심장은 멈출 것만 같다.

온몸으로 전달되는
그대 사랑의 에너지는
머리부터 발끝까지
전류처럼 번져나간다.

잔디밭이라도
어느 그늘진 곳이라도
아무 말 없이 드러누울 테니
그대 맘대로 하시라.

蒸炎(증염)

吾君抱持似熱火(오군포지사열화)

吾終不拒自暴棄(오종불거자포기)

兩脚瑟瑟臂無力(양각슬슬비무력)

顔面發紅心欲止(안면발홍심욕지)

吾君愛力籠全身(오군애력롱전신)

從頭到尾通電氣(종두도미통전기)

不問是綠莎(불문시록사)

還是陰凉地(환시음량지)

無言自倒臥(무언자도와)

吾君可隨意(오군가수의)

❀ 주석

· 蒸炎(증염) 무더위, 찌는 듯한 더위. · 吾君(오군) 그대, 당신. · 抱持(포지) 포옹(抱擁). · 似熱火(사열화) 열화[뜨거운 불]와 같다. · 吾(오) 나. · 終(종) 끝내, 마침내. · 不拒(불거) 거부하지 못하다, 저항하지 못하다. · 自暴棄(자포기) 스스로 포기하다, 자포자기하다. '暴棄'는 '抛棄(포기)'와 같은 말. · 兩脚(양각) 두 다리. · 瑟瑟(슬슬) 떠는 모양. · 臂無力(비무력) 팔에 힘이 없다. · 顔面(안면) 얼굴. · 發紅(발홍) 붉어지다, 화끈거리다. · 心欲止(심욕지) 심장이 멈추려고 하다. · 愛力(애력) 사랑의 에너지, 사랑의 힘. · 籠全身(농전신) 온몸을 감싸다. · 從頭到尾(종두도미) 머리부터 발끝까지, 처음부터 끝까지. · 通電氣(통전기) 전기가 통하다. · 不問(불문) 묻지 않다, 따지지 않다. · 是(시) ~이다. · 綠莎(녹사) 잔디밭. · 還是(환시) 또 ~이다, 다시 ~이다. '是A還是B'는 'A이든 B이든'이라는 뜻을 가지는 문형이다. · 陰凉地(음량지) 그늘져 서늘한 곳, 그늘진 곳. · 無言(무언) 말없이. · 自倒臥(자도와) 스스로 드러눕다. · 可隨意(가수의) 마음대로 해도 좋다, 마음대로 할 수 있다.

무더위

당신의 포옹이 뜨거운 불과 같아
나는 끝내 저항 못 하고 스스로 포기하였다
두 다리는 후들거리고 팔은 힘이 빠지고
얼굴은 화끈거리고 심장은 멎을 듯하다
그대 사랑의 힘이 온몸을 감싸서
머리부터 발끝까지 전기가 흐른다
잔디밭이든
아니면 그늘진 곳이든 묻지 않고
말없이 스스로 드러누우리니
그대 맘대로 하시라

✽ 한역 노트

　동양에서 변설(辯舌)로 이름이 높았던 맹자(孟子)나 혜시(惠施)와 같은 이들이 비유(比喩)를 화술(話術)의 주무기로 삼았다는 것은 그다지 새삼스러운 얘기도 아니다. 서양의 비트겐슈타인(Ludwig Wittgenstein) 같은 이는 훌륭한 비유는 지성을 신선하고 활기 있게 해준다고도 하였다. 박인걸 시인의 위와 같은 시를 보고 있노라면 확실히 비유의 힘이 얼마나 대단한 것인지를 알 수가 있다.

　무더위를 열정적이지만 우악스런 연인에 비유하고, 무더위에 노출된 사람들을 연약하고 수동적인 상대에 비유한 시인의 상상력이 그저 놀라울 따름이다. 이 시는 권옥희 시인의 「여름 숲」과 마찬가지로 19금시로 간주될 것이 틀림없겠지만, 이러한 시가 있어 한여름의 무더위조차 때로 즐길 만한 것은 아닐지 모르겠다.

　4연 15행으로 구성된 원시를 역자는 칠언 6구와 오언 4구로 재구성하였다. 한역하는 과정에서 역자가 원시에 사용된 어휘나 원시의 어순 등을 제법 바꾸었지만, 이 부분에 대한 세세한 설명은 생략하기로 한다. 이 한역시는 짝수 구마다 압운하였으며, 그 압운자는 '棄(기)', '止(지)', '氣(기)', '地(지)', '意(의)'이다.

공짜

박호현

선생님께서 세상에 공짜는 없다고 하셨다

그러나 공짜는 정말 많다

공기 마시는 것 공짜

말 하는 것 공짜

꽃향기 맡는 것 공짜

하늘 보는 것 공짜

나이 드는 것 공짜

바람소리 듣는 것 공짜

미소 짓는 것 공짜

꿈도 공짜

개미 보는 것 공짜

❋ 태헌의 한역

免費(면비)

師曰天下無免費(사왈천하무면비)

然而免費眞正多(연이면비진정다)

呼氣吸氣免費呀(호기흡기면비아)

出語答語免費呀(출어답어면비아)

鼻聞花香免費呀(비문화향면비아)

目看天空免費呀(목간천공면비아)

身加歲數免費呀(신가세수면비아)

耳聽風聲免費呀(이청풍성면비아)

顔作微笑免費呀(안작미소면비아)

夜入夢鄕免費呀(야입몽향면비아)

晝觀螞蟻免費呀(주관마의면비아)

❋ 주석

·免費(면비) 공짜, 무료. ·師曰(사왈) 선생님이 ~라고 말씀하시다. ·天下(천하)
하늘 아래, 온 세상. ·無(무) 없다. ·然而(연이) 그러나. ·眞正多(진정다) 정말
로 많다. ·呼氣吸氣(호기흡기) 공기(空氣)를 내보내는 숨을 쉬고 들이켜는 숨을 쉬
다. ·呀(아) 어세(語勢)를 돕기 위하여 문장의 끝에 사용하는 감탄 어기(語氣) 조사.
·出語答語(출어답어) 꺼내는 말과 답하는 말. ·鼻聞花香(비문화향) 코로 꽃향기
를 맡다. ·目看天空(목간천공) 눈으로 하늘을 보다. ·身加歲數(신가세수) 몸에
나이를 더하다. ·耳聽風聲(이청풍성) 귀로 바람소리를 듣다. ·顔作微笑(안작미
소) 얼굴에 미소를 짓다. ·夜入夢鄕(야입몽향) 밤에 꿈나라에 들어가다. ·晝觀螞
蟻(주관마의) 낮에 개미를 보다.

❋ 한역의 직역

공짜

선생님께서 세상에 공짜는 없다고 하셨다.

그러나 공짜는 정말 많다.

공기 내쉬고 들이쉬는 것 공짜!

말 꺼내고 말에 답하는 것 공짜!

(코로) 꽃향기 맡는 것 공짜!

(눈으로) 푸른 하늘 보는 것 공짜!

(몸에) 나이 더하는 것 공짜!

(귀로) 바람소리 듣는 것 공짜!

(얼굴에) 미소 짓는 것 공짜!

(밤에) 꿈나라에 드는 것 공짜!

(낮에) 개미 보는 것 공짜!

✲ 한역 노트

박호현은 현재 부산에 있는 양정초등학교 6학년 학생이고, 이 시는 2018년에 지어진 것이다. 역자가 호현이의 이 시를 처음으로 보게 된 것은 조그마한 SNS 모임에서였는데, 어느 회원이 소개한 글에 한시로 한번 만들어보겠노라는 댓글을 달고는 그날 밤에 바로 한시로 재구성해보았다. 그러고 나서 '박호현'이라는 학생에 대하여 이리저리 찾아보았더니 세상에나! 호현이의 이 시를 몇몇 신문에서 소개까지 했음에도 호현이에 대한 기본적인 인적 사항, 이를테면 다니고 있는 학교 이름이나 나이 등은 보이지 않았다. 그리하여 역자는 또 다른 회원의 지적처럼 이 시의 작자가 실제 초등학생이 아닐 가능성에 무게중심을 두고, 한역한 시를 따로 소개하지 않으려는 생각을 굳혀가고 있었다. 아무래도 저작권자가 불분명한 시를 공개적으로 소개하고 싶지는 않았기 때문이었다.

그런데 역자가 출강하는 대학 수업 시간에 지나가는 말로 이런 고충을 얘기했더니 학생 두 명이 거의 동시에 "호현이는 어느 초등학교 몇 학년"이라는 검색 결과를 바로 알려주었다. 컴퓨터라면 고급 사용자임을 자처하는 역자에게는 상당한 충격이었다. 역자는 적어도 신뢰성이 더 클 것으로 여겨지는 언론사들의 공식적인 뉴스 기사 등을 중점적으로 검색했던 반면에, 학생들은 개인 "블로그"에서 이 정보를 확인했기에 역자와는 다른 결과를 도출하게 되었던 것이다. 그 순간의 반가움은 역자의 개인적인 편견을 가볍게 누르고 매우 큰 기쁨으로 다가왔다. 그리하여 역자는 마음 편히 '공짜 시인'으로 알려진 호현이의 이 동시(童詩) 한역(漢譯)을 여기에 소개할 수 있게 되었다. 이 대목에서 역자는, 인연은 그 톱니바퀴의 이빨

하나만 어긋나도 돌아가지 않는 그 무엇이 아닐까 하는 생각을 해본다.

역자는 이제 호현이가 건강하게 잘 자라 멋진 시인이 되기를 고대하면서, 호현이의 엉뚱한(?) 재능을 일찌감치 간파하고 세상 사람들에게 알게 해준 호현이 할머니에게 깊이 감사드린다. 사소하다고 해서 결코 중요하지 않은 것은 아니라고 하신

역자 조부님의 가르침이 이즈음에 천 근의 무게로 다가오게 된 까닭은, 순전히 호현이 할머니의 그 섬세함 때문이었다. 아! 역자는 애들이 가장 좋아하는 과일이 무엇이었는지, 또 가장 좋아하는 색이 무엇이었는지도 모르고 살아온 무늬만 아버지일 뿐인 사람이다. 그러니 어찌 얼굴이 화끈거리지 않겠는가!

이 시대의 어른들을 부끄럽게 하고 많은 것을 생각하게 하는 호현이의 이 시는 연 구분 없이 11행으로 구성되어 있는데, 1행과 2행을 제외한 나머지 시행들은 동일한 패턴으로 반복되어 동시적(童詩的)인 특징을 잘 보여주고 있다. 역자는 이 시를 11구의 칠언고시로 재구성하면서 3구와 4구에서는 원시의 말을 늘이고, 5구 이하에서는 내용을 고려하여 원시에 없는 시어를 한 글자씩 일관되게 보태었다. 제1구를 제외한 모든 구에 압운하였지만, 3구 이하는 동자(同字)로 압운하였다.

웃음의 힘

반칠환

넝쿨장미가 담을 넘고 있다

현행범이다

활짝 웃는다

아무도 잡을 생각 않고 따라 웃는다

왜 꽃의 월담은 죄가 아닌가

❋ 태헌의 한역

笑之力(소지력)

攀緣薔薇今越牆(반연장미금월장)
身犯惡事破顔愷(신범악사파안개)
人人忘捕皆隨笑(인인망포개수소)
花朶踰垣何非罪(화타유원하비죄)

❋ 주석

·笑之力(소지력) 웃음의 힘. ·攀緣薔薇(반연장미) '攀緣'은 [다른 물건을] 잡고 기어오른다는 뜻이고, '薔薇'는 장미꽃이다. 역자는 '攀緣薔薇'를 넝쿨장미의 뜻으로 한역하였다. ·今(금) 이제, 지금. 한역의 편의를 위하여 원시에 없는 말을 역자가 임의로 보탠 것이다. ·越牆(월장) 담을 넘다. ·身犯惡事(신범악사) 몸이 나쁜 일을 범하

다, 곧 몸이 죄를 범하다. 이 네 글자는 "현행범이다"라는 시구를 역자가 나름대로 풀어서 표현한 것이다. ・破顔凱(파안개) 웃는 얼굴이 즐겁다, 활짝 웃다. ・人人(인인) 사람들, 사람들마다, 누구나. ・忘捕(망포) 체포하는 것을 잊다, 잡는 것을 잊다. ・皆(개) 모두, 다. ・隨笑(수소) 따라 웃다. ・花朵(화타) 꽃이 핀 가지, 꽃. ・踰垣(유원) 담을 넘다. '越牆과 같은 뜻이다. ・何非罪(하비죄) 왜 죄가 아닌가, 어째서 죄가 아닌가?

웃음의 힘

넝쿨장미가 지금 담을 넘고 있다
몸은 죄 범하는데 웃는 얼굴 즐겁다
누구나 체포 잊고 다 따라 웃는다
꽃의 월담은 어째서 죄가 아닌가

❈ 한역 노트

금전의 힘, 권력의 힘, 지식의 힘, 사랑의 힘, 웃음의 힘…… 심지어 힘의 힘까지 온갖 종류의 힘들이 세상에 넘쳐나도 사랑의 힘과 함께 웃음의 힘만큼 그 힘이 아름다운 것도 별로 없는 듯하다. 이 때문에 동서고금을 막론하고 웃음에 대한 예찬이 하도 많아 일일이 열거하기조차 어려울 정도이다. 웃음의 효능을 의학적으로 규명한 연구 결과를 군이 들여다보지 않고도 우리는 그 힘의 위대함을 실감하면서 살고 있다. 그리하여 현대 심리학의 아버지로 불리는 윌리엄 제임스(William James)와 같은 이는 "사람은 행복하기 때문에 웃는 것이 아니라, 웃기 때문에 행복하다."는 명언을 남기기도 하였다.

이 시의 마지막 구절 "왜 꽃의 월담은 죄가 아닌가"는 말 자체가 묘하여 죄가 된다는 뜻으로도 읽을 수 있고, 죄가 되지 않는다는 뜻으로도 읽을 수 있다. 그러나 설령 죄가 된다는 뜻으로 읽었다 하더라도 그것은 시인의 역설(逆說)로 보는 게 타당할 것이다. 사람의 월담은 죄가 되는데 꽃의 월담은 왜 죄가 아닐까? 꽃은 월담을 했더라도 일단 훔치는 것이 없다. 그리고 엄밀히 말하자면 꽃은 자기가 뿌리 내린 집에서 바깥세상으로 나온 것이기 때문에 주거침입죄가 적용되지 않는다. 가령 주인집 아들이 대문을 통하지 않고 담을 넘어 나왔다고 해서 죄를 줄 수 없는 것과 비슷한 이치이다. 그것이 도둑의 행위처럼 보였더라도 말이다.

꽃이 월담하면서 웃는다는 것은 사람들에게 기쁨 혹은 즐거움을 준다는 뜻이므로, 사람들이 "따라 웃는다"는 것은 실없는 행동이 아니라 그런 감정의 적극적인 표현이라 할 수 있다. 역자는 이 대목에 이르러 '나비효과(butterfly effect)'라는 과학 용어를 떠올려보았다. 나비의 날갯짓 하나가 지구 반대편에서 폭풍을 만들 수 있는 것이라면, 작은 미소 하나가 세상을 천국으로 바꿀 수도 있을 것이다. 이렇게 웃음 하나가 천국도 만들수 있으련만, 정작 우리는 잘 웃지를 못한다. 흐리기 십상인 하늘 아래서 그 하늘만큼이나 흐린 색깔의 건물에 살거나 일하면서, 흐릿한 미래를 바라며 세월의 잎사귀를 지워가고 있을 뿐이어서, 우리는 웃을 일이 그다지 없다. 그리하여 천진난만한 아이처럼 건강하게 웃는 한 송이의 꽃조차 우리에게는 소중한 존재가 된다. 시인이 말하지는 않았지만, 울밑에 넝쿨장미라도 심어 이름 모를 행인들에게까지 기쁨을 나누어주는 삶이 바람직하지 않을까?

우리가 꽃처럼 예쁜 웃음을 늘 선사하며 살지는 못한다 하더라도, 고소(苦笑)와 냉소(冷笑)를 초래하며 살지는 말아야 할 것이다. 나의 말과 행동이 천고소단(千古笑端, 영원히 남을 웃음거리)이 되지 않도록 하는 것, 이것이면 벌써 인격은 그만큼 여문 것이 되지 않겠는가! 코로나와 장마 등으로 웃음을 잃어버린 날들이 점점 늘어가고 있음에, 유쾌한 웃음 한 자락이 맑은 가을바람처럼 간절하게 기다려진다.

행별(行別)로 연을 달리 한 5연 5행의 원시를 역자는 4구의 칠언고시로 한역하였다. 이 한역시의 압운자는 '愷(개)'·'罪(죄)'이다.

어둠이 되어

안도현

그대가 한밤내
초롱초롱 별이 되고 싶다면
나는 밤새도록
눈도 막고 귀도 막고
그대의 등 뒤에서
어둠이 되어주겠습니다

❊ 태헌의 한역

爲黑暗(위흑암)

吾君誠願作華星(오군성원작화성)
的的悠悠通宵在(적적유유통소재)
吾人須欲爲黑暗(오인수욕위흑암)
廢眼掩耳立君背(폐안엄이립군배)

❊ 주석

· 爲(위) ~이 되다. · 黑暗(흑암) 어둠, 암흑. · 吾君(오군) 그대, 당신. · 誠(성)
진실로, 정말. 한역의 편의를 위하여 원시에 없는 말을 역자가 임의로 보탠 것이다.
· 願(원) ~을 원하다. · 作(작) ~이 되다. · 華星(화성) 빛나는 별, 아름다운 별.
· 的的悠悠(적적유유) 초롱초롱. · 通宵(통소) 밤을 새다, 밤새도록. · 在(재) 있
다, 존재하다. · 吾人(오인) 나. · 須(수) 모름지기, 마땅히. 한역의 편의를 위하여
원시에 없는 말을 역자가 임의로 보탠 것이다. · 欲(욕) ~을 하고자 하다. · 廢眼(폐
안) 눈을 감다, 눈을 막다. · 掩耳(엄이) 귀를 가리다, 귀를 막다. · 立(립) ~에 서

다. · 君背(군배) 그대의 등, 그대의 뒤.

어둠이 되어

그대가 정말 빛나는 별이 되어
초롱초롱 한밤 내내 있고 싶다면
나는 마땅히 어둠이 되어
눈 막고 귀 막고 그대 뒤에 서리

세상은 빛과 어둠이 공존하는 공간이다. 낮이라고 빛만 있는 것이 아니고, 밤이라고 어둠만 있는 것이 아니다. 낮에는 어둠의 속성을 지닌 그림자가 있고, 밤에는 빛의 속성을 지닌 달과 함께 별이 있다. 그리하여 빛과 어둠은 밤낮에 관계없이 공존하게 되는 것이다. 다만 어떤 요소가 더 강하게 나타나느냐에 따라 밤과 낮이 갈릴 뿐이다.

별은 어둠 속에서 빛나는 존재이다. 그리고 어둠이 짙을수록 그 빛은 더욱 찬란해진다. 이 시의 줄거리는, 그대가 그런 별이 되겠다면 난 그대의 빛남을 아름답게 할 어둠이 되겠다는 것이다. 이 경우의 빛과 어둠은 상호 대립의 관계가 아니라 상호 보완의 관계이다. 어둠이 있어 별이 돋보이고, 빛이 있어 어둠이 적막하지 않기 때문이다. 완벽하게 빛이 차단된 공간이 있다면 그곳은 무덤과 별반 다르지 않을 것이다. 적막한 정도를 넘어 두려운 곳이 아니겠는가!

사랑하는 사람을 위해서라면 무엇을 해주느냐보다는 무엇이 되어주느냐가 더 중요하다. 사랑하는 사람을 위해 우산이 되어주고 난로가 되어주고 그늘이 되어주는 것이, 별로 어울리지도 않는 보석을 치렁치렁 달아주는 것보다 더 아름답다. 여기서 더 나아가 사랑하는 사람을 보석처럼 빛나게 해주는 것은 고귀하기까지 하다. 사랑하는 사람이 노래를 하면 반주가 되어주고, 춤을 추면 음악이 되어주듯 별이 되면 어둠이 되어주는 것, 그것보다 더 고귀한 사랑이 또 있을까? 사랑하는 사람을 위해 내가 주인공이 아니라 기꺼이 배경이 되어주겠다는 것은 그 자체가 이미 하나의 감동이다.

"눈도 막고 귀도 막고"는 어떻게 이해해야 할까? 역자에게는, 시적 화자가 타인의 간섭에 영향을 받거나 자발적으로 심경에 변화를 일으키는 것을 용납하지 않겠다는 의지의 표현으로 읽힌다. 자신이 결정하고 자신이 현재 하고 있는 사랑일지라도, 사람의 마음은 쉽사리 흔들릴 수 있는 것이기 때문에, 그 흔들림의 원인을 제공할지도 모를 바깥 정보를 애초에 차단하겠다는 것이다. 이 얼마나 단호하고 결연한 자세인가! 이런 자세 때문에 사랑받고 있는 사람이 질릴지도 모른다는 생각이 들기도 하지만, 적어도 모든 것을 건 사랑이라면 그 정도는 되어야 하지 않을까 싶다.

연 구분 없이 6행으로 이루어진 원시를 역자는 4구의 칠언고시로 재구성하였다. 한역 과정에서 한역의 편의를 위하여 시어의 순서를 바꾸거나 원시에 없는 말을 임의로 보태기도 하였다. 한역시는 짝수 구마다 압운하였으며 압운자는 '在(재)'·'背(배)'이다.

강물

오세영

무작정
앞만 보고 가지 마라
절벽에 막힌 강물은
뒤로 돌아 전진한다

조급히
서두르지 마라
폭포 속의 격류도
소(沼)에선 쉴 줄 안다

무심한 강물이 영원에 이른다
텅 빈 마음이 충만에 이른다

❋ 태헌의 한역

江水(강수)

切莫只看前方進(절막지간전방진)
江水逢壁轉身行(강수봉벽전신행)
切莫躁急亦促急(절막조급역촉급)
瀑布至沼激流平(폭포지소격류평)

無心江水到永遠(무심강수도영원)

空虛心舟達充盈(공허심주달충영)

❊ 주석

・江水(강수) 강물 ・切莫(절막) 절대 ~을 하지 마라. ・只看前方(지간전방) 다만 앞을 보기만 하다. ・進(진) 나아가다. ・逢壁(봉벽) [절]벽을 만나다. ・轉身(전신) 몸을 돌리다, 되돌아서다. ・行(행) 가다. ・躁急(조급) 조급해하다. ・亦(역) 또한, 역시. ・促急(촉급) 촉급하다, 서두르다. ・瀑布(폭포) 폭포. ・至沼(지소) 소(沼)에 이르다. ・激流(격류) 격류. ・平(평) 평온해지다, 고요해지다. ・無心(무심) 무심하다, 무심한. ・到永遠(도영원) 영원에 이르다. ・空虛(공허) 공허하다, 텅 비다. ・心舟(심주) 마음의 배, 마음. '마음'을 가리키는 한자어가 제법 있지만 위에 보이는 '강물'과 '~에 이른다'는 표현을 감안하여 나름대로 조어(造語)해본 것이다. 현대인 가운데 '마음'을 '心舟'로 묘사한 사람들이 더러 있다. ・達充盈(달충영) 충만(充滿)에 이르다. '充盈'은 '充滿'과 같은 의미의 한자어이다. 압운 때문에 '充盈'이라는 한자어를 취하게 되었다.

❊ 한역의 직역

강물

절대 그저 앞만 보고 가지마라

절벽 만난 강물은 몸을 돌려 간다

절대 조급해하지도 서둘지도 마라

폭포도 소에 이르러 격류가 고요해진다

무심한 강물은 영원에 이르고

텅 빈 마음은 충만에 이른다

　역자가 보기에 세상 사람들이『노자(老子)』에서 가장 많이 인용하는 구절은 바로 "상선약수(上善若水)"가 아닌가 싶다. "최상의 선은 물과 같다."는 이 말은, 확실히 노자의 핵심적인 명제임에는 틀림없다. 그러나 이 말은, 후속되는 "[물은] 만물을 이롭게 하되 공을 내세우지 않는다."는 언급에 일차적인 방점이 찍히므로, 일단 물의 '기능'이라는 측면을 강조한 것이라 할 수 있다. 이에 반해 "부드러운 것이 딱딱한 것을 이긴다."는 뜻의 "유지승강(柔之勝剛)"은, 물이 무리를 지으면 돌로 된 제방도 순식간에 무너뜨릴 수 있다는 것이므로, 물의 '속성'이라는 측면을 강조한 명제라고 할 수 있다. 오세영 시인의 위의 시는 물의 기능보다는 속성에 주안점을 두고 시상을 전개하며 노자적(老子的)인 세계관을 보여준 작품으로 간주된다.

　상당히 여러 해 전에 어느 여자대학의 캐치프레이즈인 "세상을 바꾸는 부드러운 힘"을 보고, 역자는 이 문구를 만든 사람은 아무래도『노자』를 아는 분일 듯하다는 생각을 하게 되었다. 역자가『노자』를 달달 외울 정도로 읽지는 못했지만, 노자의 가르침 가운데 가장 핵심적인 단어를 하나 들라고 한다면 주저 없이 "부드러움[柔]"이라고 말할 정도의 배짱은 있다. 부드러움은 여성(女性)의 모습이자 여성의 강점이면서 또한 결코 무리하지 않는 순리(順理)를 상징한다. 그러므로 "세상을 바꾸는 부드러운 힘"은, 그 학교가 여자대학이라는 객관적인 사실과 순리를 중시하며 세상을 바꿀 인재를 키우겠다는 교육철학을 보여준 문구로 이해할 수 있다.

　위의 시에서처럼 절벽을 만나 뒤로 돌아가는 강물과, 수직(垂直) 낙하라는 격정의 시간을 보낸 후에 고요해지는 폭포수는 순리와 부드러움을 강조하는 것이다. 세상에는 끝없는 전진도, 끝없는 격정도 없다. 전진하다가 뒤로 되돌아가기도 하고, 격정을 한껏 발산시키다가 가라앉기도 해야 하기 때문이다. 때가 되면 고요해지는 강물이 그리하여 영원에 이를 수가 있고, 비어 있는 사람의 마음이 '가득 찬 세상', 곧 이데아(Idea)의 세계로 들 수 있다는 것이 바로 이 시의 주지(主旨)이다. 그런데 여기서 "강물이 영원에 이른다."는 것을 어떻게 이해해야 할까? 역자는 이를 강물이 시간적으로는 영원히 흐른다는 것과, 공간적으로는 바다에 이르러 영원을 사는 것으로 이해하였다.

그 어떤 조그마한 것 하나를 내려놓지 못해 아름답지 못한 모습을 보이는 지도자들을 볼 때면, 역자가 무엇보다 『노자』 일독(一讀)을 권하고 싶어지는 까닭은 바로 위와 같은 이유에 있다. 『노자』를 읽고서도 고요해지지 못하고, 부드러워지지 못한다면 2독, 3독을 계속해야 할 것이다. 지도자들의 확고한 철학적인 무장(武裝)은 액세서리가 아니라 신성한 책무이다. 그러므로 '다스림' 역시 궁극으로는 저 강물이 순리를 따라 강물의 이데아인 바다로 흘러가듯이 해야 하지 않겠는가! 그런 점에서 보자면 지도자들에게는 앞서 얘기한 순리와 부드러움, 이보다 더 강력한 무기가 없을 듯하다.

역자는 3연 10행으로 이루어진 원시를 6구로 된 칠언고시로 재구성하였다. 짝수 구마다 압운하였으며 그 압운자는 '行(행)'·'平(평)'·'盈(영)'이다.

섬진강 여울물

오수록

산책 삼아
하늘을 날던 물새들
일제히 날아 내려와
모래톱을 원고지 삼아
발로 시를 쓴다
섬진강 여울물은 온종일
소리 내어 읽는다
그 소리 유장하여 바다에서도 들린다

✽ 태헌의 한역

蟾津灘水(섬진탄수)

水鳥飛天做散步(수조비천주산보)
一齊落下作新賦(일제락하작신부)
以沙爲紙以足錄(이사위지이족록)
蟾津灘水盡日讀(섬진탄수진일독)
悠長哉讀聲(유장재독성)
海畔亦可聽(해반역가청)

✽ 주석

·蟾津(섬진) 섬진강. ·灘水(탄수) 여울물. ·水鳥(수조) 물새. ·飛天(비천) 하늘을 날다. ·做散步(주산보) 산보로 삼다. ·一齊(일제) 일제히. ·落下(낙하) 낙

하하다. ·作新賦(작신부) 새로운 시를 짓다. '新'은 한역의 편의를 위하여 원시에 없는 말을 역자가 임의로 보탠 것이다. ·以沙爲紙(이사위지) 모래톱을 종이로 삼다. ·以足錄(이족록) 발로 기록하다. ·盡日(진일) 진종일, 온종일. ·讀(독) 읽다. ·悠長哉(유장재) 유장하여라, 유장하구나! 감탄의 뜻으로 쓰인 술어인데 주어인 '讀聲' 앞에 놓여 도치 구문이 되었다. ·讀聲(독성) 읽는 소리. ·海畔(해반) 바닷가. ·亦(역) 또, 또한. ·可聽(가청) 들을 수 있다, 들린다.

❀ 한역의 직역

섬진강 여울물

물새들이 산책 삼아 하늘 날다가
일제히 내려와 새 시를 짓는다
모래톱을 종이 삼아 발로 적자
섬진강 여울물이 온종일 읽는다
읽는 소리 유장하여
바닷가에서도 들을 수 있다

❀ 한역 노트

눈이 시리도록 맑은 서정시를 대하면 역자는 본인도 모르는 사이에 소년이 된다. 그 옛날 청담(淸談)이 권력(權力)과 금력(金力)의 얘기가 빠진 얘기였다면, 요즘에는 이런 서정시가 바로 청담이 아닐까 싶다. 언제나 그랬듯이 세상은 혼탁하고 인생은 고달프다. 그리하여 인간이면 누구나 외로움을 느끼는지 모른다.

막걸리 한잔조차 동무할 사람 없다는 허허로움을 느끼고 있던 때에 오수록 시인의 이 시를 마주하고 역자는 다시 소년이 된 듯 기뻐하였다. 그렇구나! 새들에게는 새들의 삶이 있고, 사람들에게는 사람들의 삶이 있구나! 새들조차 저토록 시적으로 사는데 사람인 나도 시적으로 살아야 하지 않을까? …… 시를 밥보다 더 좋아했던 한 소년이 이제는 술을 시보다 더 좋아하는 서생이 되고 말았지만, 그래도 여전히 시가 좋은 걸 보면 무엇인가를 좋아하는 것도 결국 하나의 고질(?)이 되는 듯하다. 그러나 누구에게도 피해를 주지 않는 고질이라면 또한 아름답지 않을까?

한역시는 칠언 4구와 오언 2구로 구성된 고시(古詩)이다. 굳이 칠언구로 통일하지 않은 까닭은, 원시에 없는 내용을 부득이 덧보태야 하는 상황을 피하고 싶었기 때문이다. 이 한역시는 매구(每句)에 압운(押韻)을 하였으나 2구마다 운을 바꾸었다. 이 시의 압운자는 '步(보)'와 '賦(부)', '錄(녹)'과 '讀(독)', '聲(성)'과 '聽(청)'이다.

파도

유승우

파도에게 물었습니다.

왜 잠도 안 자고,

쉬지도 않고,

밤이나 낮이나 하얗게 일어서느냐고.

일어서지 않으면

내 이름이 없습니다.

파도의 대답입니다.

❋ 태헌의 한역

波濤(파도)

問於波濤曰(문어파도왈)

何不入夢中(하불입몽중)

亦不暫時休(역불잠시휴)

晝夜白洶溶(주야백흉용)

波濤乃對曰(파도내대왈)

不興吾名空(불흥오명공)

❋ 주석

· 波濤(파도) 파도. · 問於(문어) ~에게 묻다. · 曰(왈) ~라고 말하다. · 何不(하불) 어째서 ~을 하지 않는가? · 入夢中(입몽중) 꿈속에 들다, 잠이 들다. · 亦不(역불) 또한 ~을 하지 않다. · 暫時(잠시) 잠시. · 休(휴) 쉬다. · 晝夜(주야) 밤낮,

밤낮으로. ·白(백) 희다, 희게, 하얗게. ·洶湧(흉용) 물결이 치솟아 오르다, 물결이 일어서다. ·乃(내) 이에. ·對曰(대왈) 대답하여 ~라고 말하다, ~라고 대답하다. ·不興(불흥) 일어나지 않다, 일어서지 않다. ·吾名(오명) 나의 이름. ·空(공) 비다, 다하다, 없다.

❋ 한역의 직역

파도

파도에게 물었습니다.
"어째서 잠도 안 자고
또 잠시 쉬지도 않고
밤이나 낮이나 하얗게 일어서나요?"
파도가 이에 대답합니다.
"일어서지 않으면 내 이름이 없습니다."

❋ 한역 노트

역자는 이 시를 처음 보았을 때 마지막 구에서 왜 '이름'이라고 했을까 하며 다소 의아해하였다. 그러나 시간을 두고 몇 차례 읽어보고는 시인이 얘기한 '이름'의 의미를 나름대로 이해할 수 있게 되었다.

역자는 이 시에서의 '이름'을 존재를 증명해줄 수 있는 '존재의 정체성(正體性)'으로 파악하였다. 파도가 일어서지 않는다면 어찌 파도가 파도이겠는가? 그리고 파도가 없다면 바다가 과연 바다이겠는가? 그러므로 파도의 입장에서 보자면 파도가 파도이기 위해, 또 바다를 바다로 만들기 위해 일어서야만 하는 것이다.

우선 다음 한문을 보도록 하자.

龍雨龍雨龍雨龍龍龍不雨龍龍龍雨龍雨

용 룡(龍) 자와 비 우(雨) 자, 아닐 불(不) 자, 이렇게 단 세 글자로만 구성된 문장인데, 이 문장을 처음 본다면 한문을 제법 공부했다는 독자들도 당황스러울 수밖에 없을 것이다. 혹시 이 문장을 본 적이 있고 의미까지 정확하게 아는 독자가 있다면, 아마도 애산(愛汕) 권중구(權重求) 선생이 지은 『한문대강(漢文大綱)』이라는 책을 본 사람일 가능성이 크다. 역자는 위의 문장을 대학 시절에 『한문대강』에서 처음으로 접했는데, '선생'이 된 이후에는 한문 관련 수업 시간에 현토(懸吐, 한문에 토를 다는 일)에 대하여 강의할 때 자주 예시(例示)하였다. 그러므로 역자에게 수업을 들었던 제자들도 이 문장의 뜻을 알고 있을 듯하다. 이제 역자가 '현토'를 하여 읽어보겠다.

龍아 雨하라 龍아 雨하라 龍이 雨라야 龍이 龍이지 龍이 不雨면 龍이 龍이런가 龍아 雨하라 龍아 雨하라

이렇게 현토를 해서 읽었는데도 아직 이해가 안 되는, 다시 말해 한문을 거의 전혀 모르는 독자들을 위하여 이제 번역을 해보겠다. '雨'가 명사가 아니라 동사로 쓰였다는 사실에 주의하기 바란다.

용아, 비를 내려라! 용아, 비를 내려라! 용이 비를 내려야 용이 용이지, 용이 비를 내리지 않는다면 용이 용이냐? 용아, 비를 내려라! 용아, 비를 내려라!

이제 이 문장이 하나의 기우제문(祈雨祭文)임을 알았을 것이다. 역자가, 출처가 불분명한 이 문장을 독자들에게 소개하는 까닭은 자명하다. "용이 비를 내려야 용이 용이지, 용이 비를 내리지 않는다면 용이 용이냐?" 이 대목을 용이 듣고는 화가 나서 비를 억수로 퍼부었다는 전설의 핵심―바

로 '존재의 정체성'을 예시하고 싶었기 때문이다. 옛날 사람들은 용이 비를 내리는 것으로 생각하였다.

역자는 유승우 시인의 위의 시를, 자신의 존재를 증명하고 그 존재의 정체성을 보여주기 위해 끊임없이 노력해야 한다는 뜻으로 읽고 나서, '이름값도 못한다'는 말을 떠올려보며 역자 자신을 아프게 반성하였다. 그러고 보니 '이름값'의 '이름'이 바로 시인이 얘기한 그 '이름'과 비슷한 맥락이다. 어느 위치에 있든, 자기가 해야 할 일을 제대로 하지 못한다면 그것은 '존재의 정체성'을 보여주지 못하는 것이다. 곧 그 자리에 맞지 않는 존재라는 뜻이다. 그러니 어찌 이 시가 두렵게 읽히지 않겠는가!

연 구분 없이 7행으로 이루어진 원시를 역자는 6구의 오언고시로 한역하였다. 한역시는 짝수 구마다 압운하였으며, 그 압운자는 '中(중)'·'溶(용)'·'空(공)'이다.

우산 하나

윤수천

비 오는 날에는
사랑을 하기 좋다
우산 한 개만으로도
사랑의 집 한 채 지을 수 있으니까.

❋ 태헌의 한역

一雨傘(일우산)

銀竹敲地日(은죽고지일)
愛戀固合適(애련고합적)
唯以小雨傘(유이소우산)
可造一愛宅(가조일애택)

❋ 주석

·一雨傘(일우산) 하나의 우산, 우산 하나. ·銀竹(은죽) 비[雨]의 이칭. 빗발을 '은빛 대나무'에 비유하여 생긴 말로 이백(李白)이 「숙하호(宿鰕湖)」라는 제목의 시에서 사용하였다. ·敲地(고지) 땅을 두드리다. [비가] 내린다는 뜻으로 역자가 만든 말이다. 주어를 '銀竹'으로 하였기 때문에 주어에 어울리는 술부(述部)를 만들어본 것이다. ·日(일) ~하는 날, ~하는 날에. ·愛戀(애련) 사랑, 사랑하다. ·固(고) 진실로, 정말. ·合適(합적) 꼭 알맞다, 딱 좋다. ·唯(유) 오직, 다만. ·以小雨傘(이소우산) 작은 우산으로, 작은 우산을 가지고. '小'는 원시의 "우산 한 개"라고 한 대목의 "한"을 역자가 바꾸어본 표현이다. 원시의 아래 행에도 하나를 나타내는 "한"이 쓰이고 있어 한역시에서 중복을 피하기 위해 바꾸게 된 것이다. ·可(가) ~을 할 수 있다.

·造(조) ~을 만들다. [집 따위를] 짓다. ·一愛宅(일애택) 하나의 사랑의 집, 사랑의 집 한 채.

우산 하나

비 오는 날은
사랑하기 정말 딱 좋다
오직 작은 우산만으로도
사랑의 집 한 채 지을 수 있으니까.

우산을 쓰는 것이, 동양에서는 평민의 경우 고마운 비를 내려주는 하늘에 대한 불경(不敬)으로 인식되던 때가 있었고, 서양에서는 신사의 경우 스스로가 나약한 모습을 내보이는 것으로 여겨지던 시절이 있었다. 지금은 지구촌 어디에서도 우산을 쓰는 것에 그런 거추장스러운 편견이 따라다니지는 않는 듯하다. 대신 동양이든 서양이든 두 남녀가 하나의 우산을 함께 쓰고 가는 광경이 아름다운 풍경화로 피어나고 있는 것은 분명해 보인다.

"우산 하나"가 어느 남녀 둘만의 "집 한 채"가 되기도 하는 이 기적을 가능하게 하는 것은 바로 사랑이다. 어디 집 한 채뿐일까? 사랑하는 사이라면 그 우산 속이 자신들만의 우주로도 여겨질 테니 우산 하나의 확장성은 그야말로 무한대라고 해도 과언이 아닐 듯하다. '우산을 함께함'이 사랑의 조건은 아니겠지만, 수많은 청춘 남녀 연인들이 각자의 우산이 분명 있음에도 불구하고, 구태여 불편하게 하나의 우산을 함께하는 정황으로 보자면, 그 '우산을 함께함'이 사랑의 한 표현이라는 것은 어렵지 않게 알 수 있다.

우산 속에서 그들이 "사랑의 집" 외벽(外壁)으로 두르는 밀어(蜜語)야 우리가 들을 수는 없지만, 비슷한 경험이 있었던 독자라면 상상 속에서 충분히 느껴볼 수는 있을 듯하다. 그런 경험도 없이 훌쩍 어른이 되어버린 독자라 하더라도, 그 옛날에 비에 젖으며 가는 소녀나 소년에게 우산 같이 쓰자는 말 한마디 건네지도 못한 어쭙잖은 추억이나마 있다면, 그것은 인정머리가 없어서가 아니라 부끄러움 때문이었다는 것을 아직도 부끄럽게 기억하고 있을 듯하다. 황순원 선생의 「소나기」에서나 만남 직한 그 작은 기억 한 조각조차 세월이 흐른 뒤에는 달달한 추억이 되니, 이래저래 "비"는 사랑을 몰고 다니는 고마운 존재임에 틀림없다.

그럼에도 불구하고 역자는 제법 오래전에 시인의 시와는 매우 많이 다른 각도에서, 아래와 같은 시를 지어보았더랬다.

我愛雨天(아애우천)

雨傘但能遮雨滴(우산단능차우적)
何須心悅打而行(하수심열타이행)
於顔節節多欲掩(어안절절다욕엄)
我愛滿天銀竹橫(아애만천은죽횡)

나는 비 오는 날이 좋다

우산이 그저 빗방울만 가릴 뿐이라면
어찌 기쁜 마음으로 쓰고 다니겠는가?
얼굴에 하나하나 가리고 싶은 게 많아
나는 하늘 가득 비가 비끼는 날이 좋다네.

역자는 일단 우산을 쓰면 얼굴 가운데 못난 데를 가릴 수 있어서 좋았고, 남들에게 들키고 싶지 않은 표정을 가릴 수 있어서 좋았고, 길거리나 학교 같은 데서 인사하기 싫은 사람에게 본인 얼굴을 가릴 수 있어서 좋았다. 그러니 역자가 비 오는 날을 왜 좋아하지 않았겠는가?

그런데 요즘은 비가 오지 않아도, 우산을 들지 않아도 얼굴의 상당 부분을 가리고 다닐 수 있게 되었다. 아니, 정확하게는 그렇게 하는 것이 타인에 대한 배려가 되고 미덕이 되는 세상이 되어버렸다. 물론 일시적이기는 하겠지만 말이다. 마스크라는 물건으로 얼굴의 많은 부분을 가리고 다녀야 하는 이 미증유(未曾有)의 세월을 뒤로하는 날이 온다면 다들 그 기념으로 무엇을 할지가 문득 궁금해진다.

4행으로 이루어진 원시를 역자는 4구의 오언고시로 재구성하였다. 짝수 구에 압운하였으므로 이 한역시의 압운자는 '適(적)'과 '宅(택)'이 된다. 제1구의 한역 내용은 필히 주석 부분을 참고하시기 바란다.

부자지간

그대가 초롱초롱 별이 되고 싶다면

이생진

아버지 범선 팔아
발동선 사이요

얘 그것 싫다
부산해 싫다

아버지 배 팔아
자동차 사이요

얘 그것 싫다
육지 놈 보기 싫어
그것 싫다

아버지 배 팔아
어머니 사이요

그래
뭍에 가거든
어미 하나 사자

父子之間(부자지간)

父邪今賣帆船買機船(부야금매범선매기선)
兒兮余惡船中聲紛繽(아혜여오선중성분빈)
父邪然則賣船買動車(부야연즉매선매동차)
兒兮余嫌車上看陸人(아혜여혐차상간륙인)
父邪然則賣船買阿母(부야연즉매선매아모)
好哉下船登陸買一嬪(호재하선등륙매일빈)

❉ 주석

・父子之間(부자지간) 부자지간, 아버지와 아들 사이. ・父邪(부야) 아버지! 여기서의 '邪'는 호격(呼格) 조사이다. ・今(금) 이제, 지금. 한역의 편의상 역자가 보충한 글자이다. ・賣帆船(매범선) 범선을 팔다. '帆船'은 돛배를 가리키는데 이 시에서는 목선(木船) 정도로 이해하면 된다. ・買機船(매기선) 기선, 곧 발동선(發動船)을 사다. '機船'은 기계의 힘으로 움직이는 배라는 뜻이다. ・兒兮(아혜) 아이야, 애야! 여기서의 '兮'는 호격 조사이다. ・余惡(여오) 나는 ~을 싫어한다. ・船中聲紛繽(선중성분빈) 배 안에 소리가 어지럽다. 원시의 '부산하다'를 역자가 나름대로 풀어쓴 표현이다. ・然則(연즉) 그렇다면. 한역의 편의상 역자가 보충한 글자이다. ・賣船(매선) 배를 팔다. ・買動車(매동차) 자동차를 사다. 이 시에서는 '動車'를 자동차의 뜻으로 사용하였다. ・余嫌(여혐) 나는 ~을 싫어한다. ・車上看陸人(차상간륙인) 차 위에서 육지 사람을 보다. 원시의 내용을 역자가 얼마간 변형시킨 표현이다. ・買阿母(매아모) 어머니를 사다. '阿母'는 어머니를 친근하게 일컫는 말이다. ・好哉(호재) 좋아, 그래! ・下船(하선) 배에서 내리다. 한역의 편의상 역자가 보충한 글자이다. ・登陸(등륙) 뭍에 오르다. ・買一嬪(매일빈) 부인 하나를 사다. '嬪'은 부인의 미칭(美稱)이다.

그대가 초롱초롱 별이 되고 싶다면

부자지간

아버지 지금
범선 팔아 발동선 사요

얘야 난 싫다
배 안에 소리가 어지러운 것이

아버지 그럼
배 팔아 자동차 사요

얘야 난 싫다
차 위에서 육지 사람 보는 것이

아버지 그럼
배 팔아 어머니 사요

좋아 배에서 내려
뭍에 오르거든 어미 하나 사자

❀ 한역 노트

역자는 이 시를 처음으로 대했을 때 시쳇말로 빵 터졌더랬다. 그런데
서너 번 읽다 보니 어느새 코끝이 싸해졌다. 들녘 저편에서 불어오는 바
람에 가끔 비가 묻어오듯 시인이 유머 속에 숨겨둔 비애가 슬쩍 묻어왔기
때문이다. 부자지간의 대화를 시화(詩化)한 이 시에서 표면적으로 드러난
것은 아이의 무료함과 부자(父子) 각자의 외로움이지만, 아이의 뜻을 선뜻
들어줄 수 없는 아버지의 가난도 분명 자리하고 있다.

바다 위의 범선에서는 시간도 더디 가는 것이어서 무료할 수밖에 없는 아이의 눈에는 재빠르게 지나가는 발동선이 많이 부러웠을 것이다. 그리하여 아이는 범선을 팔아 발동선을 사자고 하였다. 그런데 아버지는 "부산해 싫다"며 한마디로 딱 잘라버렸다. 범선보다 편하고 쉽게 고기를 잡을 수 있는 발동선을 부산하다는 이유로 고려하지 않을 리가 없을 터이지만, 범선을 팔아 발동선을 사자는 얘기는 초가집 팔아 기와집 사자는 얘기와 별반 다르지 않게 들렸을 것이기 때문에, 아버지는 은근 슬쩍 "부산해 싫다"는 말로 넘어갔을 것이다. 여기에 아버지인 어부의 가난이 '고요하게' 숨어 있다.

그런데 아이는 자기가 아버지를 이길 수 없다는 것과 이겨서는 안 된다는 걸 잘 알아 발동선의 대안으로, 역시 많이 부러워하며 지켜보았을 자동차를 사자고 하였다. 그러나 한평생을 바다에서 고기를 잡았을 아버지에게 자동차는 기실 무용지물에 가까운 것이다. 그리하여 이번에는 애먼 '육지 놈'을 탓하며 거절하였다.

무료함을 달랠 것을 사자고 했으나 번번이 아버지에게 막히자 아이는 엉뚱하게도 이젠 '어머니'를 사자고 하였다. 그제야 아버지가 아이의 뜻을 들어주겠다고 한 것은, 외로움을 달래는 데는 아이에게는 어머니가 필요하듯, 자기에게는 부인이 필요하다고 생각했기 때문이다. 이 대목에서 '어머니'를 돈으로 살 수 있는가의 여부는 그리 중요한 것이 아니다.

역자도 어린 시절에 이 아이와 비슷하게 아버님께 엉뚱한 소리를 한 적이 있었더랬다.

"아부지! 어디 밭 팔아요."/"왜?"/"너무 멀어요!"

이상하게도 역자가 한 얘기는 또렷이 기억나는데 아버님께서 뭐라고 하셨던지는 전혀 생각이 나지 않는다. 말씀이 없으셨던 건지 아니면 역자가 까맣게 잊어버린 건지는 몰라도, 역자가 중학생이 되기 전에 우리 식구 누구도 그 밭에 다시 간 일이 없었다는 사실은 지금껏 뇌리에 선명하게 각인되어 있다. 아버님께서 그 밭을 처분하셨던 데는 그만한 이유가 있었을 것이다.

어쨌거나 역자는 겨우 열 살을 넘긴 정도의 나이에 그 밭까지 가는 길이 멀어 너무 싫었고, 심부름으로 다시 마을까지 와서 사 들고 가야 했던 그 무거웠던 술 주전자는 더더욱 싫었고, 길섶에 이따금씩 불쑥 나타나 나를 소스라치게 했던 뱀이 무엇보다 싫었던, 그 옛날 좁고 구불구불했던 들길이 지금에 이토록 그리운 것은 어인 일일까?

범선 팔자고 아버지를 조르던 그 아이가 그 옛날 역자인 듯해 마음이 짠하기만 하다. 술 한 병 들고 배 구경하러 바닷가에 한번 다녀와야겠다.

이 시는 역자가 처음으로 시도해본, 이른바 구언시(九言詩)이다. 그러나 각 시구(詩句) 모두(冒頭)의 두 글자가 전부 부르는 말이거나 대답하는 말이고 이는 생략할 수도 있기 때문에 결국 칠언고시로 이해해도 무방할 듯하다. 역자는 6연 14행으로 된 원시를 6구의 구언시로 한역하였다. 압운은 짝수 구마다 하였으며, 압운자는 '繽(빈)', '人(인)', '嬪(빈)'이다.

지렁이의 일생

한상순

한평생
감자밭에서
고추밭에서

좋은 땅 일구느라
수고한 지렁이

죽어서도 선뜻
선행의 끈 놓지 못합니다.

이제 막 숨을 거둔
지렁이 한 마리

밭고랑 너머
개미네 집으로 실려 갑니다.

✿ 태헌의 한역

地龍一生(지룡일생)

土豆田辣椒園(토두전랄초원)
盡平生歸本元(진평생귀본원)
身墾美地多辛苦(신간미지다신고)
死亦不釋善行條(사역불석선행조)

今方絕氣一地龍(금방절기일지룡)
見載越壟向蟻巢(견재월롱향의소)

❊ 주석

·地龍(지룡) 지렁이. 지렁이를 '디룡이', '지룡이', '지룽이' 등으로 부른 것으로 보아 지렁이라는 말이, 지렁이를 뜻하는 한자어인 이 '地龍'에서 왔을 개연성이 매우 크다고 할 수 있다. ·一生(일생) 일생, 생애. ·土豆田(토두전) 감자밭. ·辣椒園(날초원) 고추밭. ·盡平生(진평생) 평생을 다하다, 일생을 다하다. ·歸本元(귀본원) 본원으로 돌아가다, 죽다. 한역의 편의를 위하여 원시에는 없는 말을 역자가 임의로 보탠 것이다. ·身(신) 몸, 자신. ·墾(간) ~을 개간하다, ~을 일구다. ·美地(미지) 아름다운 땅, 좋은 땅. ·多辛苦(다신고) 많은 수고, 수고가 많다. '辛苦'는 본래 '맵고 쓰다'는 말인데, 여기서 고생, 수고라는 뜻이 나왔다. ·死(사) 죽다. ·亦(역) 또한, 역시. ·不釋(불석) ~을 놓지 않다. ·善行條(선행조) 선행의 끈. ·今方(금방) 금방, 이제. ·絕氣(절기) 숨이 끊어지다, 숨을 거두다. ·一(일) 하나, 한 마리. ·見載(견재) ~에 실리다. '싣다'의 피동형이다. 여기에 쓰인 '見'은 피동을 유도하는 일종의 조동사이다. ·越壟(월롱) 밭고랑을 넘다. ·向(향) ~로 향하다, ~를 향해 가다. ·蟻巢(의소) 개미집.

❊ 한역의 직역

지렁이의 일생

감자밭에서 고추밭에서
한평생 다하고 본원으로 돌아가나니
좋은 땅 일구느라 몸이 수고 많았는데
죽어서도 선행의 끈을 놓지 않습니다
지금 막 숨을 거둔 지렁이 한 마리가
실려서 밭고랑 너머 개미집 향합니다

　과학자들의 연구에 의하면 지렁이는 그 어떠한 생명체에게도 해를 끼치지 않는다고 한다. 또한 평생 동안 하는 일이 누구에게도 해가 되지 않고 오히려 도움이 된다고 한다. 지렁이 스스로가 이렇게 착하고 좋은 일을 한다는 것에 대한 지각이야 없겠지만, 자기 천성에 따라 살기 위해 애를 쓴 것이 결과적으로 누구에게나 좋은 일이 된다는 것은 존재의 축복이라고 할 만하다. 태생이 해충(害蟲)이어서 태어난 순간부터거나 어느 시점부터 줄기차게 사람 혹은 사람이 고안한 장치에 의해 죽어가는 적지 않은 생명체에 비하면 축복 받은 존재임에는 틀림이 없다.

　과학적으로 보자면 분명 축복받은 존재인 이 지렁이는 그러나 생긴 모양으로 인하여 사람들에게 혐오시되기 일쑤이다. 그런데 따지고 보면 지렁이를 징그럽게 여기는 것은 순전히 인간의 관점일 뿐이다. 말이 나왔으니 말이지 지렁이를 먹이로 하는 새들의 눈에는 지렁이가 얼마나 예쁘게 보일까? 그리고 사람들 가운데도 지렁이를 전혀 징그럽게 여기지 않는 부류 역시 적잖이 있다. 그럼에도 지렁이가 대부분의 사람들 눈에는 징그럽게 보여서, 보는 사람들의 마음을 다소 불편하게 만들기도 한다는 것이 지렁이가 다른 존재에게 끼치는 거의 유일한 해(?)가 아닐까 싶다. 시인이 이 동시를 짓게 된 까닭이, 지렁이가 정말로 고맙고 소중한 존재임에도, 징그럽게 보인다는 그 하나의 이유로 아이들에게 외면되고 종국에는 잊혀지게 되는 것을 염려했기 때문일 수도 있다.

　지렁이의 일생을 예찬한 원시를 놓고 보자면, 1연과 2연은 시인이 자연과학적인 지식을 바탕으로 객관적인 사실을 묘사한 시구이고, 3연 이하는 인문학적인 감수성을 바탕으로 주관적인 상상을 노래한 시구라고 할 수 있다. 그리고 3연은 이 시의 주제가 되는 연이자 4연과 5연을 이끄는 도입부인데, 5연으로 이루어진 전체 시의 한 가운데에 위치하여 전반부와 후반부의 연결고리 역할도 잘 수행하고 있는 것으로 보인다.

원시의 후반부 가운데 역자의 눈길이 특별히 머무는 곳은, 원시의 5연에서 지렁이가 "실려 갑니다"라고 묘사한 부분이다. 실려 간다는 것은 함부로 다루어져 끌려가는 것이 아니라 '모셔진다'는 뜻이다. 말하자면 죽은 지렁이가 일개미들의 어깨에 실려 대접받으며 간다는 것이다. 사람에게나 미물에게나 음식은 언제나 하늘이다. 개미들이 자신들의 하늘인 지렁이의 시신을 모시듯이, 우리 역시 우리의 하늘인 먹거리들을 함부로 대하거나 다루어서는 안 된다는 시인의 철학이 은연중에 투영된 시어로도 여겨진다. 이 대목은 또 지렁이의 전신(全身) 공양이 오롯이 수용되는 거룩한 의식(儀式)에 대한 묘사이기도 하다.

지렁이한테 오줌을 싸면 '고추'가 붓는다고 겁을 준 할머니 얘기 때문에, 어린 시절에 길을 가다가 소변이 마려우면 아무 데서나 일을 보면서도, 지렁이가 있나 없나를 유심히 살피는 것이 끝내 버릇이 되어버렸던 기억이 아직껏 생생하기만 하다. 지렁이에 대한 기억의 조각조차 이렇게 추억이 되니 세상 무슨 일인들 추억이 되지 않으랴만, 그저 이로운 벌레인 익충(益蟲)으로만 알아온 지렁이가 오늘날 우리나라 축산법으로는 가축(家畜)으로 분류된다고 하니, 우리의 지식이나 상식조차 때로는 지렁이가 뒤집는 흙처럼 뒤집히기도 한다는 것을 도무지 인정하지 않을 수가 없다.

역자는 5연 11행으로 된 원시를 육언 2구와 칠언 4구로 이루어진 고시로 한역하였다. 육언 2구는 매구에 압운하였으며, 칠언 4구는 짝수 구마다 압운하였다. 그러므로 이 시의 압운자는 '園(원)'·'元(원)', '條(조)'·'巢(소)'가 된다.

3

보름달 하나 솔가지에 걸어뒀소

가을

강준모

형제들이 소리를 모아

엄니 보청기 하나 해드렸다

놀이터 낙엽 지는 소리도 듣고

창가에 달빛 돋는 소리도 담고

돌아온 소리는 반가운데

덩달아 엄니 잔소리도 돌아오고

아버지 욱하는 소리도 따라왔다

돌아온 소리에 소음도 따라와

엄니 하는 말이

내 안에는 귀뚜라미 한 마리

사는구나 하신다

❁ 태헌의 한역

秋(추)

母親耳中補聽器(모친이중보청기)

子女集音待秋呈(자녀집음대추정)

可聞戲場落葉響(가문희장락엽향)

又得窓邊月光聲(우득창변월광성)

回來聲音固愉悅(회래성음고유열)

母誹父嗔亦現形(모비부진역현형)

聲音來時帶騷音(성음래시대소음)

母云吾內蟋蟀生(모운오내실솔생)

※ 주석

·秋(추) 가을. ·母親(모친) 모친, 어머니. ·耳中(이중) 귓속. ·補聽器(보청기) 보청기. 오늘날 중국인들은 조청기(助聽器)라는 표현을 쓴다. ·子女(자녀) 자녀, 자식들. ·集音(집음) 소리를 모으다. ·待秋(대추) 가을을 기다리다. 한역의 편의를 위하여 원시에 없는 말을 역자가 임의로 보탠 것이다. ·呈(정) 드리다, 바치다. ·可聞(가문) ~을 들을 수 있다. ·戲場(희장) 노는 마당, 놀이터. ·落葉響(낙엽향) 낙엽 소리, 나뭇잎이 떨어지는 소리. ·又(우) 또, 또한. ·得(득) ~을 얻다, ~을 얻을 수 있다. ·窓邊(창변) 창가. ·月光聲(월광성) 달빛 소리. 원시의 "달빛 돋는 소리"를 간략히 표현한 말이다. ·回來(회래) 돌아오다. ·聲音(성음) 소리. ·固(고) 진실로, 정말로. 한역의 편의를 위하여 원시에 없는 말을 역자가 임의로 보탠 것이다. ·愉悅(유열) 유쾌하고 기쁘다, 반갑다. ·母誹(모비) 어머니가 잔소리하다, 어머니의 잔소리. ·父嗔(부진) 아버지가 성을 내다, 아버지의 역정(逆情). ·亦(역) 또한, 역시. ·現形(현형) 형체를 눈앞에 드러내다. 역자가 돌아왔다는 의미로 사용한 말이다. ※ 이 구절은 원시의 6~7행을 간략히 표현한 것이다. ·來時(내시) ~이 올 때에. 원시의 8행 "돌아온 소리"를 한역하면서 5구의 표현과 차별화시키고자 살짝 변화를 주어 '소리가 돌아올 때에'라는 의미로 사용한 말이다. ·帶騷音(대소음) 소음을 띠다, 소음을 달다, 소음을 달고 있다. ·母云(모운) 어머니가 ~라고 말하다. ·吾內(오내) 내 안, 내 속. ·蟋蟀生(실솔생) 귀뚜라미가 살다.

※ 한역의 직역

가을

엄니 귓속 보청기는
자식들이 소리 모아 가을 기다려 드린 것
놀이터 나뭇잎 지는 소리 들을 수 있고
또 창가의 달빛 소리도 들을 수 있다
돌아온 소리는 정말로 반가운데
엄니 잔소리, 아버지 역정 소리도 돌아왔다
소리 돌아올 적에 소음 달고 와
엄니 말이 내 안에는 귀뚜라미 산다 하신다

 "틀니나 보청기, 지팡이 같은 노년의 그림자는 아직 없다."—이 말은
한 일간지 기자가 철학자 김형석 교수와의 인터뷰를 소개하면서 마무리
코멘트로 들려준 것이다. 강준모 시인의 「가을」은 그 '노년의 그림자' 가
운데 보청기에 관한 시이다. 김형석 교수처럼 100세에도 노년의 그림자
가 거의 없는 축복받은 삶도 드물게 있지만, 대개는 100세 고지를 올라보
기도 전에 이승의 삶을 마감하는 것이 우리네 인생이다. 그렇다고 우리가
슬퍼할 이유가 없는 것은, 생의 아름다움을 꽃에 견줄 때 꼭 존속(存續)하
는 기간으로만 그 가치를 따지는 것은 아니기 때문이다.

 여기 한 가정이 있다. 연로하여 귀가 어두운 "엄니"를 위해 정성을 모
아 보청기를 마련한 자식들과, 그 보청기로 인해 "달빛 돋는 소리"도 귀에
담을 수 있게 된 "엄니"를 만날 수 있다면 그것으로 족한 것이지, 거기에
더해 그 "엄니"의 연세를 여쭈어 또 무엇을 하겠는가! 100세에 이르지 않
아 '노년의 그림자'를 드리웠다 한들 그것은 비난할 일도, 부끄러워할 일
도 아닐 것이다.

 시인의 "엄니"께서 얼마나 긴 세월 동안 '듣기 어려움'으로 인해 불편
을 겪었는지는 시를 통해서는 알 수 없지만, 보청기로 인하여 내심 기뻐
하는 속내는 어느 정도 읽을 수 있다. 자식들에게는 다소 민망할지도 모
를 노부부의 부부싸움이 부작용이라면 부작용이라고 할 수도 있겠지만,
어느 일방이 상태가 안 좋아 그 흔한 부부싸움조차 할 수 없는 상황에 비
하자면 확실히 좋아진 것은 분명하다. 물 좋고 정자 좋고 바람까지 좋다
면야 더할 나위 없겠지만, 세상사 이치가 대개 그러하듯 얻는 것이 있으
면 각오해야 하는 것도 있는 법이다.

 "엄니"께서 "내 안에는 귀뚜라미 한 마리 사는구나"라고 하신 말씀은
자식들의 정성에 대한 고마움을 에둘러 표현한 것으로 보인다. 보청기에
서 흘러나오는 기계음을 "엄니"인들 어찌 좋아하실까만, 대놓고 기계음이

싫다고 하기에는 또렷하게 잘 들리는 '소리'들이 더없이 반가웠을 것이고, 그 반가운 만큼 자식들이 고마웠을 터라 소음을 귀뚜라미 소리로 표현하게 되었을 듯하다.

당연한 얘기지만 보청기는 듣고 싶은 것이 있는데 못 듣는 경우에 사용하는 물건이다. 이와는 반대로 듣기 싫은 것이 있는데 들려서 들어야만 하는 경우에 사용할 수 있는 물건은 무엇일까? 바로 '귀막이'이다. 귀가 어두운 사람에게는 보청기가, 귀가 밝은 사람에게는 귀막이가 필요한 세상이다. 우리의 머리를 아프게 하는 세상의 '헛소리'들만 골라 막아줄 편리한 귀막이가 있다면 정말 얼마나 좋을까?

난청인 분이 듣고 싶은 소리만 듣고 보청기를 빼면 귀막이를 한 셈이 되니, 귀막이가 없다면 듣기 싫어도 들어야만 하는 귀를 가진 보통 사람들보다 어쩌면 더 행복할지도 모른다. 그런 맥락에서 보청기를 '노년의 그림자'로 볼 것이 아니라 '노년의 친구'로 보는 것이 오히려 더 정확하지 않을까 싶다.

역자는 연 구분 없이 11행으로 이루어진 원시를 8구의 칠언고시로 재구성하였다. 짝수 구 끝에 압운하였으므로, 이 한역시의 압운자는 '몰(정)'·'聲(성)'·'形(형)'·'生(생)'이 된다.

늦가을

고증식

된서리 때려야
얼음골사과
제 맛이 돌듯

폭풍우 건너야
마침내
단풍잎 불붙듯

울음 없이
타오른 사랑이

사랑이랴

✻ 태헌의 한역

晚秋(만추)

嚴霜飛墮(엄상비타)
蘋果味鮮(빈과미선)
經風歷雨(경풍력우)
楓葉欲燃(풍엽욕연)
無啼有熱(무제유열)
愛戀何全(애련하전)

❃ 주석

・晚秋(만추) 늦가을. ・嚴霜(엄상) 된서리. ・飛墮(비타) 날아 떨어지다. "때려야"
를 문맥에 맞게 한역한 표현이다. ・蘋果(빈과) 사과. ※ 원시의 '얼음골'은 시화(詩
化)하지 못하였다. 얼음골은 밀양 얼음골을 가리킨다. ・味鮮(미선) 맛이 좋다. 원시
의 "제 맛이 돌듯"을 간략히 한역한 표현이다. ・經風歷雨(경풍력우) 바람을 겪고 비
를 겪다, 풍우를 겪다. ※ 이 구절은 원시의 "폭풍우 건너야"를 다소 의역한 표현이다.
・楓葉(풍엽) 단풍잎. ・欲燃(욕연) 불이 붙으려고 하다. ・無啼(무제) 울음이 없
다. ・有熱(유열) 뜨거움이 있다. "타오른 사랑"의 '타오른'을 역자가 다소 의역한 표
현이다. ・愛戀(애련) 사랑. ・何全(하전) 어찌 온전하랴! 한역의 편의를 위하여 역
자가 "사랑이/사랑이랴"를 다소 의역한 표현이다.

❃ 한역의 직역

늦가을

된서리 날아 떨어져야
사과 맛이 좋아지고
바람 겪고 비 겪어야
단풍잎 불붙으려 하듯
울음 없이 뜨거움만 있다면
사랑이 어찌 온전하랴!

❃ 한역 노트

이 시는 4연으로 구성되었지만 3연으로 이해해도 그리 문제 될 것이
없다. 일단 제3연과 제4연을 한 연으로 묶어 전체를 3연으로 간주하는 입
장에서 각 연의 핵심적인 개념을 하나씩 뽑아본다면 '맛'과 '빛'과 '정(情)'
이 되지 않을까 싶다. 그리고 이 시 전체의 주지(主旨)를 단 한 단어로 개
괄해본다면 '담금질'이라고 할 수 있을 듯하다. 된서리가 사과의 '맛'을 깊
게 하고, 비바람[폭풍우]이 단풍의 '빛'을 짙게 하듯, 울음, 곧 눈물이 사랑

하는 사람들끼리의 '정'을 굳게 한다는 시의(詩意)가 담금질의 '효과'를 역설하는 것으로 보이기 때문이다. 따지고 보면 생명체에게 있어 담금질이란 하늘이 부과하는 일종의 시련과 역경의 시간이다. 이 시련과 역경을 무사히 견디어냈을 때 아름다운 결과를 누리도록 하는 것 역시 하늘의 뜻일 것이다.

우리는 보통 장애물이나 난관이 사라지면 행복해질 것으로 믿는다. 돈이 없는 사람은 돈이 있으면 행복해지고, 건강이 좋지 않은 사람은 건강이 회복되면 행복해질 것으로 생각한다. 그러나 보라! 돈을 충분히 가진자들 모두가 행복한 것은 아니고, 건강미가 넘치는 자들 모두가 행복한 것도 아니다. 우선 내게 결여된 것만 채우면 당장은 행복해질 듯싶지만, 그것을 채우고 나면 또 다른 '바람'이 금세 고이기 마련이기 때문에, 지속적으로 행복을 느끼기란 어쩌면 불가능한 일인지도 모른다.

이제 이 시의 핵심어인 "사랑"으로 돌아가보자. "울음 없이/타오른 사랑"이란 그 흔한 애태움도 안타까움도 눈물도 없이, 격정 하나로 순식간에 뜨거워진 사랑을 가리킨 말로 보인다. 땅이 빗물에 의해 서서히 다져지는 것과 같은 담금질의 과정도 없이, 그저 한눈에 이끌린 마음 하나로 달아오른 사랑은 빨리 뜨거워졌던 만큼 빨리 식기 마련일 것이다.

역자가 이 시의 한역을 준비하면서 몇 번이고 반복하여 읽다 보니 불현듯 〈사랑은 눈물의 씨앗〉이라는 옛날 대중가요가 떠올랐다. 이제 이 시에 대중가요와 같은 스타일의 제목을 붙인다면 「눈물은 사랑의 씨앗」이라고 해야 하지 않을까 싶다. 그리고 이 시에 등장한 소품들인 사과와 단풍, 사랑은 물론 "타오른"에서 추론할 수 있는 '불'까지 모두 물과 깊은 관련이 있음을 알 수 있다. 사과가 된서리라는 '물'을 맞아야 맛이 들듯이, 매달린 나뭇잎에 '물'이 넉넉해야 단풍이 고운 빛을 내듯이, 사랑도 눈에서 흐르는 '물'이 있어야 굳어지기 때문이다. 또 불은 어떠한가? 물기가 없어 메마른 장작은 금방 타오르지만 화력이 다소 약하고 지속 시간도 짧다.

이에 반해 물기를 머금은 젖은 장작은 처음에는 연기만 풀썩거려도, 제대로 불이 붙기만 하면 마른 장작과는 비교도 안 되는 화력에 지속 시간을 자랑하게 된다. 그러니 이 '불'조차 때로 물이 필요한 것이다. 울음 없이 타오른 사랑이 냄비 같고 마른 장작 같다면, 눈물로 다져진 사랑은 가마솥 같고 젖은 장작 같다고 할 수 있지 않겠는가!

4연 9행으로 이루어진 원시를 역자는 6구의 사언시로 재구성하였다. 이 과정에서 일부 시어의 한역을 누락시키고, 몇몇 시어는 한역의 편의를 위하여 의역하였다. 이 한역시는 짝수 구에 압운하였으며 그 압운자는 '鮮(선)'·'燃(연)'·'全(전)'이다.

낙엽

공재동

가을
나무들
엽서를 쓴다

나뭇가지
하늘에 푹 담갔다가
파란 물감을
찍어내어

나무들
우수수
엽서를 날린다

아무도 없는
빈 뜨락에

나무들이
보내는
가을의 엽서

落葉(낙엽)

秋日樹木修葉書(추일수목수엽서)
深浸樹枝天空中(심침수지천공중)
青墨點來錄居諸(청묵점래록거저)

樹木淅瀝飛葉書(수목석력비엽서)
空庭蕭條無人處(공정소조무인처)
見送秋日葉書儲(견송추일엽서저)

❋ 주석

・落葉(낙엽) 낙엽. ・秋日(추일) 가을, 가을날. ・樹木(수목) 나무, 나무들. ・修葉書(수엽서) 엽서를 쓰다. '修'는 편지를 쓴다는 의미이다. '葉書'는 잎사귀에 쓴 글이라는 뜻으로 전통 시기에는 주로 불경(佛經)을 가리키는 말로 쓰였는데, 근현대에는 전하는 내용과 보내는 이와 받는 이의 주소를 적을 수 있도록 만든 한 장으로 된 우편물을 주로 가리키는 말로 쓰이게 되었다. 이러한 변화는 일본으로부터 비롯된 것이다. ・深浸(심침) ~을 깊이 담그다, ~을 푹 담그다. ・樹枝(수지) 나뭇가지. ・天空中(천공중) 하늘 가운데에, 하늘에. ・青墨(청묵) 파란 먹물. 역자가 파란 물감이라는 뜻으로 사용한 말이다. ・點來(점래) (물감 따위를) 찍어 오다. ・錄居諸(녹거저) 세월을 기록하다. '居諸'는 해와 달, 또는 시간이나 세월을 가리킨다. 이 대목은 한역의 편의를 위하여 원시에 없는 말을 역자가 임의로 보탠 것이다. ・淅瀝(석력) 눈・비・바람・낙엽 등의 소리. 쏴아, 우수수. ・飛葉書(비엽서) 엽서를 날리다, 엽서를 보내다. ・空庭(공정) 빈 뜰. ・蕭條(소조) 쓸쓸하다. ・無人處(무인처) 사람이 없는 곳. ・見送(견송) 보내지다, 받다. 원시의 "나무들이/보내는"을 간략히 하기 위하여 주어를 생략하고 피동형으로 재구성한 표현이다. ・儲(저) 쌓다, 쌓이다. 한역의 편의를 위하여 원시에 없는 말을 역자가 임의로 보탠 것이다.

낙엽

가을날의 나무들이 엽서를 쓴다
나뭇가지를 하늘에 푹 담갔다가
파란 먹물 찍어 와 세월 적는다

나무들이 우수수 엽서를 날린다
빈 뜰 쓸쓸하고 사람 없는 곳에
보내온 가을의 엽서가 쌓여 있다

✽ 한역 노트

역자는 '엽서'라고 하면 이상하게도 예전에 어느 책에서 보았던 마크 트웨인(Mark Twain)의 에피소드가 무엇보다 먼저 떠오른다. 미국의 소설가 브렛 하트(Bret Harte)가 오랫동안 마크 트웨인의 답장을 기다리다 못해 편지지와 우표를 편지 봉투에 넣어 보내면서 답장을 독촉하였더니 얼마 후에 그에게 한 통의 '엽서'가 배달되었는데, "편지지와 우표는 잘 받았습니다. 봉투를 주셔야 편지를 부치지요."라고 했다는 그 일화……

그런데 그 '엽서'는 이제 자주 만나기 어려운 우편 양식의 하나가 되고 말았다. 남이 보면 안 되는 무슨 내밀한 사연이 특별히 많아진 세상이어서가 아니라, 커뮤니케이션의 방식 자체가 혁명적으로 바뀌었기 때문이다. 손으로 쓴 글을 봉투에 넣어 보내는 일반 편지조차도 극히 드문 세상이 되고 보니, 아무나 보아도 거리낄 것 없는 사연을 아무 데서나 적어 보내고는 했던, 그 옛날 엽서 문화가 불현듯 그리워진다. 흘러가버린 것은 다 이렇게 그리워지는 걸까?

각설하고, 시인은 이 시에서 나뭇잎 자체를 엽서로 보았다. 그러므로 당연히 물이 들었을 나뭇잎은 세월을 기록한 엽서가 된다. 나무가 나이테로 세월을 기록하는 것이라면, 나뭇잎은 그 모양과 빛깔로 세월을 기록하는 것이다. 벌레에게 갉힌 나뭇잎도, 장난꾸러기 손에 찢어진 나뭇잎도 가을을 맞아 낙엽이 되기 전에 저마다의 사연을 기록했을 터다.

나뭇가지가 하늘에서 푸른 물감을 찍어 와 나뭇잎에 글을 쓰기는 하였으되, 글이 푸른색인 것은 아닌 편지가 바로 나뭇잎 엽서이다. 이 나뭇잎 엽서에 기록된 사연을 어떻게 읽을 것인가는 엽서의 수취인이 되는 우리들 각자가 선택할 문제이다. 심지어 읽지도 않고 쌓아두거나, 어디에 버려도 누가 무어라고 할 사람도 없다. 그렇지만, 깊어가는 가을에 나뭇잎 엽서의 사연을 읽으며 잠시나마 상념에 잠겨보라는 것이, 시인이 우리에게 전하는 메시지가 아닐까 싶다. 우리에게 그 엽서를 읽으라고 결코 강권하지는 않지만 말이다.

이제 이 시의 제목인 "낙엽" 얘기를 해보기로 하자. 역자가 보기에는 모든 낙엽이 정원의 엽서가 되지는 못하니 낙엽에게도 운명이라는 것이 있지 않을까 싶다. 누군가에게 엽서가 되어 읽히거나 책갈피가 되어 사랑받는 낙엽이 있는가 하면, 쓰레기봉투에 담겨 소각장이나 매립장으로 향하는 낙엽도 있고, 여기저기 정처 없이 떠돌며 밟히다가 마침내 흙과 하나가 되는 낙엽도 있기 때문이다. 어떤 낙엽이 좋은 운명인지를 역자가 굳이 판단할 필요는 없겠지만, 같은 나무에서 생긴 꽃잎이라도 어떤 꽃잎은 방석에 떨어지고, 어떤 꽃잎은 측간에 떨어지기기도 한다는 뜻의 추인낙혼(墜茵落溷)이라는 옛날 성어(成語)가 떠올라 마음 한 켠이 절로 짠해지는 것은 어쩔 수가 없다.

역자는 몇 해 전, 신변에 이상이 있어 오랫동안 마주할 수 없게 된 벗을 생각하며 아래와 같은 두 줄 시, 곧 양구시(兩句詩) 하나를 지어본 적이 있다.

今秋已暮佳期邈(금추이모가기막)

葉上空書君姓名(엽상공서군성명)

올가을 이미 저물고 좋은 기약 아득하여

잎새 위에 부질없이 그대 이름 적어본다

요즘은 그 벗을 아주 가끔이나마 만날 수 있게 되었으니 역자로서는 여간 다행스러운 일이 아니다. 지금은, 몇 해 전 그즈음을 다시 얘기하며 술 한 잔 하기에 딱 좋은 계절인 듯하다. 저 수북하게 쌓인, 세월의 엽서이면서 동시에 하느님의 지폐인 낙엽을 술값으로 대신 받아줄 술집은 어디 없는 걸까?

역자는 5연 15행으로 이루어진 원시를 3구로 처리된 칠언고시 2수로 재구성하였다. 굳이 2수로 구성한 까닭은 한역시의 구(句) 처리가 용이하지 못하였기 때문이다. 2수의 한역시 모두 1구와 3구에 압운하였으므로 이 한역시의 압운자는 '書(서)' · '諸(저)'와 '書(서)' · '儲(저)'가 된다.

코스모스

김명숙

산골 이장 집 막내딸
분홍색 원피스에
높은 하이힐 신고

후리후리한 큰 키에
낭창낭창한 허리 간들대며

이른 아침 댓바람부터

마을 길섶에
버스 기다리고
서 있다.

✱ 태헌의 한역

秋英(추영)

山村里長小女兒(산촌리장소녀아)
好著粉紅連衣裙(호착분홍련의군)
足履高鞋益瘦長(족리고혜익수장)
娉娉嫋嫋動腰身(빙빙뇨뇨동요신)
自從淸晨黎明時(자종청신려명시)
路邊佇待巴士臻(노변저대파사진)

· 秋英(추영) 코스모스. · 山村(산촌) 산골. · 里長(이장) 이장. · 小女兒(소녀아) 막내딸. · 好著(호착) (옷을) 잘 입다. · 粉紅(분홍) 분홍색. · 連衣裙(연의군) 원피스. · 足履(족리) 발에 ~을 신다. · 高鞋(고혜) 하이힐. 高跟鞋(고근혜)의 준말. · 益(익) 더욱. · 瘦長(수장) 호리호리하다, 후리후리하다. · 娉娉嫋嫋(빙빙뇨뇨) 아리땁고 낭창낭창한 모습. · 動(동) ~을 움직이다, ~을 흔들다. · 腰身(요신) 허리. · 自從(자종) ~부터. · 清晨(청신) 맑은 새벽. · 黎明時(여명시) 날이 밝아올 때, 여명의 시간. · 路邊(노변) 길가. · 佇待(저대) (우두커니) 서서 기다리다. · 巴士(파사) 버스(Bus)의 음역어(音譯語). 홍콩에서 만들어진 어휘임. · 臻(진) 이르다, 도착하다.

코스모스

산골 이장 집 막내딸
분홍색 원피스 잘 차려입고는
발에 하이힐 신으니 더욱 후리후리
낭창낭창하게 허리 흔들며
맑은 새벽 날이 밝아올 때부터
길가에 서서 버스 오기를 기다린다

왜 하필이면 "산골 이장 집 막내딸"일까? 예전에는 아무리 산골이라도 이장 정도면 제법 유식하고, 경제적으로도 어느 정도 여유가 있었더랬다. 그리고 막내딸은 대개 어느 집에서나 아버지의 귀여움을 독차지하며 응석받이로 자라난 경우가 많아, 자기 위의 언니들이나 오빠들보다는 다소 철이 없는 경우가 보통이었다.[이 땅의 모든 막내딸들께서 혜량(惠諒)해주시기를! ^^]

169

나름대로 멋을 낼 수 있을 나이가 되었을 때, 농번기에도 휑하니 집을 뛰쳐나와 읍내로 갈 배짱은 막내딸에게나 어울릴 법한 설정이다. 분홍색 원피스와 하이힐이 이장 집의 '여유로움'이나 막내딸의 '멋스러움'을 보여주는 차림새라면, 이른 아침에 집을 나와 낭창낭창하게 허리 흔들며 버스 기다리는 모습은 막내딸의 '철없음'을 보여주는 활동사진이다.

그러나 느닷없이 이 시에 불려나온 "산골 이장 집 막내딸"의 스토리는 사실 코스모스의 속성에 정확하게 대응이 되는 비유의 장치들이다. 분홍색 원피스는 흔한 코스모스 꽃의 색깔을, 하이힐은 코스모스의 후리후리한 키를, 낭창낭창하게 허리 흔드는 것은 코스모스가 가벼운 바람에도 흔들리는 모습을, 버스를 기다린다는 것은 대개 신작로 가장자리에 코스모스가 흐드러지게 피었던 그 시절 초가을의 풍경을 환기(喚起)시키는 것이다.

그리하여 이 시는 박인걸 시인의 「무더위」와 비슷하게 시 전편이 비유로 이루어져 있다고 할 수 있다. 그러나 이 시의 비유는 정확하게 말하자면, "이장 집 막내딸"이 버스를 기다리는 대목까지만 유효한 것이다. 왜일까? 그 시점을 지나 버스가 이미 도착해버린 상황이라면, "이장 집 막내딸"로 묘사된 '코스모스'가 버스를 탈 수는 없는 노릇이라 비유가 더 이상 이어질 수 없기 때문이다.

역자가 원시의 "버스"를 한역하면서 흔히 쓰이는 '공차(公車, 중국어로 버스를 뜻하는 公共汽車의 준말.)'라는 어휘를 쓰지 않고 '파사(巴士)'라는 외래어 음차(音借)를 사용한 까닭은, 시인이 기왕에 코스모스를 "산골 이장 집 막내딸"에 비유했기 때문이다.

이제 막내딸이 기다리는 대상에 '士[신사 정도의 의미]'가 들어가는 어휘를 사용함으로써 한역시에서의 비유는 완결성을 확보하게 되었다. 그러나 원작자는 이 점에 대해서는 꿈에서도 생각하지 못했을 테니 한역을 한 역자에게 차 한 잔 정도는 사야지 않을까 싶다. '巴'는 중국에서 지명(地名)

혹은 국명(國名)으로 쓰이는 글자이지만, '(프랑스) 파리[巴黎]'의 약어(略語)로도 쓰인다. 그리하여 다소 엉뚱하기는 해도 음차로 사용한 '巴士'를 굳이 번역하자면 '파리의 신사' 정도가 되기 때문에, 막내딸이 기다리는 대상은 달리 멋쟁이 신사가 될 수도 있다.

4연 9행으로 이루어진 이 시를 역자는 칠언 6구의 고시로 재구성하였다. 한역시는 짝수 구마다 압운하였으며, 압운자는 '裙(군)', '身(신)', '臻(진)'이다.

가을밤

김시탁

언어가 시를 버리고
시가 시인을 버린 채
사전 속으로 걸어 들어가
책갈피 속 낙엽으로
문을 꼭꼭 걸어 잠그는 밤

내 영혼의 퓨즈가 나가
삶이 정전된 밤

❋ 태헌의 한역

秋夜(추야)

言語棄詩歌(언어기시가)
詩歌棄詩手(시가기시수)
言語與詩歌(언어여시가)
終向辭典走(종향사전주)
自以書中葉(자이서중엽)
爲局固關牖(위경고관유)
吾魂熔絲燒(오혼용사소)
吾生斷電宵(오생단전소)

·秋夜(추야) 가을밤. ·言語(언어) 언어, 말. ·棄(기) ~을 버리다. ·詩歌(시가) 시가, 시. ·詩手(시수) 시인(詩人). ·與(여) 연사(連詞). ~와, ~과. ·終(종) 마침내. 한역의 편의를 위하여 원시에 없는 말을 역자가 임의로 보탠 것이다. ·向辭典走(향사전주) 사전을 향해 걸어가다. 사전 안으로 들어간다는 의미로 쓴 말이다. ·自(자) 스스로. 한역의 편의를 위하여 원시에 없는 말을 역자가 임의로 보탠 것이다. ·以書中葉(이서중엽) 책 속의 낙엽으로, 책 속의 낙엽을. 낙엽은 책갈피에 끼워둔 나뭇잎을 가리킨다. ·爲扃(위경) 빗장을 삼다, 빗장으로 삼다. 한역의 편의를 위하여 원시에 없는 말을 역자가 임의로 보탠 것이다. 앞의 시구 '以書中葉'에서 이어지는 말로 책 속의 낙엽으로 빗장을 삼는다는 뜻이다. ·固(고) 굳게. ·關牖(관유) 창문을 잠그다. 역자는 압운(押韻) 때문에 '牖'를 '門(문)'의 뜻으로 사용하였다. ·吾魂(오혼) 내 영혼. ·熔絲(용사) 녹는 철사, 퓨즈. ·燒(소) 타다, (퓨즈가) 녹다·나가다. ·吾生(오생) 내 삶. ·斷電(단전) 정전(停電). ·宵(소) 밤[夜].

가을밤

언어가 시를 버리고
시가 시인을 버린 채
언어와 시가
마침내 사전 향해 걸어가
스스로 책 속의 낙엽으로
빗장 삼아 문 꼭꼭 거나니

내 영혼의 퓨즈가 나가
내 삶이 정전된 밤!

시는 시인이 쓰고 감상은 독자들이 하는 것이다. 종종 생기는 독자들의 오해는 시인이 의도한 것이 아니므로 시인에게 허물을 돌릴 수 없고, 같은 논리로 독자들이 때로 오해했다 해서 시인이 독자들을 책망할 필요도 없다. 요컨대 의도적으로 곡해하거나 악의적으로 왜곡하는 경우가 아니라면, 시의 해석은 독자들의 재량이 얼마든지 허용되는 영역인 것이다.

이 재량권을 가진 독자의 한 명인 역자가 보기에 이 시의 주제는 한마디로 '시가 안 되는 밤'이다. 시가 안 되면 그만두면 될 일인데도 그만둘 수 없는 무슨 사연이 있어서 시인이 이래저래 고민하다가 우연찮게 이 시를 짓지 않았을까 싶다. 주지하다시피 시는 '언어'를 엮어 만드는 것이다. 그런데 그 언어가 자기의 집이랄 수 있는 사전 속으로 들어가 문을 걸어버린다면, 다시 말해 시어가 꽁꽁 숨어버린다면 제아무리 뛰어난 시인이라 하여도 용빼는 재주가 없을 것이다. 기운이 산을 뽑을 만했던 항우(項羽) 역시 오추마(烏騅馬)가 나아가지 않아 어쩔 수 없었던 것처럼 말이다.

언어가 시를 버린다는 것은, 시인의 뇌리에 시어로 쓸 만한 마땅한 언어들이 떠오르지 않는다는 뜻으로 이해된다. 그리고 간신히 시어들이 떠올라 시 몇 구절을 만들기는 했지만 연결도 잘 안 되는 상황이라면, 다시말해 몇 구절의 시가 시인의 마음에 흡족하지 못한 상황이라면, 이는 시가 시인을 버리는 것으로 이해할 수 있다. 어쨌거나 언어가 시를 버렸다는 것이나 시가 시인을 버렸다는 것은 시가 잘 되지 않는다는 말과 그리 다르지 않다.

그런데 사전 속으로 걸어 들어간 언어들이 '책갈피 속 낙엽으로 문을 꼭꼭 걸어 잠근다'는 것은 어떻게 이해해야 할까? 역자는 이 대목의 경우 낙엽을 책갈피에 끼워 말리는 일과 밀접한 관련이 있을 것으로 본다. 낙엽을 끼워둘 책은 두꺼울수록 좋고, 한동안 닫힌 채로 있어야 한다. 두께로야 사전만 한 책이 어디 있겠는가! 이 때문에 사전이 열리지 않게 되었을 테니 결과를 놓고 보자면 낙엽이 모든 언어의 집인 사전의 문을 닫아건 것이나 진배없게 되었다. 바로 이 지점에서 시인의 '낙엽'에 관한 언급은 의미가 있다.

또 시인이 시를 쓰자면 이것저것 생각해야 할 게 많다. 그러므로 생각이 끊어져서는 안 된다. 전기로 치자면 늘 통하고 있어야 하는 것이다. 그런데 어느 순간에 그 생각의 선(線)이 끊어져버려 시어 선택도 안 되고 시구도 엮어지지 않는다면, 전기로 치자면 퓨즈가 나간 것과 다름없다. 퓨즈가 나가면 바로 정전(停電)이다. 시가 삶에서 매우 중요한 부분이 되는 시인에게는 시의 정전은 곧 삶의 정전이다.

시인에게 시가 정전이 되었다면 보통의 경우 노트북을 닫고 담배를 피워 물거나 술병을 찾게 될 것이다. 그런데 시인은 그러지를 않고(그랬을 수도 있겠지만) 시가 안 된다는 것을 이렇게 멋지게 시로 썼으니, 따지고 보면 시가 안 된 것도 아니다. 애초에 쓰려고 했던 시를 못 썼을 수는 있어도 이렇게 근사한 시 한 수를 건졌으니, 시가 안 된 그날 밤을 오히려 고마워해야 하지 않을까?

역자는 2연 7행으로 된 원시를 8구의 오언고시로 재구성하였다. 이 과정에서 한역의 편의를 위하여 원시에 없는 말을 몇 군데 임의로 보태기도 하였다. 6구까지는 짝수 구에 압운을 하였으며, 7구와 8구에서는 운을 바꾸어 매 구에 압운하였다. 그러므로 이 한역시의 압운자는 '手(수)'·'走(주)'·'牖(유)', '燒(소)'·'宵(소)'가 된다.

당신에게 말 걸기

나호열

이 세상에 못난 꽃은 없다
화난 꽃도 없다
향기는 향기대로
모양새는 모양새대로
다, 이쁜 꽃
허리 굽히고
무릎도 꿇고
흙 속에 마음을 묻은
다, 이쁜 꽃
그걸 모르는 것 같아서
네게로 다가간다
당신은 참, 예쁜 꽃

✱ 태헌의 한역

攀話於君(반화어군)

此世無醜英(차세무추영)
亦無帶怒花(역무대노화)
有香因香麗(유향인향려)
有形緣形嘉(유형연형가)
弓腰又屈膝(궁요우굴슬)
埋心土肉裏(매심토육리)

天下許多榮(천하허다영)

悉皆休且美(실개휴차미)

君或不識此(군혹불식차)

吾人薄君傍(오인박군방)

吾君於吾何(오군어오하)

丁寧爲姸芳(정녕위연방)

❋ 주석

· 攀話(반화) 말을 걸다. · 於君(어군) 그대에게, 당신에게. · 此世(차세) 이 세상. · 無醜英(무추영) 추한 꽃이 없다, 못난 꽃이 없다. · 亦無(역무) 또한 ~이 없다. · 帶怒花(대노화) 노기를 띤 꽃, 화난 꽃. · 有香(유향) 향기가 있다. · 因香麗(인향려) 향기로 인하여 예쁘다. · 有形(유형) 모양이 있다, 모양새가 있다. · 緣形嘉(연형가) 모양[새]로 인하여 예쁘다. · 弓腰(궁요) 허리를 굽히다. · 又(우) 또, 또한. · 屈膝(굴슬) 무릎을 꿇다. · 埋心(매심) 마음을 묻다. · 土肉裏(토육리) 흙 속, 흙 속에. '土肉'은 흙을 가리키는 말이다. · 天下(천하) 천하, 온 세상. · 許多(허다) 허다하다, 많다. · 榮(영) 꽃. · 悉皆(실개) 모두, 다. · 休且美(휴차미) 아름답다, 예쁘다. 여기서 '休'와 '美'는 모두 아름답다는 뜻이다. · 君(군) 그대, 당신. · 或(혹) 혹시, 어쩌면. · 不識此(불식차) 이를 알지 못하다. · 吾人(오인) 나. · 薄(박) ~에 다가가다. · 君傍(군방) 그대 곁. · 吾君(오군) 그대, 당신. · 於吾何(어오하) 나에게 무엇일까? · 丁寧(정녕) 틀림없이, 참으로. · 爲(위) ~이다. · 姸芳(연방) 예쁜 꽃.

❋ 한역의 직역

당신에게 말 걸기

이 세상에 못난 꽃은 없다
또한 노기를 띤 꽃도 없다
향기 있어 향기로 인해 예쁘고

모양 있어 모양으로 인해 예쁘다
허리 굽히고 또 무릎도 꿇고
흙 속에 마음을 묻나니
천하에 허다한 꽃은
모두 다 예쁘다
그대가 혹 이를 모를까 해서
내 그대 곁으로 다가가나니
그대는 내게 무엇일까?
참으로 예쁜 꽃!

✽ 한역 노트

이 시는 제목으로 살피자면 시 본문 전체가 사랑하는 사람에게 들려주는 말, 곧 거는 말이 된다고 할 수 있다. 모종의 일로 다툰 뒤의 상황일 수도 있겠지만, 이런저런 면에서 점점 자신감을 잃어버려 속상해하며 의기소침해진 사랑하는 사람을 위하여, 그 마음을 달래고자 말을 건네는 상황으로 보는 것이 아무래도 더 무난할 듯하다. 이 시의 주지를 한마디로 요약하면 "당신은 여전히 예쁜 꽃"이라는 것이다.

세상의 꽃은 겉으로는 아름답게 보여도 저마다 안으로는 아픔을 간직하고 있다. '허리 굽히고 무릎도 꿇고'는 꽃이 꽃으로 피기 위해 이겨내야 하는 고통을 얘기한 것이지 비굴함을 얘기한 것이 아니다. 흙 속에 묻은 마음 역시 같은 맥락으로 이해된다. 싱크로나이즈드 스위밍이라는 스포츠를 보면 수면 위의 손동작은 정말이지 피어나는 꽃처럼 아름답지만, (주로) 수면 아래의 발동작은 그 애쓰는 모습이 보기에 애처로울 정도일 때가 많다. 이런 점에서 보자면 이 스포츠가 꽃이 꽃으로 피는 원리를 잘 보여준다고 할 수 있을 듯하다. 세상의 어느 꽃이든 거저 꽃이 되는 경우는 없다. 꽃이, 꽃이 되기 위해 겪어야 하는 것이 아픔이라면, 세상의 모든 꽃은 피어났기 때문에 아름답다. '당신' 또한 꽃이므로 역시 아름다운 존재이다. 그러나 '당신'은 이것을 잘 모르는 듯하다. 그리하여 내가 이 얘기를 '당신'에게 들려준다는 것이다.

그런데 젊거나 어린 아이들이 꽃으로 간주되는 일반적인 경우를 제외하면 사람들이 누구에게나 꽃으로 인식되는 것은 아니다. 누군가가 누군가에게 꽃으로 인식되는 데는, 아무리 제 눈에 안경이고 콩깍지라 하더라도 분명 그만한 이유가 있다. 당사자가 그것을 설명할 수 있든 없든 간에⋯⋯ 눈앞에 보석이 있어도 그냥 돌로 여기고, 발밑에 산삼이 있어도 그냥 풀로 여기게 되는 까닭은, 사람 눈에는 아는 만큼 보이고 관심의 크기만큼 보이기 때문이다. 누군가를 꽃으로 보는 것 역시 이와 별반 다르지 않을 것이다.

시인이 말을 건 '당신'은 적어도 젊은 사람은 아닌 것처럼 보인다. 원시의 1행과 2행을 통해 '당신'이 스스로를 못나 하고 화가 난다고 한 것으로 추정할 수 있는 정황으로 살피자면, 최소한 중년 정도로 여겨진다. 그런데 젊다고 다 청춘인 것은 아니다. 미국의 시인 새뮤얼 울먼은 그의 대표작 「청춘」에서 "스무 살이라도 늙은이"가 되고, "여든 살이어도 늘 푸른 청춘"일 수 있다고 하였다. 일찍이 홍해리 시인도 「예송리 동백숲」이라는 시에서 "나이 들어도 젊은 여자들"과 "젊어도 늙은 사내들"을 대비시킨 적이 있다. 자기의 모습을 빛나게 하고 자기의 향기를 뿜는다면 청춘이고 꽃인 것이지 나이가 도대체 무슨 대수겠는가! 이런 맥락에서 시인은 '당신'을 여전히 '참, 예쁜 꽃'이라고 하였을 것이다.

역자는 12행의 원시를 12구의 오언고시로 한역하였다. 그러나 모든 행이 각기 한 구로 한역이 된 것은 아니다. 원시의 3~5행을 묶어 2구로, 6과 7행을 묶어 1구로, 9행과 12행은 각기 2구로 재구성하였다. 이 과정에서 원시에 없는 내용이 일부 보태지기도 하였다. 한역시는 짝수 구마다 압운하였지만 4구마다 운을 바꾸었으며, 그 압운자는 '花(화)'·'嘉(가)', '裏(리)'·'美(미)', '傍(방)'·'芳(방)'이다.

단풍

복효근

저 길도 없는 숲으로
남녀 여남 들어간 뒤
산은 뜨거워 못 견디겠는 것이다

골짜기 물에 실려
불꽃은 떠내려 오고
불티는 날리고

안 봐도 안다
불 붙은 것이다
산은,

❋ 태헌의 한역

丹楓(단풍)

彼處無蹊深林內(피처무혜심림내)
男女十餘人入後(남녀십여인입후)
山知太熱不堪耐(산지태열불감내)

火花泛水火星飜(화화범수화성번)
雖不入看亦可知(수불입간역가지)
山卽當今正火燃(산즉당금정화연)

・丹楓(단풍) 단풍.　・彼處(피처) 저기, 저곳.　・無蹊(무혜) 길이 없다.　・深林內(심림내) 깊은 숲속.　・男女(남녀) 남자와 여자.　・十餘人(십여인) 10여 명.　・入後(입후) 들어간 후.　・山知(산지) 산은 ~을 알다.　・太熱(태열) 너무 뜨겁다.　・不堪耐(불감내) 견딜 수 없다, 견디지 못하다.　・火花(화화) 불꽃.　・泛水(범수) 물에 뜨다.　・火星(화성) 불티.　・飜(번) 날다.　・雖(수) 비록, 비록 ~일지라도.　・不入看(불입간) 들어가 보지 않다, 보러 들어가지 않다.　・亦(역) 또, 또한.　・可知(가지) 알 수 있다.　・山卽(산즉) 산은 곧 ~이다.　・當今(당금) 지금.　・正火燃(정화연) 막 불이 붙다, 한창 불이 타다.

❋ 한역의 직역

단풍

저기 길도 없는 깊은 숲속으로
남녀 십여 명이 들어간 뒤에
산은 알았다, 너무 뜨거워 못 견딘다는 걸

불꽃은 물에 뜨고 불티는 날리니
비록 들어가 보지 않아도 알 수 있는 것,
산은 이제 한창 불이 붙은 것이다

❋ 한역 노트

　동화를 닮았다는 생각이 얼핏 들지만 19금 계열의 시인 이 「단풍」은, 단풍을 화산에서 흘러내리는 용암에 비유한 고두현 시인의 「내장산 단풍」이나 무지개의 피에 비유한 김태인 시인의 「단풍」과 더불어 보는 이의 이목을 끌며 ‘즐거운 놀라움’을 선사하기에 충분하다. 이러한 ‘즐거운 놀라움’은 우리들 밋밋한 생각의 들에 신선한 향기를 뿌려주는 들꽃과도 같다고 할 수 있겠다.

이 시에서 언급된 '남녀 여남[여남은, 십여] 명'은 가을바람을 포함한 가을 기운을 비유적으로 일컬은 말이다. 이 가을 기운이 숲속으로 들어가 청춘 남녀들처럼 애정 행각을 벌이자 그 열기가 너무 뜨거워 산이 견디지 못하게 되었다는 것이다. 그 뜨거운 열기로 인해 생겨난 단풍잎 불꽃은 골짜기 물에 떠내려오고, 단풍잎 불티는 허공에 날리게 되었다. 그리하여 시인은 숲이 불타고 있음을 안 봐도 안다고 하였다. 시쳇말로 "안 봐도 비디오"인 상황이 숲속에서 벌어지고 있다는 것이다. 야하지만 속되지 않은 시인의 비유가 그저 놀랍기만 하다.

3연 9행으로 된 원시를 한역하면서 역자는 2단락 6구로 구성된 칠언고시로 재구성하였다. 각 단락은 3구로 구성하였는데, 이 과정에서 원시에 있는 시어 일부를 누락시키고, 또 원시에 없는 내용을 일부 보태게 되었다. 각 단락마다 홀수 구에 압운하였으며, 그 압운자는 '內(내)'·'耐(내)', '飜(번)'·'燃(연)'이다.

역자는 불이 타는 듯한 단풍 숲은 고사하고 데면데면한 단풍 숲도 제대로 구경하지 못한 채 제법 여러 해를 지내왔다. 그렇다고 삶이 특별히 더 달라진 것도 없는데 말이다. 이제 가족은 가족대로, 또 친구는 친구대로 저마다 사정이 있어 의기투합하기도 쉽지 않은 시절이 되고 말았다. 이러한 때에 느끼게 되는 허허로움을 달래고자 역자는 술잔 하나 앞에다 두고 역자의 한시집 『술다리』에 수록된 옛 시 한 수를 꺼내 안주로 곁들이는 중이다. 고요히 깊어가는 이제의 가을도 더없이 소란스러웠던 그제의 가을과 그리 다르지는 않으련만……

楓遊(풍유)

滿天秋氣染山紅(만천추기염산홍)
倦世騷人何不叢(권세소인하불총)

遊服華靡酒顏赤(유복화미주안적)

樹楓猶願賞人楓(수풍유원상인풍)

단풍놀이

천지에 가득한 가을 기운이 산을 붉게 물들이거니
세상에 권태를 느낀 시인들, 어찌 모이지 않으랴!
나들이 옷 화려하고 아름다운데 술 취한 얼굴 붉으니
나무에 든 단풍이 도리어 사람 단풍 보겠다고 하겠네.

추석

유자효

나이 쉰이 되어도
어린 시절 부끄러운 기억으로 잠 못 이루고

철들 때를 기다리지 않고 떠나버린
어머니, 아버지.

아들을 기다리며
서성이는 깊은 밤.

반백의 머리를 쓰다듬는
부드러운 달빛의 손길.
모든 것을 용서하는 넉넉한 얼굴.

아, 추석이구나.

❋ 태헌의 한역

秋夕(추석)

忽憶幼年多羞慙(홀억유년다수참)
齒算五十難成眠(치산오십난성면)
雙親駕鶴遠逝日(쌍친가학원서일)
不肖孤兒省事前(불초고아성사전)

深夜盤桓待家豚(심야반환대가돈)

月光緩撫半白髮(월광완무반백발)

豊碩玉顔恕萬事(풍석옥안서만사)

嗚呼時卽仲秋節(오호시즉중추절)

✤ 주석

·秋夕(추석) 추석, 중추절(仲秋節). ·忽(홀) 문득, 갑자기. ·憶幼年(억유년) 어린 시절을 생각하다. ·多羞慙(다수참) 부끄러움이 많다. '羞慙'은 두 글자 모두 부끄럽다는 뜻이다. ·齒算(치산) 나이. ·五十(오십) 50, 쉰. ·難成眠(난성면) 잠을 이루기 어렵다. ·雙親(쌍친) 양친(兩親), 부모님. ·駕鶴遠逝(가학원서) 학을 타고 멀리 가다. 세상을 떠나는 것을 완곡하게 이른 말이다. ·日(일) ~한 날. ·不肖孤兒(불초고아) '불초'는 아버지를 닮지 않았다는 뜻으로, 주로 아들이 부모에게 자기를 낮추어 이르는 말로 쓰인다. '고아'는 보통 부모를 여의거나 부모에게 버림받아 몸 붙일 곳이 없는 아이를 일컫지만, 나이에 관계없이 어버이를 잃은 아들이 스스로를 칭하던 말이기도 하다. 이 한역시에서는 후자의 뜻으로 쓰였다. ·省事(성사) 사리를 분별하다, 철들다. ·前(전) ~전, ~앞. ·深夜(심야) 깊은 밤. ·盤桓(반환) 서성거리다, 머뭇거리다. ·待(대) ~을 기다리다. ·家豚(가돈) 미련한 아들이란 뜻으로, 남에게 자기 아들을 낮추어 이르는 말이다. ·月光(월광) 달빛. ·緩撫(완무) 부드럽게 쓰다듬다. ·半白髮(반백발) 반백의 머리칼. ·豊碩(풍석) 풍만하다, 통통하다, 넉넉하다. ·玉顔(옥안) 옥과 같은 얼굴. 보통은 미녀의 얼굴을 지칭하나 여기서는 둥근 달을 가리키는 말로 쓰였다. ·恕(서) ~을 용서하다. ·萬事(만사) 여러 가지 일, 모든 것. ·嗚呼(오호) (감탄사) 아! ·時卽(시즉) 때는 (곧) ~이다. ·仲秋節(중추절) 추석.

✤ 한역의 직역

추석

문득 어린 시절 생각하면 부끄럼 많아
나이 쉰이 되어도 잠 이루기 어렵네

양친께서 학 타고 멀리 떠나신 날은
못난 이 몸이 철들기도 전이었네

깊은 밤에 서성이며 아들 기다리자니
달빛은 부드럽게 반백의 머리 쓰다듬고
넉넉한 얼굴로 모든 것 용서하나니
아! 때는 바로 추석이구나

❋ 한역 노트

부모에 대한 자식의 마음과 자식에 대한 부모의 마음을 한 화면에 투사(投射)한 이 시의 주지는, 어리거나 젊은 시절에 부모님께 철없이 굴었던 어리석음에 대해 추석을 맞이하여 "용서"를 빌고 싶다는 것이다. 부모님을 다 떠나보내고 쉰 고개를 넘은 자식 된 자의 죄스러운 마음이 어디 시인 한 사람에게만 그치는 것일까?

그리고 말이 나왔으니 말이지만, 추석이나 정월대보름은 하늘에 밝은 달이 떠 있어 달을 보며 이것저것 비는 것이 많아지는 날이기도 하다. 역자는 여태 살면서 설날에 자기 소원을 비는 사람을 본 적이 없다. 어른이든 아이든 상대방의 복을 비는 덕담을 들려주는 일은 있어도, 자기 복을 비는 일이 없는 것은 어쩌면 설날에는 쳐다볼 달이 없기 때문이 아닐까?

추석에 달을 보며 비는 것과 관련하여 역자는 두어 해 전에 다음과 같은 시를 지었더랬다.

仲秋夜(중추야)

風淸蟲詠仲秋宵(풍청충영중추소)
對月何人不合掌(대월하인불합장)
地上祈求固大多(지상기구고대다)

姮娥此際頭疼痒(항아차제두동양)

추석날 밤에

바람 맑고 벌레 노래하는 추석날 밤
달 대하고 누군들 손 모으지 않으랴!
지상에서의 기도가 정말 크고도 많아
항아가 이 즈음에 머리 지끈거리리라

항아는 옛사람들이 만들어둔 달의 신(神) 이름이다. 지상의 많고 많은
사람들 소원을 들어주어야 할 위치에 있는 항아의 입장에서 보자면, 머리
를 지끈거리게 하는 명절이 오히려 두렵지 않을까 싶다. 그러니 이제 평
월(平月)에 조금씩 달의 신에게 소원을 빌고, 추석이나 정월대보름에는 너
무 많은 것을 빌지 말도록 하자. 명절의 항아도 항아이고 평월의 항아도
항아일 것이므로…… 그리고 항아도 명절에는 좀 쉬어야지 않겠는가!

5연 10행으로 구성된 유자효 시인의 이 시를 역자는 4구로 이루어진
칠언고시 두 수(首)로 재구성하였다. 두 수 모두 짝수 구에 압운하였으며,
그 압운자는 '眠(면)'과 '前(전)', '髮(발)'과 '節(절)'이다.

만월(滿月)

윤지원

행여 이 산중에

당신이

올까 해서

석등(石燈)에 불 밝히어

어둠을

쓸어내고

막 돋은

보름달 하나

솔가지에 걸어뒀소.

❊ 태헌의 한역

滿月(만월)

或如君來此山中(혹여군래차산중)
石燈點火掃暗幽(석등점화소암유)
新升一輪三五月(신승일륜삼오월)
至今方掛松枝頭(지금방괘송지두)

❊ 주석

·滿月(만월) 보름달. ·或如(혹여) 혹시, 행여. ·君來(군래) 그대가 오다. ·此山中(차산중) 이 산속[에], 이 산중[에]. ·石燈(석등) 석등, 장명등(長明燈). ·點火(점화) 불을 붙이다. ·掃(소) ～을 쓸다. ·暗幽(암유) '幽暗(유암)'과 같은 말로 '어둠'을 가리킨다. ·新(신) 새로, 막. ·升(승) 오르다(=昇), 떠오르다, 돋다. ·一

輪(일륜) 한 둘레, 한 바퀴라는 뜻으로 달이나 해와 같은 둥근 모양의 물체를 가리킬 때 주로 쓴다. ·三五月(삼오월) 보름날의 달, 보름달. 보통은 정월 대보름달을 가리키는 말로 쓴다. ·至今(지금) 지금. ·方(방) 바야흐로, 막. ·掛(괘) ~을 걸다. ·松枝頭(송지두) 솔가지 끝.

✽ 한역의 직역

보름달

행여 이 산중에 당신 올까 해서
석등에 불 밝혀 어둠 쓸어내고
새로 돋은 보름달 하나
지금 막 솔가지 끝에 걸어뒀소

✽ 한역 노트

　이 시는 스님의 작품이다. 그러므로 석등이나 보름달 등을 불교적인 관점에서 보는 것이 타당할 것이다. 그러나 불자(佛者)가 아닌 일반인 역시 스님의 시를 얼마든지 읽을 수 있기 때문에, 일반적인 관점에서 이 시를 보는 것도 의미가 없지는 않을 것이다. 더욱이 역자는 불자도 아니고 불교 연구자도 아니므로, 불교적인 관점에서 이 시를 바라보는 것은 애초부터 곤란할 수밖에 없다. 그리하여 부득이 일반인의 시각으로 이 시를 들여다보겠지만, 그렇다고 해서 이런 몇 마디 말로 역자의 무지(無知)와 천학(淺學)을 가릴 생각은 추호도 없다.

　역자가 보기에 이 시의 핵심 키워드는 '당신'이다. '당신'은 불자일 수도 있고 도반(道伴)일 수도 있으며, 또 세속의 지인(知人)일 수도 있다. 어느 경우든 산중의 스님인 시인에게는 더없이 소중한 존재이다. 그 '당신'은 시인의 벗이 되어줄 사람이기 때문에 그에 대한 예우가 매우 각별하다. 그러나 시인의 각별한 예우는 세상 사람들이나 방문할 당사자가 단번에 알 수 있는 것이 아닌, 그저 마음뿐인 것이다. 가령 빗자루로 쓴 눈길과 같은 경우라면 누구나 그 '배려'의 뜻을 읽을 수 있겠지만, 요컨대 뜰에 밝힌 석등과 같은 경우는 얘기가 달라지기 때문이다. 물론 스님이 평상시에는 등을 켜두지 않는다는 것을 익히 알고 있었던 방문객이라면 켜진 등 하나만으로도 배려심을 인지할 수 있을 것이다. 그러나 그런 특수한 경우가 아니라면 켜진 등이 방문객을 위한 것인지 수도(修道)를 위한 것인지 곧바로 알기가 사실상 어렵다. 그럼에도 불구하고 아무리 작거나 보잘것 없어도 진심은 마음에서 마음으로 전해지는 법이다. 이것이 옛사람들이 얘기한 이심전심(以心傳心)의 한 모습이 아니겠는가!

이 시의 핵심 소재는 석등과 보름달이다. 석등이 사찰 경내의 어둠을 쓸어내는 등이라면, 보름달은 산사로 오는 길을 밝혀줄 등이 되는 셈이다. 하늘에 저절로 있을 보름달을 시인이 솔가지에 걸어두었다고 한 것은 멋들어진 운치이자 풍류이면서 동시에 따스한 마음의 투영(投影)이다. 그러나 그 등을 밝히고 내건 마음의 기저에는 외로움이 자리하고 하고 있다. '행여'라는 이 한 단어가 바로 그러한 심사를 가늠하게 한다. 그러므로 이 시는 전체적으로 따스한 마음을 주제로 귀결시키면서도 구도자(求道者)의 '고독'을 은연중에 암시한 작품이라 할 수 있다.

이 시가 구도자의 고독을 암시하고 있다 하여도 이 시에서 구현된 따스한 마음 자락은 사랑조차 물질로 재단하려는 이 시대의 어둠을 쓸어낼 등불로 삼기에 충분할 듯하다. 물질로 덮어버려 생겨난 내면의 어둠을 쓸어내면 우리들 마음자리가 보름달처럼 환하게 밝아질 수 있을까?

역자는 연 구분 없이 9행으로 된 시[시조]를 4구의 칠언고시로 재구성하였다. 이 한역시의 압운자는 '幽(유)'·'頭(두)'이다.

중앙선 타고 가며

이기철

안동 지나 제천 간다

내려다보면 한 잎 호박잎에도 폭 싸일 초등학교
저 창문과 교실 위로
무수한 화요일이 지나갔구나
내 일곱 살, 저 교실에서 책 열지 않았으면
긴 일생, 무거운 언어의 짐 지지 않고 살아도 되었을 것을

✽ 태헌의 한역

乘中央線列車而行(승중앙선열차이행)

今過安東向堤川(금과안동향제천)
俯看下有校一座(부간하유교일좌)
小學校舍正如何(소학교사정여하)
南瓜一葉能包裹(남과일엽능포과)
彼窓門與教室上(피창문여교실상)
應覺無數歲月過(응각무수세월과)
吾年七歲教室裏(오년칠세교실리)
萬若不開數卷書(만약불개수권서)
身歷長長一生來(신력장장일생래)
不擔言語可安居(부담언어가안거)

· 乘~而行(승~이행) ~을 타고 가다.   · 中央線列車(중앙선열차) 중앙선 열차. 시에는 열차라는 말이 따로 없지만 '중앙선'이라는 말과 전체 내용으로 볼 때 중앙선 열차가 분명하기 때문에 '列車' 두 글자를 보충하였다.   · 今(금) 지금. 한역의 편의를 위하여 원시에는 없는 말을 역자가 임의로 보탠 것이다.   · 過(과) ~에 들리다, ~를 지나다.   · 安東(안동) 경북 안동.   · 向(향) ~로 향하다. ~로 향해 가다.   · 堤川(제천) 충북 제천.   · 俯看(부간) 내려다보다, 굽어보다.   · 下有(하유) 아래에 ~이 있다.   · 校一座(교일좌) 학교 하나. '座'는 학교와 같은 집합적인 장소를 세는 양사(量詞)이다. '校一座'는 한역의 편의를 위하여 원시에는 없는 말을 역자가 임의로 보탠 것이다.   · 小學校舍(소학교사) 소학교 교사(校舍). '校舍'는 한역의 편의를 위하여 원시에는 없는 말을 역자가 임의로 보탠 것이다.   · 正如何(정여하) 정녕 어떠한가? 이 역시 한역의 편의를 위하여 원시에는 없는 말을 역자가 임의로 보탠 것이다.   · 南瓜(남과) 호박.   · 一葉(일엽) 잎 하나, 한 잎.   · 能包裹(능포과) ~을 쌀 수 있다. '包'와 '裹'는 둘 다 물건 따위를 싼다는 뜻이다.   · 彼(피) 저, 저것.   · 窓門(창문) 창문.   · 與(여) ~과, ~와. 연사(連詞)이다.   · 敎室(교실) 교실.   · 上(상) ~의 위, ~의 위에.   · 應覺(응각) 응당 ~을 알다.   · 無數(무수) 무수한, 무수히.   · 歲月過(세월과) 세월이 지나가다.   · 吾年(오년) 내 나이.   · 七歲(칠세) 7세, 일곱 살.   · 敎室裏(교실리) 교실 안.   · 萬若(만약) 만약.   · 不開(불개) ~을 열지 않다.   · 數卷書(수권서) 몇 권의 책. '數卷'은 한역의 편의를 위하여 원시에는 없는 말을 역자가 임의로 보탠 것이다.   · 身(신) 몸, 일신, 나. 한역의 편의를 위하여 원시에는 없는 말을 역자가 임의로 보탠 것이다.   · 歷~來(역~래) ~을 지나오다. 한역의 편의를 위하여 원시에는 없는 말을 역자가 임의로 보탠 것이다.   · 長長一生(장장일생) 길고 긴 일생.   · 不擔言語(부담언어) 언어를 짊어지지 않다, 언어라는 짐을 지지 않다.   · 可安居(가안거) 편안히 살 수 있다.

❋ 한역의 직역

중앙선 열차를 타고 가며

지금 안동 지나 제천 가며
내려다보니 아래에 학교가 하나

소학교 교사는 정녕 어떠한가?

호박잎 하나로도 쌀 수 있을 듯

저 창문과 교실 위로

무수한 세월이 지나갔음을 알겠네

내 나이 일곱 살 때 교실 안에서

만일 몇 권의 책 열지 않았으면

내 길고 긴 일생 지나오면서

언어의 짐 지지 않고 편히 살았을 것을

❋ 한역 노트

　역자가 이 시에 끌리게 된 것은 역자의 고향이 안동이어서도 아니고, 역자가 다닌 초등학교가 안동역 지나 제천역 가는 길에 기차에서 내려다 보여서도 아니다. 어느 시기에 인생의 방향을 정하는 계기가 마련된 것으로 여기는 시인의 말이 역자의 가슴에 하나의 울림으로 와닿았기 때문이다. 그 시기가 유 · 소년기나 청년기일 수도 있고, 그 계기가 책이 아니라 영화나 드라마일 수도 있고, 또 어느 누군가의 말이나 행동일 수도 있다. 그러나 사람에 따라서는 그런 특기(特記)할 시기나 계기가 전혀 없을 수도 있다.

　역자는 초등학교 시절에 용돈을 털어 난생처음으로 직접 책 한 권을 산 적이 있다. 어쩌면 그 책 한 권이 역자를 평생토록 공부하는 사람으로 만든 것은 아닐까고 생각해본 적이 상당히 여러 번이었는데, 이 시를 처음으로 읽던 그 순간에 역자의 생각이 틀림없다는 믿음을 거의 굳히게 되었다. 역자가 외울 정도로 여러 번 읽었던 그 책은 강소천 선생의 장편동화『진달래와 철쭉』이었다. 학교 도서관에서 몇 번 빌려보았던 책이지만 어린 마음에도 나만 매번 빌려볼 수는 없다고 생각하여 아끼고 아껴두었던 용돈으로 사게 되었던 것이다. 고향 집에서 그 책이 없어진 지 이미 오래되었지만, 지금도 눈만 감으면 그 동화책 한 쪽 한 쪽이 머릿속에 그림처럼 그려진다.

역자는 이 시에서의 '화요일'의 의미를 제대로 파악하지 못하였다. 그때문에 두루뭉술하게 '세월(歲月)'이라는 말로 한역할 수밖에 없었다. 시인이 '화요일'이라고 특정한 데는 무언가 특별한 사연이 있었을 법하다. 아무튼 오랜 세월이 흐른 뒤에 본인이 다닌 초등학교를 기차에서 내려다보며 시인이 일으킨 감회는, 단순히 유·소년 시절의 추억을 소환하는 보통의 경우와는 사뭇 다르다.

초등학교 교실에서 책을 열었다는 것은 공부를 열심히 했다는 뜻이거나 글쓰기에 관심을 가지게 되었다는 뜻이다. 그리하여 (시인이자 학자의 길로 들어서서) 시 쓰기와 글쓰기로 인해 무거운 언어의 짐을 지게 되었다는 것이다. 시인이 시인이자 학자의 길로 들어서지 않았다면 무거운 언어의 짐은 면할 수 있었을지 몰라도 또 다른 짐을 면하지는 못했을 것이다. 사람이면 누구나 인생을 살며 감당해야 할 자기 몫의 짐이 있기 때문이다.

시인이 얘기한 '무거운 언어의 짐'과 함께 생각해볼 만한 것으로 '글빚'을 들 수 있다. '누군가의 청탁이 있었지만 아직까지 탈고(脫稿)하지 못한 글을 이르는 말'인 이 글빚은 본인이 아니면 거의 누구도, 또 무엇으로도 대신하지 못한다는 점에서 일반적인 금전(金錢)의 빚과는 차원이 다르다. 시인이 쓰고자 했던 시나 논문 등이 이 범주에 들어 '무거운 언어의 짐'이 되기도 했을 것이다.

지금은 이 땅에 계시지 않는 한당(閒堂) 차주환(車柱環) 선생님께서 정년퇴임한 지 얼마 되지 않았을 때의 일이다. 퇴임하고 나서 가장 좋은 일이 무엇인지 역자가 여쭈었더니 선생님께서는, "시간이 많아 글빚을 질 일이 없다는 것"이라고 하셨다. 역자가 은사님께 여전히 부끄러운 것은, 자유인으로 살면서도 글빚에 숱하게 졸려왔기 때문이다. 선생님께서는 저 하늘에서도 이토록 빛나는 계절을 맞아 시간에 쫓기지 않는 글을 쓰고 계실까?

역자는 2연 6행으로 된 원시를 10구의 칠언고시로 한역하였다. 원시의 행수(行數)에 비해 한역시의 구수(句數)가 늘어난 것은 기본적으로 한역의 편의를 도모한 때문이다. 한역시는 짝수 구마다 압운하였지만 후반 4구는 운을 달리하였다. 이 시의 압운자는 '座(좌)'·'裹(과)'·'過(과)', '書(서)'·'居(거)'이다.

풍경 달다

정호승

운주사 와불님을 뵙고
돌아오는 길에
그대 가슴의 처마 끝에
풍경을 달고 돌아왔다
먼 데서 바람 불어와
풍경 소리 들리면
보고 싶은 내 마음이
찾아간 줄 알아라

❋ 태헌의 한역

掛風磬(괘풍경)

雲住有臥佛(운주유와불)
往謁將歸來(왕알장귀래)
君胸簷牙端(군흉첨아단)
吾掛風磬回(오괘풍경회)
風自遠處到(풍자원처도)
假使磬聲聞(가사경성문)
須知吾心子(수지오심자)
懷君自訪君(회군자방군)

· 掛風磬(괘풍경) 풍경을 달다. · 雲住(운주) 운주사(雲住寺). 전남 화순(和順)에 있는 사찰 이름. · 有(유) ~이 있다. · 臥佛(와불) 와불. 운주사 경내에 있는, 누워 있는 불상을 가리킨다. · 往謁(왕알) 가서 뵙다, 가서 찾아뵙다. · 將(장) 장차, ~을 하려고 하다. · 歸來(귀래) 돌아오다. · 君胸(군흉) 그대 가슴, 그대 마음. · 簷牙端(첨아단) 처마 끝. · 吾(오) 나. 한역의 편의를 위하여 원시에서 생략된 말을 역자가 임의로 보탠 것이다. · 回(회) 돌아오다. · 風(풍) 바람. · 自遠處(자원처) 먼 곳으로부터. · 到(도) 이르다, 도착하다. ※ 이 한역시 구절을 직역하면 '바람이 먼 곳으로부터 [불어]오다'가 된다. · 假使(가사) 만약. · 磬聲(경성) 풍경 소리. '風磬聲(풍경성)'을 줄인 말이다. · 聞(문) 듣다, 들리다. · 須知(수지) 마땅히 알아야 한다. 원시의 "알아라"를 한역한 표현이다. · 心子(심자) 내심, 마음. 아래 구에서 이어지는 내용을 고려하여 역자가 선택한 한역어(漢譯語)이다. · 懷君(회군) 그대를 그리워하다. · 自(자) 스스로, 저절로. 한역의 편의를 위하여 원시에 없는 말을 역자가 임의로 보탠 것이다. · 訪君(방군) 그대를 방문하다. ※ 이 구절은 "보고 싶은 내 마음이/찾아간 줄"을 다소 의역하여 표현한 것이다.

❋ 한역의 직역

풍경 달다

운주사에 와불이 있어
가서 뵙고 장차 돌아올 적에
그대 가슴의 처마 끝에
나 풍경 달고 돌아왔다
바람 먼 데서 불어와
만약 풍경 소리 들리면
내 마음이 그대 그리워
절로 그대 찾은 줄 알아라

정호승 · 풍경 달다

197

'성불사 깊은 밤에 그윽한 풍경 소리'로 시작되는 가곡 〈성불사의 밤〉
을 기억하는 독자들이 많을 것이다. 학창 시절에 배운 이 노래에서도 만
날 수 있는 풍경 소리는 목탁 소리, 독경 소리와 함께 산사(山寺)에서 들을
수 있는 대표적인 소리인데, 이 풍경 소리야말로 무시로 들을 수 있는 '산
사의 소리'라고 해도 과언이 아닐 듯하다. 고즈넉한 산사에 운치를 더하
는 이 소리는, 애초에 수행자의 방일(放逸)이나 나태를 깨치게 하기 위하
여 단 것이지만, 산사를 찾는 객들의 상념을 빗질하기도 하니 고마운 소
리임에 틀림이 없다.

그러나 풍경(風磬)은 바람이 없으면 소리를 내지 못한다. 바람이 만드
는 것이 어찌 소리뿐일까만, 바람이 없으면 소리가 없는 수많은 존재물에
게는 바람이 아마도 영원한 사랑이 될 듯하다. 바람이 없다면 풍경은 무
엇으로 자기 존재의 가장 아름다운 소리를 만들 수 있겠는가!

역자가 처음으로 이 시를 마주했을 때 무엇보다 이 시의 제목에 눈길
이 오래도록 머물렀던 기억이 새삼스럽다. 제목을 '풍경 소리'로만 해
도 무난할 텐데, 다소 생소하게 "풍경 달다"라고 하였으니 그도 그럴 밖
에…… 여러 번 읽고 한역을 마치고서야 이 시의 제목이 "풍경 달다"가 될
수밖에 없었을 시인의 의도를 어느 정도 읽을 수 있게 된 듯하다. 이 시의
경우는 제목 역시 '용심처(用心處, 심혈을 기울인 곳)'의 하나로 보인다.

제목 "풍경 달다"는 이 시가 실제 상황을 바탕으로 하여 지어졌을 것임
을 강하게 암시한다. 시인이 실제로 사찰 건물의 추녀 한 모퉁이에 풍경
을 달고 있을 때 지금은 곁에 없는 "그대"가 불현듯 떠올랐을 것이다. 그
제쯤 시인은 "그대 가슴", 곧 그대의 마음을 하나의 집으로 생각한 위에
그 마음의 집 추녀 끝에 풍경을 다는 것이라는 상상을 더하게 되었을 것
이다. 먼 데서 내 그리움이 바람처럼 달려가 그대 마음의 집 추녀 끝에 있
는 풍경을 울리면, 그대를 보고 싶어 하는 내 마음이 찾아간 줄 알아달라

는 것이다. 이 얼마나 절절한 그리움의 표현인가!

그런데 그대 마음의 집 추녀 끝에 있는 "풍경"은 어떻게 이해해야 할까? 내 그리움이 아무리 세차게 바람처럼 달려간들 그 풍경을 소리 나게 할 수는 없는 노릇이다. 내 그리움을 상대가 짐작할 수는 있어도 속속들이 알아 반응할 수는 없을 것이기 때문이다. 역자가 보기에는 "그대"가 혹시라도 마음 한 켠에 쓸쓸함이 일어 저만치서 내 그리움이 서성이는 것이 느껴지기라도 할 때면, 그제야 그 풍경은 찾아간 "내 마음"을 맞아 소리를 낼 수 있지 않을까 싶다. 어쨌거나 분명한 것은 내 그리움의 행선지는 "그대"라는 사실이다.

운주사의 와불이 부부불(夫婦佛)이라는 것과 풍경과 바람, 그리고 그대와 나…… 가만히 들여다보면 모두 짝으로 되어 있음을 알 수 있다. 말하자면 시에 동원된 소품들 모두가 자연스럽게 '사랑'이라는 주제로 수렴되고 있는 것이다. 천년 세월 동안 새로운 세상이 열리기를 누워서 기다리고 있는 "와불"들과 오늘도 바람을 기다리는 추녀 끝의 "풍경", 그리고 그대를 그리워하며 기다리는 "내 마음"이 서로 어우러져, 이 빛나는 계절에 짝할 만한 한 편의 아름다운 동화가 되었음에, 역자는 그저 시가 고맙기만 하다. 시가 아니라면 무엇으로 계절의 뒷모습처럼 자꾸만 비어가는 마음의 들녘을 채울 수가 있겠는가! 그 허허로움을 달랠 수가 있겠는가!

역자는 연 구분 없이 8행으로 이루어진 원시를 8구의 오언고시로 재구성하였다. 짝수 구마다 압운하였지만 전반 4구의 운과 후반 4구의 운을 달리하였다. 그리하여 이 시의 압운자는 '來(래)'·'回(회)', '聞(문)'·'君(군)'이 된다.

집에 못 가다

정희성

어린 시절 나는 머리가 펄펄 끓어도 애들이 나 없이 저희들끼리만 공부할까 봐 결석을 못 했다 술자리에서 그 이야기를 들은 주인 여자가 어머 저는 애들이 저만 빼놓고 재미있게 놀까 봐 결석을 못 했는데요 하고 깔깔댄다 늙어 별 볼 일 없는 나는 요즘 그 집에 가서 자주 술을 마시는데 나 없는 사이에 친구들이 내 욕할까 봐 일찍 집에도 못 간다

❀ 태헌의 한역

不歸家(불귀가)

幼年時節有頭熱(유년시절유두열)
沸如湯水不缺席(비여탕수불결석)
但恐朋友除吾練(단공붕우제오련)
酒樓主媼聽所歷(주루주온청소력)
笑曰余亦無缺課(소왈여역무결과)
只恐朋友外余樂(지공붕우외여락)
老去無事多閑日(노거무사다한일)
吾人頻尋此酒樓(오인빈심차주루)
近來躊躇不歸家(근래주저불귀가)
唯恐朋友暗罵吾(유공붕우암매오)

❀ 주석

· 不歸家(불귀가) 집에 돌아가지 못하다, 집에 못 가다. · 幼年時節(유년시절) 유년 시절, 어린 시절. · 有頭熱(유두열) 머리(에) 열이 있다. · 沸如(비여) ~처럼 끓

다. ·湯水(탕수) 뜨거운 물. ·不缺席(불결석) 결석하지 않다. ·但恐(단공) 다만 ~을 걱정하다. ·朋友(붕우) 친구, 친구들. ·除吾練(제오련) 나를 제외하고 ~을 익히다, 나를 빼고 공부하다. ·酒樓(주루) 술집. ·主媼(주온) 주인 여자, 여주인(女主人). ·聽所歷(청소력) 겪은 바를 듣다, 겪은 일을 듣다. ·笑曰(소왈) 웃으면서 ~라고 말하다. ·余(여) 나. ·亦(역) 또, 또한. ·無缺課(무결과) 결석이 없다, 결석하지 않다. ·只恐(지공) 다만 ~을 걱정하다. ·外余樂(외여락) 나를 제외하고 ~을 즐기다, 나를 빼고 놀다. ·老去(노거) 늙어가다. ·無事(무사) 일이 없다. ·多閑日(다한일) 한가한 날이 많다. ·吾人(오인) 나. ·頻尋(빈심) 자주 ~을 찾다. ·此酒樓(차주루) 이 술집. ·近來(근래) 요즘(에). ·躊躇(주저) 주저하다, 머뭇거리다. ·唯恐(유공) 다만 ~을 걱정하다. ·暗(암) 몰래. ·罵吾(매오) 나를 욕하다.

❖ 한역의 직역

집에 못 가다

어린 시절에 머리에 열이 있어
뜨거운 물처럼 끓어도 결석 못 했던 건
친구들이 나 빼고 공부할까 걱정해서였는데
술집 여주인이 내 겪은 일 듣더니
웃으며 말하길, "저도 결석이 없었는데
친구들이 저 빼고 즐길까 걱정해서였죠."라네.
늙어가며 일도 없고 한가한 날 많아
나는 자주 이 술집을 찾는데
요즘에 머뭇거리며 집에도 못 가는 것은
친구들이 몰래 나를 욕할까 걱정해서라네.

❖ 한역 노트

　노년에 접어든 시인이 이따금 술집에서 친구들과 술을 마시며 소일하는 일상을 유머러스하게 노래한 이 시는, 연이나 행 구분이 따로 없는 산문시이다. 이러한 산문시를 운문시처럼 번역한 것은 역자도 처음이지만 감상하는 독자들 또한 거의 처음일 듯하다. 산문시는 산문시로서의 강점이 있는 건데 운문 스타일로 번역을 했으니 그 강점이 다소 손상되지는 않았을까 염려스럽다. 그러나 그 어떤 경우든 번역은 기본적으로 원의(原義)의 손상을 어느 정도 각오해야만 하는 '작업'이기 때문에, 이를 감안한다면 운문 스타일의 번역이어도 감상은 무난히 할 수 있지 않을까 싶다.

역자는 이 시를 정말 재미있게 읽었다. 아프든 아프지 않든 학교에 간 모범생과 날라리(?)의 모습을 떠올려보노라면 저절로 웃음이 난다. 가지고 놀 것도, 펼치고 볼 것도 변변치 못했던 그 시절 아이들이 대개 그러했기 때문이다. 그러나 역자는 아주 가끔 몇몇 친구들과 어울려 학교에 가지 않기도 했는데, 그 당시에는 이를 '중간학교'라고 불렀다. 집에서는 분명 학교에 간다고 나섰지만 학교에는 도착하지 않고 중간에서 학생들끼리 여는 학교라고 해서 이름이 붙여졌음 직한 이 '중간학교'는, 한편으로는 들켜서 되게 혼날까 봐 걱정이 되면서도, 한편으로는 학교를 땡땡이치고 노는 재미가 어디 비할 데 없이 오졌던 다소 위험한 놀이(?)였다.

비닐봉지에 꼭꼭 싸서 숨겨놓은 성냥 한 통만 있으면 시골 아이들이 못 할 일은 거의 없었다. 책가방이나 책보는 저만치 던져두고, 뛰어다니며 잡은 떡개구리 뒷다리를 구워먹거나 서리한 고구마를 구워먹고, 풀밭에 드러누워 배를 두드리며 까르륵대던 그 재미가 어찌나 쏠쏠했던지……. 어쨌거나 '중간학교'가 나쁜 짓이라는 것은 다들 알아서 어른들 눈에 띄지 않으려고 불도 조심조심 피웠던 기억이 새삼스럽다. 다시는 돌아갈 수 없는 소년 시절 추억의 자리 그쯤에 지금도 성냥갑이 숨겨져 있을까?

역자는 산문시인 원시를 10구로 이루어진 칠언고시로 재구성하였다. 한역시는 짝수 구에 압운하였지만 제8구에서 한 번 운을 바꾸었다. 이 시의 압운자는 '席(석)'·'歷(력)'·'樂(락)', '樓(루)'·'吾(오)'이다.

나 하나 꽃피어

조동화

나 하나 꽃피어
풀밭이 달라지겠냐고
말하지 말아라
네가 꽃피고 나도 꽃피면
결국 풀밭이 온통
꽃밭이 되는 것 아니겠느냐

나 하나 물들어
산이 달라지겠냐고도
말하지 말아라
내가 물들고 너도 물들면
결국 온 산이 활활
타오르는 것 아니겠느냐

✽ 태헌의 한역

吾獨開(오독개)

勿謂吾獨開(물위오독개)
草田何改變(초전하개변)
汝開吾亦開(여개오역개)
終竟草田爲花田(종경초전위화전)

勿謂吾獨染(물위오독염)

一山何變轉(일산하변전)

吾染汝亦染(오염여역염)

終竟萬山若火燃(종경만산약화연)

❋ 주석

·吾獨開(오독개) 나 홀로 꽃피다. '開'는 단독으로 쓰여도 꽃이 핀다는 뜻이 있는 한 자이다. ·勿謂(물위) ~라고 말하지 말라. ·草田(초전) 풀밭. ·何改變(하개변) 어찌 바뀌겠는가, 무엇이 달라지겠는가? ·汝開(여개) 네가 꽃피다. ·亦(역) 또, 또 한. ·終竟(종경) 마침내, 결국. ·爲花田(위화전) 꽃밭이 되다. ·吾獨染(오독염) 나 홀로 물들다. ·一山(일산) 하나의 산, 산 하나. ·何變轉(하변전) 어찌 바뀌겠는 가, 무엇이 달라지겠는가? ·汝亦染(여역염) 너 또한 물들다. ·萬山(만산) 수많은 산, 온 산. ·若火燃(약화연) 불타는 것과 같다, 불처럼 타다.

❋ 한역의 직역

나 홀로 꽃피어

말하지 말아라, 나 홀로 꽃피어

풀밭이 뭐 달라지겠냐고

네가 꽃피고 나도 꽃피면

결국 풀밭이 꽃밭이 되느니

말하지 말아라, 나 홀로 물들어

산 하나가 뭐 달라지겠냐고

내가 물들고 너도 물들면

결국 온 산이 불처럼 타리니

　내가 바뀌면 세상도 바뀌지만, 내가 바뀌지 않으면 세상은 결코 바뀌지 않는다. 그러므로 세상을 바꾸려면 우선 나부터 바뀌어야 한다. 그래서 '나 하나'는 한없이 미약한 존재여도 언제나 소중하고, 또 '나'를 둘러싸고 있는 우주의 중심이 된다. 내가 없는 우주가 어찌 있을 수 있겠는가! 아니, 내가 없는 우주가 무슨 의미가 있겠는가! 일찍이 공자는 "하루라도 자신의 사욕을 이기고 예로 돌아가면 천하도 (그만큼) 인으로 돌아가나니, 인을 행하는 것이 자기로부터 말미암지 남으로부터 말미암겠는가?"[一日 克己復禮 天下歸仁 爲仁由己 而由人乎哉]라고 하였다. 따지고 보면 공자가 얘기한 '인(仁)'뿐만 아니라 세상 모든 일이 다 나로부터 말미암는 것이다. 그러니 어찌 내가 우주의 중심이 되지 않겠는가!

　그런데 세상에는 '나'만 있는 것이 아니라 '너'도 있다. '너'는 타인의 '나'이기 때문에 '너'의 존재 또한 당연히 소중하다. 우연인지 몰라도 '나'의 모음 'ㅏ'와 '너'의 모음 'ㅓ'는 방향만 다를 뿐 동일한 모습이다. 언제나 '나'가 '너'일 수 있고, '너'가 '나'일 수 있다는 뜻이 아닐까? 그리고 '나'와 '너'가 만날 때 비로소 '우리'가 될 수 있다. 우리가 '우리'가 될 때 풀밭이 꽃밭이 되고, 온 산이 물든 잎사귀로 타오르게 된다는 것, 이것이 이 시의 주지이다. 역자는 이 대목에서 불현듯 까마득한 그 옛날 대학 1학년 시절에 보았던, 서울대 검정고시 동문회 안내 문구가 떠오른다. "너는 너, 나는 나, 그러나 우리는 우리" …… "너는 너, 나는 나[爾爲爾 我爲我]"는 『맹자』에 보이지만, "우리는 우리"까지 연결된 말이 출처가 있는 것인지는 확인해보지 못하였다. 어쨌거나 지금 생각해도 멋진 말임에는 틀림이 없다.

　2연 12행으로 이루어진 원시를 역자는 두 단락 8구로 된 고시로 재구성하였다. 한역시 각 단락은 4구로 이루어졌는데 3구는 오언으로, 마지막 구는 칠언으로 처리하였다. 각 단락마다 짝수 구에 압운하였으며, 그 압운자는 '變(변)'·'田(전)', '轉(전)'·'燃(연)'이다.

감

허영자

이 맑은 가을 햇살 속에선
누구도 어쩔 수 없다.
그냥 나이 먹고 철이 들 수밖에는.

젊은 날
떫고 비리던 내 피도
저 붉은 단감으로 익을 수밖에는.

✽ 태헌의 한역

柿(시)

如此淸雅秋陽裏(여차청아추양리)
無論是誰不得已(무론시수부득이)
只得加歲又明理(지득가세우명리)

吾人行年如桃李(오인행년여도리)
生澀腥臭血亦是(생삽성취혈역시)
只得熟爲紅甘柿(지득숙위홍감시)

✽ 주석

· 柿(시) 감. · 如此(여차) 이처럼. · 淸雅(청아) 청아하다, 맑고 아름답다. · 秋
陽裏(추양리) 가을 햇살 속[에서]. · 無論是誰(무론시수) 누구든 관계 없이, 아무나,

누구도. ·不得已(부득이) 부득이하게, 어쩔 수 없이. ·只得(지득) ~하는 수밖에 없다. '只能(지능)'과 같다. ·加歲(가세) 나이를 더하다, 나이 먹다. ·又(우) 또, 또한. ·明理(명리) 사리에 밝다, 철이 들다. ·吾人(오인) 나. ·行年(행년) 먹은 나이, 나이. ·如桃李(여도리) 도리(桃李)와 같다. '桃李'는 복숭아와 오얏, 또는 그 꽃이나 열매를 가리킨다. '行年如桃李'는 꽃다운 젊은 나이를 뜻하는 '도리년(桃李年)'을 풀어서 쓴 표현이다. '吾人' 이하의 이 시구는 원시의 '젊은 날'을 역자가 임의로 내용을 늘려 한역한 것이다. ·生澁(생삽) 떫다. ·腥臭(성취) 비리다. ·血(혈) 피. ·亦是(역시) 역시, 또한. ·熟爲(숙위) 익어서 ~이 되다. ·紅甘柿(홍감시) 붉은 단감.

✽ 한역의 직역

감

이처럼 청아한 가을 햇살 속에선
누구도 어쩔 수 없다
그냥 나이 먹고 또 철들 수밖에는.

내 나이 도리(桃李) 같던 때에
떫고 비리던 피 역시
익어서 붉은 단감이 될 수밖에는.

✽ 한역 노트

　맑은 가을 햇살 속에서는 모든 것이 익어간다. 곡식과 과일은 말할 것도 없고 사람 역시 예외가 아니어서 시인은 "나이 먹고 철이 들 수밖에" 없다고 하였다. 들녘에 서서 익어가는 것들을 본 적이 있는 경우라면 시인의 이 말이 더 핍진(逼眞)하게 다가올 것이다. 교만을 내려놓고 겸허를 배우기 좋은 곳이 바로 가을철 들녘이다. 해 질 무렵 서걱이는 바람 속에서 무거운 곡식과 열매를 달고 있는 피조물을 보고 있노라면 대자연의 위대함에 절로 고개가 숙여진다. 아니, 굳이 들녘이 아니더라도 그렇게 익어가고 있는 것이 잘 보이는 곳에 서기만 하여도 우리의 마음은 어느새 겸허해지기 마련이다. 그 겸허해진 만큼 우리는 익은 것이 되리라.

그런데 익어가고 있는 것이 왜 하필이면 붉은 단감일까? 시에서 말하지는 않았지만 아마도 붉은 단감의 빛처럼 아름답게 성숙하라는 뜻일 게다. 또 단감의 맛처럼 달콤하게 성숙하라는 뜻일 게다. 감이 가을 햇살에 더 빛나도록 하기 위해 감나무가 잎을 내려놓듯 우리가 아직 내려놓지 못하는 무엇인가가 있다면, 그것은 아름다운 성숙이 아닐 것이다. 또 맛있는 성숙도 아닐 것이다. 젊은 날의 "떫고 비리던 피"까지 다디단 감으로 익어가게 하는 가을이야말로 정말 위대한 계절이 아닐 수 없다. 그러나 이 위대한 계절 어느 한 켠에서 한 자락 슬픔을 느끼는 사람도 있다.

역자가 시골 출신이라 그렇기도 하겠지만 역자의 고향 집 텃밭에 큰 감나무가 여러 그루 있어서 역자는 도회지에서 감나무만 보아도 고향 생각이 절로 난다. 그리하여 가을이 되면 누구보다 더한 향수(鄕愁)로 가슴 앓이를 하는 일이 잦았다. 올해 역시 예외가 아니어서 어느 날 길을 가다가 감나무에 달린 홍시를 보고는 불현듯 아래와 같은 시 한 수를 지어보게 되었다.

行路看紅柿(행로간홍시)
風中土思添(풍중토사첨)
金秋使人淚(금추사인루)
滋味固甘恬(자미고감첨)

길을 가다가 붉은 감 보았더니
바람 속에 고향 생각 더해지네
가을이 사람 눈물짓게 하여도
맛은 정말이지 달고도 달구나

이 시의 핵심이 되는 3·4구의 시상(詩想)은 역자의 독창(獨創)이 아니라 SNS 동호회에서 읽게 된 손경석 님의 시「홍시」를 참고한 것이다. 가을의 맛이 달다고 한 것은 당연히 '감'에서 가져온 거지만, 기실 가을은 생각하기에 따라 바람도 달고 햇살도 달고 풍경도 달고 심지어 향기까지 달기 때문에, 역자는 이 시에「秋之味(추지미, 가을의 맛)」라는 제목을 붙여보았다.

그러나 그날 가을 한가운데에 서 있었던 역자의 마음은 결코 달지 못하였다. 고향과 피붙이에 대한 그리움에 더해 역자가 감나무 밑에서 꾸었던 소년 시절의 여린 꿈들이 빛바랜 감잎처럼 발밑에 쌓여 가을 소리를 내고 있었기 때문이다. 설혹 그렇다 하여도 가을이 이토록 달고 아름다우니 가을을 노래하고 즐겨야 하지 않겠는가! 누구나 그렇겠지만 역자가 미련의 잎들 떨구는 것 역시 가을을 성숙의 계절로 빛나게 하는 일이 될 듯하다. 이 대목에서 다시금 이 시에, 그리고 시인에게 고마움을 표한다.

역자는 2연 6행으로 된 원시를 칠언 삼구시(三句詩) 두 수로 재구성하였으며, 두 수 모두 같은 운으로 매구(每句)에 압운하였다. 그러므로 이 한역시의 압운자는 '裏(리)'·'已(이)'·'理(리)', '李(리)'·'是(시)'·'柿(시)'가 된다.

낙엽 한 잎

홍수희

나무에게도 쉬운 일은 아닌가봅니다

낙엽 한 잎 떨어질 때마다

여윈 가지 부르르 전율합니다

때가 되면 버려야 할 무수한 것들

비단 나무에게만 있겠는지요

아직 내 안에 팔랑이며 소란스러운

마음가지 끝 빛바랜 잎새들이 있습니다

저 오래된 집착과 애증과 연민을 두고

이제는 안녕, 이라고 말해볼까요

물론 나에게도 쉬운 일은 아니지만

❉ 태헌의 한역

落葉一片(낙엽일편)

於樹亦難事(어수역난사)

葉落瘦枝戰(엽락수지전)

及時棄應多(급시기응다)

何獨在樹邊(하독재수변)

吾內飄飄而騷亂(오내표표이소란)

思葉退色懸心枝(사엽퇴색현심지)

執着愛憎及憐憫(집착애증급연민)

與彼告別何容易(여피고별하용이)

·落葉(낙엽) 낙엽. ·一片(일편) 한 조각, 한 잎. ·於樹(어수) 나무에게, 나무에게 있어. ·亦(역) 또, 또한. ·難事(난사) 어려운 일. ·葉落(엽락) 잎이 떨어지다. ·瘦枝戰(수지전) 파리한 나뭇가지가 떨다. ·及時(급시) 때가 되다. ·棄應多(기응다) 버릴 것이 응당 많아지다. ·何獨(하독) 어찌 다만. ·在樹邊(재수변) 나무 쪽에 있다, 나무 편에 있다. ·吾內(오내) 내 안, 내 안에서. ·飄飄而騷亂(표표이소란) 나부끼며(팔랑이며) 소란스럽다. ·思葉(사엽) 생각의 잎, 곧 생각. 역자가 원시의 뜻을 고려하여 만든 말이다. ·退色(퇴색) 빛이 바래다. ·懸心枝(현심지) 마음 가지에 매달리다. '心枝' 역시 역자가 원시의 뜻을 고려하여 만든 말로 마음을 가리킨다. ·執着(집착) 집착. ·愛憎(애증) 애증. ·及(급) 그리고. ·憐憫(연민) 연민. ·與彼(여피) 저들과, 저들과 더불어. 저들은 앞 구절에 나온 집착과 애증, 연민을 받는 말이다. ·告別(고별) 작별(作別)을 고하다. ·何容易(하용이) 어찌 쉽겠는가?

낙엽 한 잎

나무에게도 어려운 일이어서
잎 떨어지자 여윈 가지가 전율합니다
때가 되면 버릴 게 응당 많아지는 것이
어찌 나무에게만 있을까요?

내 안에서 팔랑이며 소란스러운
생각의 잎들이 빛바랜 채 마음 가지에 달렸습니다.
집착과 애증 그리고 연민,
저들과 작별 고하기가 어찌 쉬울까요?

때가 되면 당연히 버릴 것이 많아지지만, 정작 버려야 할 것을 제때에 버리지 못하기 때문에 우리네 인생은 괴롭다. 나무는 여윈 가지를 떨면서도 버릴 줄을 알아, 가벼워진 몸으로 혹한을 견뎌내고 새봄을 맞는데도 말이다. 기껏 100년도 못 채우는 인생이 늘 천년의 근심을 품고 산다는 옛 시구[生年不滿百 常懷千歲憂]와 크게 다르지 않은 듯하다. 새로 무슨 일을 시작하기보다 더 어려운 이 '결별할 수 없음' 때문에 우리는 또 얼마나 많은 나날을 더 괴로워해야 하는 것일까? 나무가 가지에 달린 나뭇잎을 떨구듯이 마음 가지에 달려 있는 저 빛바랜 생각의 잎들을 떨구는 일이 시인뿐만 아니라 누구에게나 쉽지 않은 탓에, 이 시를 마주하고 있노라면 인생이 고해(苦海)라는 말이 절로 가슴에 와닿게 될 것이다.

연 구분 없이 10행으로 된 원시를 역자는 오언 4구와 칠언 4구로 구성된 고시로 한역하였다. 첫머리 3행과 마지막 3행을 각각 2구의 한시로 재구성하는 과정에서 시어 일부를 시화(詩化)하지 못하였지만, 시의 대체(大體)를 이해하는 데는 큰 지장이 없을 것으로 여겨진다. 이 한역시는 짝수 구에 압운하였으며, 그 압운자는 '戰(전)'과 '邊(변)', '枝(지)'와 '易(이)'이다.

만추(晩秋)는 낙엽의 계절이다. 어느 시인은 낙엽을 망명정부의 지폐에 비유하였고, 또 어느 시인은 번져가는 눈물에 비유하였다. 어쨌거나 만추에 낙엽이 휘날릴 때면 낙엽만큼이나 많은 상념이 마음의 나루로 들어오는 까닭에 역자는, 낙엽은 어쩌면 상념을 낚아 오는 배가 아닐까 여겨보며 작년 이맘때쯤에 짧은 시 하나를 지어보게 되었다.

晩秋對落葉(만추대낙엽)

染葉蕭蕭飛落際(염엽소소비락제)
許多思念入心津(허다사념입심진)
能云落葉爲搖艇(능운낙엽위요정)
忽釣身邊思念臻(홀조신변사념진)

만추에 낙엽을 대하고서

물든 잎새 쓸쓸히 날아 떨어질 때면
많고 많은 사념이 마음 나루에 드네.
말할 수 있으리라, 낙엽이 배가 되어
문득 신변의 사념 낡아 오는 거라고……

그러나 기실 이 시는, 역자가 젊은 시절에 누군가를 짝사랑하면서 지었던 아래의 한글시를 약간 변형시켜 한시로 재구성한 것이다. 이제는 추억이 되어버린 그 시절 만추가 불현듯 그리워진다. 아픔도 세월이 가면 아름다움이 되는 걸까?

사랑하는 사람아!
나는 지금 낙엽이 쌓인 길을 걷고 있다.
낙엽이 지면
낙엽만큼이나 많은 상념이
마음의 항구로 들어오기에
낙엽은 상념을 낡아 오는 배가 된다.
그리움을 실은 배 갑판에 선 나는
그대에게로 항해하는 마도로스다.

가을 들녘에 서서

홍해리

눈멀면
아름답지 않은 것 없고
귀먹으면
황홀치 않은 소리 있으랴
마음 버리면
모든 것이 가득하니
다 주어버리고
텅 빈 들녘에 서면
눈물겨운 마음자리도
스스로 빛이 나네.

✽ 태헌의 한역

立於秋野(입어추야)

眼盲無物不佳麗(안맹무물불가려)
耳聾無聲不恍恍(이롱무성불황황)
棄心一切皆盈滿(기심일체개영만)
盡授於人立虛壙(진수어인립허광)
欲淚吾心地(욕루오심지)
亦自增輝光(역자증휘광)

·立(입) 서다. ·於(어) ~에. 처소를 나타내는 개사(介詞). ·秋野(추야) 가을 들녘. ·眼盲(안맹) 눈이 멀다. ·無物不佳麗(무물불가려) 아름답지 않은 물건[것]이 없다. '佳麗'는 아름답다는 뜻이다. ·耳聾(이롱) 귀가 먹다. ·無聲不恍恍(무성불황황) 황홀하지 않은 소리가 없다. '恍恍'은 황홀하다는 뜻이다. ·棄心(기심) 마음을 버리다. ·一切(일체) 모든 것, 온갖 것. ·皆(개) 모두, 다. ·盈滿(영만) 가득 차다, 가득하다. ·盡受(진수) 모두 주다, 다 주다. ·於人(어인) 남에게, 다른 사람에게. ·虛壙(허광) 빈 들. ·欲淚(욕루) 눈물이 떨어지려고 하다, 눈물겹다. ·吾(오) 나. 원시에서 생략된 주어를 보충한 것이다. ·心地(심지) 마음, 마음의 본바탕. 여기서는 마음자리라는 뜻으로 사용하였다. ·亦(역) 또한, 역시. ·自(자) 저절로, 스스로. ·增(증) ~을 더하다. ·輝光(휘광) 빛, 찬란한 빛.

가을 들녘에 서서

눈멀면 아름답지 않은 것 없고
귀먹으면 황홀치 않은 소리 없네
마음 버리면 모든 것이 가득하니
남에게 다 주고 빈 들녘에 서면
눈물겨운 내 마음자리도
또한 스스로 빛을 더하네

위와 같은 유형의 시를 한문학(漢文學)에서는 보통 철리시(哲理詩)로 부른다. 철리시란 말뜻 그대로 철학적인 이치가 담겨 있는 시라는 뜻이다. 시가 꼭 어떤 이치를 담는 그릇이 될 필요는 없겠지만, 그렇다고 이치가 담긴 시를 우리가 불편해할 필요는 더더욱 없을 듯하다. 어느 시인이든 자신의 우주나 마찬가지인 시에 인생관을 담고 혼을 불어넣기 때문에, 객관적인 경물을 노래한 시에서조차 시인이 들려주고자 하는 어떤 이치가 숨어 있기 마련이다. 그런 이치에 대한 탐색이 바로 시를 감상하는 출발점이 되지 않을까 싶다.

홍해리 시인의 이 시는, 시에서 언급한 것처럼 "마음을 버리면 모든 것이 가득해진다"는 이치를 들려주는 작품이다. 핵심이 되는 이 2행의 시구를 기준으로 살필 때 시작 부분과 마무리 부분이 사이좋게 각기 4행이 되는데, 역자가 보기에 우리가 자칫 간과하기 쉬운 대목은 아무래도 시작 부분 4행인 듯하다.

시작 부분 4행은, 눈이 멀면 볼 수 없기 때문에 볼 수 있다면야 세상 모든 것을 아름답다고 여기게 되고, 귀가 먹으면 들을 수 없기 때문에 들을 수 있다면야 세상 모든 소리를 아름답다고 여기게 된다는 뜻으로 이해할 수 있다. 그러나 그 누구도 자기 의지로 눈이 멀거나 귀가 먹는 것이 아니기 때문에, 다른 각도에서 이를 곰곰이 생각해보면 실제로 눈멀고 귀먹은 상태를 가정하는 것이라기보다는 눈이 멀어 못 보는 듯이 하고, 귀가 먹어 못 듣는 듯이 한다면 보고 듣는 그 무엇인들 아름답지 않을까 하는 뜻으로 읽히기도 한다.

그리고 눈이 멀고 귀가 먹은 것은 확실히 보는 것과 듣는 것이 비워진 상태이다. 그러므로 이와 유사한 상태를 유지하는 것은, 달리 보는 것과 듣는 것에 있어서의 하고자 함, 곧 욕망을 비운 상태로 이해할 수 있다. 욕망을 비웠다는 것은 바로 마음을 버렸다는 것이다. 그렇다면 "마음을 버리면 모든 것이 가득해진다"는 것은 보는 것과 듣는 것에서도 예외일 수가 없다. 보는 것과 듣는 것에 있어서의 '가득 참'이란 시인의 표현대로라면 '아름다움'과 '황홀함'이라 할 수 있겠다.

이제 마무리 부분 4행을 살펴보기로 하자. 내게 있는 그 무엇을 누군가에게 모두 주어버리고, 마찬가지로 누군가에게 다 주고서 이제는 비어 있는 들녘에 선다면, 나는 들녘과 마침내 같아져 하나가 된 것이다. 그러므로 늦은 가을에 텅 비어 을씨년스러운 들녘에 서면 누구나 눈물이 왈칵 쏟아질 것만 같을 터인데도, 빈 들녘에 나 또한 들의 일부가 되어 섰음에, 이제 내 마음자리조차 평온을 얻어 눈물은 사라지고 스스로 빛나게 되리라는 것이다. 빛난다는 것은 빛으로 가득 차는 것이므로 이 마음자리 역시 버리면 가득 차는 원리를 보여주는 것이 된다.

가을은 비움이 아름다운 계절이다. 그걸 몰라서가 아님에도 우리는 한 종지 분량의 마음조차 쉽사리 비우지를 못한다. 용케 비웠다 싶어도 샘물처럼 이내 차오르는 것이 우리네 마음이고 보면, 애써 비우려고 하는 것이 오히려 순리에 역행하는 것은 아닐까 싶기도 하다. 그래서 이 비워진 가을에는 금세 채워지기 마련인 술잔을 비우는 일이 더 잘 어울리는지도 모르겠다.

역자는 연 구분 없이 10행으로 이루어진 원시를 칠언 4구와 오언 2구의 고시(古詩)로 한역(漢譯)하였다. 전에도 얘기한 바지만 굳이 칠언구(七言句)로 통일하지 않은 까닭은, 원시에 없는 내용을 부득이 덧보태야 하는 상황을 피하고 싶었기 때문이다. 이 한역시는 짝수 구마다 압운하였으며 그 압운자는 '恍(황)'·'壙(광)'·'光(광)'이다.

4

그대에게 가는 길

꿈과 상처

김승희

나대로 살고 싶다
나대로 살고 싶다
어린 시절 그것은 꿈이었는데

나대로 살 수밖에 없다
나대로 살 수밖에 없다
나이 드니 그것은 절망이구나

❊ 태헌의 한역

希望與傷處(희망여상처)

我願行我素(아원행아소)
我願行我素(아원행아소)
少小彼卽是希望(소소피즉시희망)

無奈行我素(무내행아소)
無奈行我素(무내행아소)
老大彼卽是絕望(노대피즉시절망)

❊ 주석

· 希望(희망) 희망, 꿈. · 與(여) 접속사. ~와, ~과. · 傷處(상처) 상처. · 我願
(아원) 나는 ~을 원한다, 나는 ~을 하고 싶다. · 行我素(행아소) 남이 뭐라고 하든

상관하지 않고 평소(平素)의 자기 스타일에 따라 [내가] 무엇인가를 해나가는 것을 가리킨다. 성어(成語) '我行我素'는 만청(晩淸) 시기의 이보가(李寶嘉)가 지은 『관장현형기(官場現形記)』라는 소설에서 유래한 말이다. ·少小(소소) 어리다, 젊다. 나이가 어리고[少] 몸집이 작다[小]. ·彼卽(피즉) 그것은 곧. ·是(시) ~이다. ·無奈(무내) ~을 어찌 할 도리가 없다, ~을 할 수밖에 없다, 부득이하다. ·老大(노대) 나이가 들다, 늙다. 나이가 많고[老] 몸집이 크다[大]. ·絶望(절망) 절망. 희망이 없음.

✽ 한역의 직역

꿈과 상처

나는 나대로 살고 싶다
나는 나대로 살고 싶다
어려서는 그것이 꿈이었는데

나대로 살 수밖에 없다
나대로 살 수밖에 없다
나이 들자 그것은 절망이구나

✽ 한역 노트

이 시는 나대로 사는 것이 꿈이었다가 나대로 살 수밖에 없는 것이 절망이 되었음을 말한 것이다. 한때의 꿈이 결국 절망이 되고 만 것처럼 보이지만 기실은 그렇지가 않다. 어린 시절에 꿈꾼 '나대로'가 내가 원하는 대로라는 의미였다면, 성년이 된 뒤의 '나대로'는 내가 사는 틀 안에서라는 뜻으로 이해되기 때문이다. 시인의 관점을 따르면 내가 원하는 대로 사는 것은 '꿈'이 되고, 내가 사는 틀 안에서 사는 것은 '절망'이 된다.

꿈과 절망이 키워드인 이 시의 제목이 "꿈과 절망"이 아닌 "꿈과 상처"가 된 이유는 무엇일까? 역자가 보기에는, 절망을 느끼는 것이 결국 상처가 되는 것으로 시인이 이해했기 때문일 듯하다. '지옥의 안개'에 비유되기도 하는 이 절망은, 누군가의 앞길을 암담하게 할 뿐만 아니라 마음속에 깊은 상처를 남기기도 한다. 또 시인이 얘기한 꿈은 달리 희망이라고 할 수 있으므로 이 시는 결국 꿈 혹은 희망과 절망을 담론(談論)하는 이야기가 되는 셈이다.

나대로 살고 싶다는 것은 내가 나의 주인이 되어 원하는 삶을 멋지게 살고 싶다는 것이다. 한때 유행했던 말인 '폼생폼사' 역시 이 테두리 안에서 이해할 수 있다. 그러나 사람들은 나이를 더해갈수록 역동(力動)보다는 안정(安定)을 희구하기 때문에, 꿈은 현실이라는 지평(地平)에 점점 더 가까워질 수밖에 없다. 그럼에도 불구하고 꿈은 있음으로 해서 그만큼 가치가 있다. 꿈은 삶의 탄성체이고, 꿈이 없는 삶만큼 고독한 삶은 또 없을 것이기 때문이다.

나대로 살 수밖에 없다는 것은 지금 나의 길을 그대로 가는 외엔 다른 방법이 없다고 생각하는 것이므로, 더 이상의 변화나 도전이 무의미하다고 여기는 것과 같다. 시인은 이 꿈이 없는 삶을 절망이라고 하였다. 절망은 희망이 끊어진 상태이다. 그 끊어진 희망을 잇거나 새로운 희망을 심는 일이 외롭고 힘들 수는 있어도 전혀 불가능한 것만은 아니다. 그 때문인지는 알 수 없지만 시인은 또 다른 시 「희망이 외롭다」에서 "희망이란 말이 세계의 폐허가 완성되는 것을 가로막는다."고 하였다. 간단히 말해 희망이 있으면 폐허는 없다는 것이다.

누구나 가슴속에는 절망으로 인한, 폐허와 같은 상처 하나쯤은 묻어놓고 산다. 그러므로 그런 상처가 있다 해서 우리가 꿈마저 내려놓을 필요는 없을 것이다. 지금 당장 꿈이 없다면 이제 만들어가야만 한다. 가슴에 꿈이 없다는 것보다 더 큰 상처는 없을 것이기 때문이다. 꿈이 너무 뚱뚱한 것도 좋지 않겠지만, 그렇다고 꿈이 마르다 못해 거의 없다시피 한 것은 더욱 좋지 않을 듯하다. 꿈이 거세된 세상—그 절망의 공간만큼 쓸쓸하고 추운 곳은 또 없을 테니깐……. "희망의 왕국에는 겨울이 없다."는 러시아 속담을 떠올려보며 이제 꿈을 만들어보자.

역자는 2연 6행으로 된 원시를 오언 4구와 칠언 2구로 이루어진 고시로 한역하였다. 원시는 1행과 2행, 4행과 5행이 각기 동일하다. 그리하여 한역시의 1구와 2구, 4구와 5구도 각기 동일하게 처리하였다. 이 때문에 칠언으로 된 제3구와 제6구에만 압운하는 형태를 취하게 되었다. 한역시는 동일한 시행(詩行) 하나를 뺀다면 결국 4구로 짜인 고시가 되므로 제3구와 제6구에만 압운한 것이 그리 이상할 건 없다. 이 한역시는 동자(同字) '望(망)'으로 압운하였다.

겨울 아침 풍경

김종길

안개인지 서릿발인지
시야는 온통 우윳빛이다
먼 숲은
가즈런히 세워놓은
팽이버섯, 아니면 콩나물
그 너머로 방울토마토만 한
아침 해가 솟는다

겨울 아침 풍경은
한 접시 신선한 샐러드
다만 초록빛 푸성귀만이 빠진

✿ 태헌의 한역

冬朝風景(동조풍경)

霧耶霜花耶(무야상화야)
眼前色如牛乳汁(안전색여우유즙)
遠林又何若(원림우하약)
恰似針菇豆芽立(흡사침고두아립)
隔林朝日昇(격림조일승)
大如小番茄(대여소번가)
冬朝風景是沙拉(동조풍경시사랍)
只缺青青蔬與瓜(지결청청소여과)

✽ 주석

·冬朝(동조) 겨울 아침. ·風景(풍경) 풍경. ·霧耶(무야) 안개인가? '耶'는 의문을 나타내는 어기사이다. ·霜花(상화) 서리꽃, 서릿발. ·眼前(안전) 눈앞. 원시의 "시야"를 달리 표현한 말이다. ·色(색) 색, 빛깔. ·如(여) ~과 같다. ·牛乳汁(우유즙) 소의 젖, 우유. 압운 등을 고려하여 우유를 세 글자의 한자어로 표현한 것이다. '乳汁'은 젖이라는 뜻이다. ·遠林(원림) 먼 숲. ·又何若(우하약) 또 무엇과 같은가? 행문(行文)의 편의를 위하여 임의로 보탠 말이다. ·恰似(흡사) 마치 ~과 같다. ·針菇(침고) 팽이버섯을 나타내는 '金針菇(금침고)'를 줄여서 칭한 말이다. ·豆芽(두아) 콩나물을 나타내는 '두아채(豆芽菜)'를 줄여서 칭한 말이다. ·立(립) 서다, 세우다. ·隔林(격림) 숲 너머에서. 원시의 "그 너머로"를 지시사 없이 한역한 표현이다. ·朝日(조일) 아침 해. ·昇(승) (해가) 돋다, (해가) 솟다. ·大(대) 여기서는 '크기'라는 뜻으로 사용한 말이다. ·小番茄(소번가) 작은 토마토. 역자가 "방울토마토"라는 뜻으로 취하여 쓴 한자어이다. 오늘날 중국에서는 방울토마토를 앵도번가(櫻桃番茄)라고 하는데, 우리 식으로 풀자면 앵두토마토라고 할 수 있다. ·是(시) ~이다. ·沙拉(사랍) 외래어 샐러드(salad)를 나타내는 현대 중국어 어휘이다. ·只(지) 다만. ·缺(결) ~을 결하다, ~이 빠지다. ·青青(청청) 푸릇푸릇, 파릇파릇. ·蔬與瓜(소여과) 나물과 오이. 원시의 "푸성귀"를 풀어쓴 말인데 푸른 '오이'가 샐러드의 재료로 흔하게 쓰이는 데다 압운 또한 맞아 원시에 없는 말을 임의로 보태게 된 것이다.

✽ 한역의 직역

안개인가? 서릿발인가?

눈앞의 빛깔이 우유와 같다

먼 숲은 또 어떠한가?

마치 팽이버섯이나 콩나물이 서 있는 듯

숲 너머에서 아침 해가 솟는데

크기가 작은 토마토만 하다

겨울 아침 풍경은 샐러드

다만 파릇한 나물과 오이가 빠진

이 시는 한마디로 요약하면 '겨울 아침 풍경이 곧 샐러드'라는 것이다. 을씨년스럽다 못해 살벌하게 보일 수도 있는 겨울 아침 풍경을 싱싱한 샐러드에 비유하여, 겨울이 차갑다기보다는 시원하다는 느낌이 들게 하였다. 시야에서 희뿌옇게 보이는 안개 혹은 서릿발을 우유에, 적당히 먼 곳에 나목(裸木)인 채로 있는 활엽수나 머리에 눈을 쓰고 있어 푸른 기운이 잘 보이지 않는 상록수가 이룬 숲을 "세워놓은" 팽이버섯 혹은 콩나물에, 그 숲 너머에서 조그맣게 솟아오르는 아침 해를 방울토마토에 비유해서 샐러드의 재료로 삼은 시인의 상상력이 그저 놀랍기만 하다.

역자는 이 시를 다 읽고 난 순간 엉뚱하게도 "겨울은 맛있다."라는 멘트가 이 시에 잘 어울리지 않을까 하는 생각이 문득 들었다. 역자가 이 시를 고른 이유는, 아직은 많이 추운 겨울날을 다들 샐러드처럼 '맛있게' 먹으면서 보내기를 간절히 바라기 때문이다. 그렇게 겨울을 보내고 나면 김종제 시인이 「봄을 먹다」라는 시에서 "봄은 먹는 것이란다"라며 예찬했듯 맛깔스러운 봄이 또 우리를 기다리고 있을 것이다.

그런데 샐러드는 그 재료들이 복잡한 화학적인 변화 과정 없이 개별적으로 존재하지만, 하나의 접시에 담겨 있다가 서로 어우러져 맛을 내는 음식이다. 역자는 세상도 이 샐러드와 같아야 할 것이라는 생각이 든다. 팽이버섯이 좋다고 팽이버섯만 잔뜩 넣은 샐러드가 무슨 맛이 있겠는가! 설혹 맛있다 하더라도 그 단조로움 때문에 금방 싫증날 것이 뻔하지 않은가! 세상은 내게 동조하는 사람만 필요한 것이 아니라, 나를 반대하여 브레이크를 걸어주는 사람도 필요한 법이다. 브레이크를 거는 사람들이 밉다 하여 다 배제해버린다면, 팽이버섯만 잔뜩 넣은 샐러드와 무엇이 다르겠는가! 시인이 이 시를 지은 뜻이 어쩌면 여기에 있는지도 모르겠다.

시인이 "초록빛 푸성귀" 없이도 한 접시의 샐러드를 만들어 우리에게 권하고 있으니 우리는 이를 맛있게 먹고, 코로나와 경기 침체 등과 같은 이유로 오랫동안 잊고 살았던 웃음을 하루라도 빨리 되찾도록 해야 할 것이다. 이 일에 마음으로나마 도움이 되게 하고자 역자는 오늘의 "샐러드" 시에 당나라 시인 백거이(白居易)의 「대주(對酒)」를 사이드 메뉴로 추천하는 바이다. 따지고 보면 한글로 된 시와, 그것을 한역한 한시와, 한역한 한시를 다시 직역한 시와, 또 다른 한시를 함께 한 자리에 둔 것 자체가 이미 한 접시의 샐러드가 아닐까 싶다. 이름하여 시의 샐러드!

對酒(대주)

蝸牛角上爭何事(와우각상쟁하사)
石火光中寄此身(석화광중기차신)
隨富隨貧且歡樂(수부수빈차환락)
不開口笑是癡人(불개구소시치인)

술을 마주하고서

달팽이 뿔 위 같은 세상에서
무슨 일을 다투나?
부싯돌 불빛 같은 세월 속에
이 몸 부쳐둔 것을!
있으면 있는 대로 없으면 없는 대로
그저 기쁘고 즐겁게 살 일
입 벌리고 웃지 못한다면
그 사람이 바보인 게지

원시의 "온통"과 "가즈런히", "한 접시 신선한" 등의 시어를 한시로 재구성하는 과정에서 미처 한역하지 못하였지만, 시의 대체를 이해하는 데는 그다지 지장이 없을 것으로 여겨진다. 역자는 2연 10행으로 이루어진 원시를 오언과 칠언이 4구씩 복잡하게 섞인 고시로 재구성하였다. 짝수 구에 압운하였으나 전반 4구와 후반 4구의 압운을 달리하였다. 이 시의 압운자는 '汁(즙)'·'立(립)', '茄(가)'·'瓜(과)'이다.

병든 짐승

도종환

산짐승은 몸에 병이 들면 가만히 웅크리고 있는다
숲이 내려보내는 바람 소리에 귀를 세우고
제 혀로 상처를 핥으며
아픈 시간이 몸을 지나가길 기다린다

나도 가만히 있자

✤ 태헌의 한역

病獸(병수)

山獸忽有病(산수홀유병)
靜靜踞而蹲(정정거이준)
植耳林間風(식이임간풍)
己舌舐傷痕(기설지상흔)
忍待痛日過(인대통일과)
吾亦今安存(오역금안존)

✤ 주석

· 病獸(병수) 병든 짐승. · 山獸(산수) 산짐승. · 忽(홀) 문득, 갑자기. · 有病(유병) 병이 있다, 병이 들다. · 靜靜(정정) 고요히, 가만히. · 踞而蹲(거이준) 웅크리고 있다. '踞'나 '蹲' 모두 웅크린다는 뜻이다. · 植耳(식이) 귀를 세우다, 귀를 기울이다. · 林間風(임간풍) 숲속의 바람. · 己舌(기설) 자기 혀. · 舐(지) ~을 핥다. · 傷痕(상흔) 상흔, 상처. · 忍待(인대) ~을 참고 기다리다. · 痛日過(통일과) 아

픈 날이 지나가다. ·좀(오) 나. ·亦(역) 또한, 역시. ·今(금) 이제. ·安存(안존) 편안히 있다, 가만히 있다.

병든 짐승

산짐승은 문득 병이 들면
가만히 웅크리고 있는다
숲속의 바람에 귀를 세우고
제 혀로 상처를 핥으며
아픈 날이 지나가길 참고 기다리나니
나도 이제 가만히 있자

❋ 한역 노트

역자가 출강하는 대학에서 '영물시(詠物詩)'에 대해 강의를 한 후에 학생들에게 4행으로 된 한글 영물시를 지어 제출하라고 한 적이 있었다. 당나라 시기에 굳어진 일반적인 영물시의 양식은, 음영(吟詠)의 대상이 되는 구체적인 물상을 나타내는 글자는 물론 그것과 직접적으로 관계되는 어휘조차 쓰지 않으면서 시를 짓는 것이다. 그리하여 영물시는 시의 본문이 문제가 되고 시의 제목이 답이 되는 일종의 수수께끼와 같다고 할 수 있다. 수업 시간에 이 점을 강조하면서 객관적으로 존재하는 '물건'을 음영의 대상으로 삼으라고 그렇게 얘기했음에도 불구하고 학생 하나가 불쑥 아래와 같은 과제물을 제출하였다.

모든 것을 낳는 어머니
모든 걸 가져가는 탐관오리
뒤도 돌아보지 않고 떠나는 매정한 사람

231

학생이 제출한 이 시는 논자에 따라서는 영물시로 간주하지 않을 수도 있을 만큼 영물시에서는 아주 드물게 보이는, 개념 내지 관념을 음영의 대상으로 삼은 예라고 할 수 있다. 이 시에서 사람으로 묘사한 음영의 대상은 다름 아닌 '시간(時間)'이다. 도종환 시인의 위의 시를 이해하는 데관건이 되는 키워드 역시 이 시간이다. 모든 것을 낳지만 또 모든 것을 다거두어 가버리고, 뒤를 돌아보지도 돌아오지도 않는 그 시간은 생명체에게는 한없이 고마우면서도 때로 한없이 야속한 것이 아닐 수 없다.

야생의 짐승에게는 병원도 의사도 약사도 없다. 병이 들면 견디다가낫거나 죽거나 둘 중에 하나다. 그게 자연의 섭리이다. 자연계에서 종(種)이, 같은 종이나 또 다른 종을 치료하는 일은 오직 인간만이 할 수 있다.그리하여 인간이 만물의 영장(靈長)인 것이리라. 시간이 치유해주기를 바라며 아픈 시간이 지나가기를 기다리는 짐승에게는 스쳐 가는 바람 소리도 예사로운 것이 아니다. 취약해진 짐승에게는 상위 포식자뿐만 아니라하위 생명체조차 적이 되기 때문이다. 나의 약점이 곧 치명적인 독이 되고 마는 야생(野生)은 정말이지 비정하기만 하다.

시인이 마지막 1행을 한 연으로 삼은 '나도 가만히 있자'는, 시인이 자연계에서 배운 교훈이면서 동시에 우리에게 들려주는 교훈이다. 몸이든마음이든 조금만 아파도 난리를 치는 군상(群像)들을 볼 때면, 인간이 만물의 영장이라는 말이 가끔 의심스럽다는 생각이 들기도 한다. 고쳐줄 존재도, 위로해줄 존재도 없는 저 야생의 짐승에게 우리가 부끄럽지는 않아야 하지 않겠는가!

2연 5행으로 된 원시를 역자는 6구로 이루어진 오언고시로 재구성하였다. 한역시는 짝수 구에 압운하였으며 그 압운자는 '蹲(준)'·'痕(흔)'·'存(존)'이다.

기왕에 모두(冒頭)에서 영물시 얘기를 꺼냈으니 영물시로 마무리 해보기로 한다. 마찬가지로 도종환 시인의 작품인 아래 시는 한글로 쓰여진 한 편의 멋진 영물시라고 할 만하다. 자, 이제 인터넷에 의지하지 말고 자력으로 이 시의 제목을 한번 맞추어보자.

　　너 없이 어찌
　　이 쓸쓸한 시절을 견딜 수 있으랴

　　너 없이 어찌
　　이 먼 산길이 가을일 수 있으랴

　　이렇게 늦게 내게 와
　　이렇게 오래 꽃으로 있는 너

　　너 없이 어찌
　　이 메마르고 거친 땅에 향기 있으랴

첫눈

목필균

까아만 밤에
내리는 함박눈

바라만 보아도
순결해지는 가슴속에
기척 없이 남겨진
발자국 하나

한 겹, 두 겹, 세 겹
덮이고 덮이고 덮여서
아득히 지워졌던 기억

선명하게 다가오는
얼굴 하나

✻ 태헌의 한역

初雪(초설)

誠如漆黑夜(성여칠흑야)
鵝毛從天落(아모종천락)
望則爲潔胸臆裏(망즉위결흉억리)
毫無聲息留足跡(호무성식류족적)

一層一層又一層(일층일층우일층)

積後復積埋記憶(적후부적매기억)

倏忽有一顔(숙홀유일안)

鮮然自近迫(선연자근박)

· 初雪(초설) 첫눈. · 誠如(성여) 진실로 ~와 같다. · 漆黑夜(칠흑야) 칠흑같이 어두운 밤. · 鵝毛(아모) 거위 털. 함박눈을 비유적으로 일컫는 한자어이다. · 從天落(종천락) 하늘로부터 떨어지다. · 望則爲潔(망즉위결) 바라보면 깨끗해지다. · 胸臆裏(흉억리) 가슴속. · 毫無(호무) 전혀 ~이 없다. · 聲息(성식) 소리와 숨, 기척. · 留足跡(유족적) 발자국을 남기다, 남겨진 발자국. · 一層(일층) 한 층, 한 겹. · 又(우) 또, 또한. · 積後(적후) 쌓인 후. · 復積(부적) 다시 쌓이다. · 埋記憶(매기억) 기억을 묻다. · 倏忽(숙홀) 문득. · 有一顔(유일안) 얼굴 하나가 있다. · 鮮然(선연) 선연히, 분명히. · 自(자) 스스로, 절로. · 近迫(근박) 다가오다.

✽ 한역의 직역

첫눈

정말 칠흑 같은 밤에
하늘에서 떨어지는 함박눈

바라보면 순결해지는 가슴속에
아무 기척 없이 남겨진 발자국

한 겹, 한 겹, 또 한 겹
쌓인 후에 다시 쌓여 기억 묻었는데

문득 얼굴 하나 있어
선연히 절로 다가오네

❋ 한역 노트

그 많고 많은 '첫눈' 시 가운데 역자는 이 시를 골라보았다. 어인 일인
지 우리나라에는 첫눈과 첫사랑을 연관시킨 시가 너무도 많다. 그런데 장
석주 시인은, "첫눈이 온다 그대/첫사랑이 이루어졌거든/뒤뜰 오동나무
에 목매고 죽어버려라/사랑할 수 있는 이를 사랑하는 것은/사랑이 아니
다"라고 하였다. 첫사랑은 성공해서는 안 된다는 무슨 주문(呪文)을 외우
는 듯한, 다소 과격한 이런 시도 기실은 우리들의 첫사랑을 더욱 애틋
이 떠올리게 하는 촉진제가 된다. 사춘기 시절에, 그 철없던 순수의 시절
에 마음에 덜컥 담아버린 첫사랑의 얼굴이 잊혀졌다면, 아마도 감정의 샘
이 다 말라버린 사람이거나 초연히 득도(得道)한 사람으로 보아야 할 것이
다. 그 아련한 첫사랑의 얼굴을 어찌 잊을 수 있단 말인가!

첫눈을 보고 '얼굴 하나'를 떠올린 시인도 따지고 보면 '남겨진 발자국
하나'로 묘사한 첫사랑이 이루어지지 못했음을 고백한 거나 마찬가지다.
대지(大地)가 눈에 덮이듯 그렇게 여러 겹으로 세월에 덮여 아득히 잊혀졌
던 기억조차 불현듯 되살아나게 하는 첫눈이야말로 그 정체가 의심스럽
다. 최면을 거는 최면술사일까? 아니면 마법을 거는 마술사일까? 첫눈을
만나면 첫눈에게 꼭 물어보고 싶다.

4연 11행으로 이루어진 원시를 한역하면서 첫 부분 2행과 마지막 2행
은 오언시구로 처리하고 가운데 7행은 칠언 4구로 처리하였다. 한역을 하
기 전부터 느낀 거지만 이 시는 첫 2행과 마지막 2행만 결합시켜 읽어도
감상하는 데 전혀 무리가 없다. 그리고 역자는 이 대목을 현실의 상황으
로, 중간의 7행을 기억 속에 존재하는 과거의 일로 파악하였다.—물론 첫
2행은 현실이자 과거일 수도 있다.—그리하여 한역시의 압운 역시 첫 2구

와 마지막 2구를 통일시키고, 가운데 4구의 압운을 통일시키는 파격적인 실험(?)을 해보게 되었다. 물론 전체적으로는 짝수 구에 압운한 네 개의 글자가 서로 통압(通押, 비슷한 운목의 글자들을 구별없이 압운하는 일)이 허용되는 글자이기는 하지만 말이다. 이 시의 압운자는 '落(낙)'·'跡(적)'·'憶(억)'·'迫(박)'이다.

역자는 지금 이 순간에 오롯이 첫사랑과는 관계없는 첫눈을 생각하고 있다. 눈인 듯 비인 듯 슬며시 다가왔다가 아무런 흔적도 없이 사라져버리기 일쑤였던 그 첫눈! 그런 첫눈을, 지는 햇살이 이따금 비쳐 들던 언덕길 어느 술집에서 벗들과 함께 보며 홀로 메모했던 시상(詩想)을 떠올려본다. 아, 그렇게 세월은 가도 시상은 시로 남아 그 시절을 알게 해주니 시가 어찌 고맙지 않겠는가!

見初雪思秋冬之界(견초설사추동지계)

秋末葉紛飛(추말엽분비)
冬頭亦無別(동두역무별)
混淆何劃分(혼효하획분)
界上存初雪(계상존초설)

첫눈을 보고 가을과 겨울의 경계를 생각하다

가을 끝자락이면 잎새 어지러이 날고
겨울 첫머리 또한 다를 게 없는데
가을과 겨울 뒤섞인 걸 어떻게 나눌까?
그 경계 위에는 첫눈이 있지.

겨울 허수아비

박예분

이곳이
벼가 누렇게 익었던 곳이라고

찾아보면
잘 여문 낟알들이 있을 거라고

먹이 찾는 겨울새들을 위해
찬바람 맞으며

논 한가운데
기꺼이 알림판으로 서 있습니다

❉ 태헌의 한역

冬日草人(동일초인)

此是水稻黃熟處(차시수도황숙처)
細看或有穀粒藏(세간혹유곡립장)
唯爲打食冬季鳥(유위타식동계조)
水田冒風作標榜(수전모풍작표방)

❉ 주석

·冬日(동일) 겨울, 겨울날. ·草人(초인) 허수아비. ·此是(차시) 여기는 ~이다.

· 水稻(수도) 벼. · 黃熟處(황숙처) 누렇게 익은(익어가던) 곳. · 細看(세간) 자세히 보다. · 或有(혹유) 간혹 ~이 있다. · 穀粒藏(곡립장) 곡식 낟알이 숨다. · 唯爲(유위) 오직 ~을 위하여. · 打食(타식) (새나 짐승이) 먹이를 찾다. · 冬季鳥(동계조) 겨울철의 새. · 水田(수전) 논. · 冒風(모풍) 바람을 무릅쓰다. · 作(작) ~이 되다. · 標榜(표방) 알림판.

겨울 허수아비

이곳이 벼가
누렇게 익었던 곳이라고
자세히 보면 간혹
곡식 낟알 숨어 있을 거라고
오직 먹이 찾는
겨울새들을 위하여
논에서 바람 무릅쓰며
알림판이 되었습니다

✽ 한역 노트

역자가 보기에 이 시는 두 가지 점에서 독자들의 시선을 끈다. 첫째는 허수아비란 추수가 끝나면 쓸모없는 물건이 되고 마는데도 이 시에서는 쓸모 있는 존재로 노래하고 있다는 점이다. 둘째는 허수아비란 본래 새들을 쫓기 위하여 인류가 고안한 장치인데도 이 시에서는 역으로 새들을 부르는 장치로 노래하고 있다는 점이다. 이 두 가지 특이한 점을 가능하게 했던 것은 무엇일까? 역자는 바로 시인의 따스한 정일 것이라고 생각한다. 텅 빈 겨울 들녘에 애처로이 서 있는 허수아비에 대한 애틋함과, 천지가 얼어붙은 데서 먹거리를 찾아다녀야 하는 날것들에 대한 연민이 없었다면 이 시는 지어지지 못했을 것으로 여겨지기 때문이다.

시인의 바람처럼 새들이 허수아비가 서 있는 자리 근처에서 운 좋게 실한 곡식 낟알들을 많이 찾았다 하더라도, 봄이 멀지 않은 지금조차 아직 한참 동안은 먹이를 찾아 날고 또 날아야 할 것이다. 먹이를 찾아다니는 일이 어찌 새들에게만 만만치가 않겠는가? 만물의 영장이라는 사람들에게도 그러하지 않은가? 산다는 것은 세상에 던져진 존재의 숙명이기 때문에 저 새들에게나 사람들에게나 경건함일 수밖에 없다. 삶이 때로 아픔이고 때로 슬픔이라 하더라도…….

자기를 위해서가 아니라 남을 위해서 세찬 바람도 무릅쓰고 서 있는 겨울 허수아비는 숭고하기까지 하다. 역자는 이 시를 대할 때마다 "사람이 허수아비만도 못해서야 되겠는가?"는 말을 여러 번 되뇌어보았다. 자신이 설령 하로동선(夏爐冬扇, 여름 화로와 겨울 부채)처럼 쓸모없는 존재로 여겨진다 하여도 저 허수아비와 같을 수만 있다면야, 뜻과 같지 못해 허허로운 세상도 그럭저럭 살 만한 곳이 되지 않겠는가!

4연 8행으로 이루어진 원시를 역자는 4구의 칠언고시로 재구성하였다. 한역시의 압운자는 '藏(장)'과 '榜(방)'이다.

첫사랑

서정춘

가난뱅이 딸집 순금이 있었다
가난뱅이 말집 춘봉이 있었다

순금이 이빨로 깨뜨려준 눈깔사탕
춘봉이 빨아 먹고 자지러지게 좋았다

여기, 간신히 늙어버린 춘봉이 입안에
순금이 이름 아직 고여 있다

✽ 태헌의 한역

初戀(초련)

多女貧家有順今(다녀빈가유순금)
役馬貧家有春峰(역마빈가유춘봉)
順今用齒分糖菓(순금용치분당과)
春峰舐食喜滿胸(춘봉지식희만흉)
方老春峰口脣內(방로춘봉구순내)
順今姓名猶龍鍾(순금성명유용종)

✽ 주석

· 初戀(초련) 첫사랑. · 多女(다녀) 딸이 많다. · 貧家(빈가) 가난한 집. · 有(유)
~이 있다. · 順今(순금) 원시의 '순금'을 역자가 임의로 한자로 표기해본 이름이다.

·役馬(역마) 말을 부리다. 말을 이용해 짐을 나르는 등의 일을 하면서 산다는 뜻으로 이해하면 된다. ·春峰(춘봉) 원시의 '춘봉'을 역자가 임의로 한자로 표기해본 이름이다. ·用齒(용치) 이빨을 써서, 이빨로. ·分(분) ~을 나누다, 쪼개다. ·糖菓(당과) 보통 사탕과 과자를 아울러 이르는 말로 쓰이지만 여기서는 사탕의 의미로 사용하였다. ·舐食(지식) 핥아 먹다, 빨아 먹다. ·喜滿胸(희만흉) 환희가 가슴에 가득하다. "자지러지게 좋았다"를 의역한 표현이다. ·方老(방로) 바야흐로 늙다, 이제 늙다. 원시의 '간신히 늙다'를 역자가 임의로 한역한 표현이다. ·口脣(구순) 보통 입과 입술을 아울러 이르는 말로 쓰이지만 여기서는 '입'이라는 뜻으로 사용하였다. ·內(내) ~의 안, 안쪽에. ·姓名(성명) 성명, 이름. ·猶(유) 오히려, 여전히, 아직. ·龍鍾(용종) 흥건하다. 축축하게 젖은 모양.

❊ 한역의 직역

첫사랑

가난한 딸부자 집에 순금이 있었고
말 부리는 가난한 집에 춘봉이 있었다
순금이가 이빨로 사탕 쪼개자
춘봉이 빨아 먹고 환희가 가슴에 가득
이제 늙어버린 춘봉이 입안에
순금이 이름 아직도 흥건하다

❊ 한역 노트

사랑이라는 말만 들어도 가슴이 콩닥거리던 시절이 있었을 것이다. 바쁜 일상에 떠밀려 지나온 세월을 돌아볼 여유조차 없이 산다 해도 누구에게나 추억의 자리 거기쯤에는 첫사랑이 있고 조바심이 있을 것이다. 시인처럼 나이가 들어서도 쉬이 잊히지 않는 첫사랑은 어쩌면 아련한 추억 속에서 피었다가 지고 또다시 피어나는 무지개는 아닌지 모르겠다.

시인이 이 시를 통해 노래한 첫사랑은 가난했던 시절 소년과 소녀의 풋사랑이다. 나이라고 해봐야 겨우 열 살을 살짝 넘긴 정도였을 테니 당사자들은 그게 사랑인지도 몰랐을 것이다. 그러니까 많은 세월이 흐른 뒤에 뒤돌아보니 그게 첫사랑이었다는 뜻으로 이해하면 될 듯하다. 가난했지만 근심도 걱정도 없었을 그 순백(純白)의 시절에 소년과 소녀가 무엇인지도 모르고 느꼈을 그 '사랑'을 어떻게 하면 우리가 지금에 다시 느껴볼 수 있을까? 눈깔사탕조차 귀한 먹거리였던 그 시절에 사탕 하나를 쪼개 나누어 먹는 것보다 더한 애틋함이 또 어디에 있을까?

자전적(自傳的)인 얘기로 보이는 이 시는 시인이 50대에 들어선 이후에 썼을 것으로 추정된다. "간신히 늙어버린"이라는 말이 바로 그런 뉘앙스로 다가오기 때문이다. 그리고 '춘봉'은 시인의 아명(兒名)이었거나 집에서만 부르는 이름이었을 것이다. '순금'이라는 이름은 실명(實名)으로 보이지만 또 실명이 아니라 해도 이 시를 이해하는 데는 전혀 문제가 되지 않는다. 어쨌거나 춘봉과 순금의 풋사랑은 대개의 첫사랑이 그러했듯 이루어지지 못하였다.

숱한 첫사랑의 시 가운데 역자가 유난히 이 시를 좋아하는 까닭은 역자에게 비슷한 경험치가 있어서가 아니라, 사탕 두 개도 분수 밖의 욕심이 되었던 그 시절의 애잔함이 시인의 일로만 여겨지지 않기 때문이다. 남루한 가난을 하늘처럼 이고 살았던 그 시절에 변변한 첫사랑도 없었던 역자의 입장에서 보자면, 애틋하게 따스함의 꽃을 피워 추억의 들을 예쁘게 가꾸었을 시인이 마냥 부럽기만 하다. 코로나만 아니라면 술 한 병 사들고 시인을 찾아뵙고서 앉은뱅이 주안상 하나 사이에 두고, 시에서 못다 한 추억들을 들으며 이 허허로운 겨울밤을 지새워보고 싶다. 이따금 눈이 창밖을 서성이기도 할 겨울밤 호사(好事)로 이보다 더한 것이 또 있으랴!

그 옛날 순금 씨는 지금 무엇을 하고 계실까? 역자의 큰누님처럼 손자 손녀 뒤치다꺼리하느라 허리 쑤시고 무릎 쑤신다고 할 단계는 이미 지나셨을 듯하니, 학과 같은 머리를 하고 겨울날 따스한 햇살 쬔다는 핑계로

서정춘 첫사랑

옛 추억을 떠올려보고자 문밖을 나서기도 하시는 걸까? 이 땅에 살아 계시다면 오래오래 건강하시기를 빈다. 눈깔사탕처럼 달달한 맛은 고사하고 소태처럼 쓴맛만 넘쳐나는 세상이라 하여도 세상은 여전히 추억이 있어 아름다운 곳이 되리라.

역자는 이 시를 한역한 후에 한시로는 원시의 맛을 다 살리지 못하는 것이 두고두고 아쉬웠다. 생리가 다른 언어 사이에 존재하는 어쩔 수 없는 한계일 수도 있겠지만, 그보다는 역자의 천학(淺學)과 비재(非才) 때문일 공산이 큰 듯하여 역자는 혼자서도 얼굴을 붉혔다. 학인(學人)의 길은 멀고 험한 것임을 오늘도 통감한다. 역자는 3연 6행으로 된 원시를 6구로 이루어진 칠언고시로 한역하였다. 한역시는 짝수 구마다 압운하였으며 그 압운자는 '峰(봉)'·'胸(흉)'·'鍾(종)'이다.

이웃집 아가씨

소 현

얼굴이 예쁜

이웃집 아가씨

시집도 안 갔는데

벌써 엄마 되었나 봐

푸들 데리고 산책 나와선

자길 자꾸 엄마라고 부르네

✿ 태헌의 한역

隣家女(인가녀)

韶顔隣家女(소안인가녀)

未嫁已爲母(미가이위모)

牽犬出散步(솔견출산보)

稱己曰阿母(칭기왈아모)

✿ 주석

·隣家女(인가녀) 이웃집 여자, 이웃집 아가씨. ·韶顔(소안) 예쁜 얼굴. 보통 젊음
을 비유하는 말로 쓰인다. ·未嫁(미가) 아직 시집을 가지 않다. ·已(이) 이미, 벌
써. ·爲母(위모) 어미가 되다. ·牽犬(솔견) 강아지를 거느리다, 강아지를 데리고.
원시의 '푸들'을 역자는 그냥 '犬'으로 한역하였다. ·出散步(출산보) 산보를 나오다,
나와서 산보하다. ·稱己(칭기) 자기를 일컫다, 자기를 칭하다. ·曰阿母(왈아모)
'엄마'라고 하다.

이웃집 아가씨

얼굴이 예쁜 이웃집 아가씨
시집도 안 가 벌써 엄마 됐나
강아지 데리고 산보 나와선
자길 칭해 엄마라고 한다네

❋ 한역 노트

이 시는 이른바 디카시[디지털 카메라와 시의 합성어]이다. 요즘 사람들이
편폭이 긴 시를 별로 좋아하지 않기 때문에 디카시가 생겨난 것인지는 알
수 없지만, 디카시가 양적으로 확대되고 질적으로 완성도를 더해 디지털
시대의 새로운 문학 장르로 자리매김되고 있는 것은 분명해 보인다.

시 속의 주인공 아가씨 얼굴이 예쁘다는 것이 시인이 알고 있는 주관
적인 정보라면, 아직 시집을 가지 않았다는 것은 객관적인 정보이다. 그
런데 불쑥 "벌써 엄마 되었나 봐"라는 뜻밖의 말을 후속(後續)시켜 독자들
의 궁금증이 갑자기 증폭되게 하였다. 이 대목에서 대부분의 독자들은 아
가씨가 무슨 사고라도 쳤나 하는 생각을 먼저 하게 되었을 것이다. 그런
데 지은이는 아래 2행에서 다소 능청스런 반전을 설정하여 시를 읽는 이
의 입가에 웃음이 번지게 하였다. 이 시의 재미는 바로 이 반전에 있다.

시 속의 아가씨는 다른 가족 없이 혼자서 강아지를 키우며 살고 있을
가능성이 크다. 다른 가족이 있는 상황이라면 그 가족이 누구든 미혼인
아가씨가 사용하는 엄마라는 호칭에 대해 쉽사리 동의하지는 않았을 것
으로 보이기 때문이다. 그렇다고 해서 이러한 추측을 고집할 필요는 없겠
지만, 적어도 호칭 사용 문제만큼은 혼자일 때가 가장 자유롭다는 사실에
는 누구나 동의할 수 있을 것이다. 어쨌거나 시집도 안 간 처녀가 자기가

키우고 있는 강아지에게 스스럼없이 엄마라고 하는 것이 시인에게는 상당히 의외로 여겨졌을 것이고, 그 의외성이 바로 이 시의 모티브가 되었을 것이다.

역자가 보기에 애완용 동물을 키우는 이는 정이 많은 사람이거나 정이 그리운 사람이다. 그리고 동물을 먹이고 산보도 시키고 목욕도 시키는 부지런한 사람이다. 또한 집 안에 날리거나 옷에 달라붙는 짐승의 털과 그 짐승의 배설물 냄새 등을 충분히 각오할 수 있을 정도로 인내력이 있는 사람이다. 그런데 역자의 친구 하나는 애완동물에 대한 사람의 사랑은 인간 소외의 한 표현이라고 입버릇처럼 말하고는 한다. 역자는 그 친구의 말을 곱씹어보면서 인간 소외의 원인에 대하여 곰곰이 생각해보았다. 사람 개개인은 따지고 보면 하나같이 외롭고 정이 그리운 존재인데, 그런 사람들이 모여서 만들어가는 세상은 또 왜 그리 비정하고 삭막한 걸까? 도무지 알 수 없는, 이해가 되지 않는 일들이 눈만 뜨면 벌어지는 세상에서 우리가 어떻게 따스함을 느낄 수 있을까? 역자는 세상은 온통 의문부호라는 생각을 하다가, 인생은 기쁨이든 슬픔이든 노여움이든 즐거움이든 감탄부호로 귀결된다는 생각까지 해보면서 불현듯 아래와 같은 시 한 수를 지어보았다.

把杯(파배)

世上疑問號(세상의문호)
人生嗟歎詞(인생차탄사)
事或非如意(사혹비여의)
把杯笑最宜(파배소최의)

술잔 잡고서

세상은 의문부호
인생은 감탄사!
일이 혹 뜻 같지 않으면
술잔 잡고 웃는 게 최고

허허로운 세상을 술로 덮어 잊으려고 할 것이 아니라 시 속의 아가씨
처럼 강아지라도 키우면서 작은 따스함이나마 만들어가는 것이, 이 소외
의 시대 한가운데를 가야 하는 고독한 나그네에게 하나의 방법론이 될 듯
도 하다.

역자는 연 구분 없이 6행으로 이루어진 원시를 4구의 오언고시로 재구
성하였다. 이 한역시는 짝수 구에 같은 글자 '母(모)'로 압운하였다.

술타령

신천희

날씨야
네가
아무리 추워봐라
내가
옷 사 입나
술 사 먹지

❋ 태헌의 한역

貪杯(탐배)

天氣兮天氣(천기혜천기)
汝使極寒冷(여사극한랭)
吾何買衣着(오하매의착)
當然沽酒嘗(당연고주상)

❋ 주석

·貪杯(탐배) 술을 탐하다, 지나칠 정도로 술을 좋아하다. 역자는 이 말이 우리의 '술타령'에 해당하는 말로 적당하지 않을까 생각한다. ·天氣兮(천기혜) 날씨야! '兮'는 호격(呼格) 어기사(語氣詞)이다. ·汝(여) 너. ·使(사) 가령, 아무리. ·極寒冷(극한랭) 추위를 극하다, 몹시 춥다. ·吾(오) 나. ·何(하) 어찌. ·買衣着(매의착) 옷을 사서 입다. ·當然(당연) 당연히. ·沽酒嘗(고주상) 술을 사서 먹다.

술타령

날씨야, 날씨야!
아무리 추워본들
내가 옷 사 입겠나?
당연히 술 사 먹지

❋ 한역 노트

술타령을 술을 마실 때 부르는 노래 정도로 이해하는 사람들이 의외로
많다. 그러나 술타령은 기실 다른 할 일을 다 제쳐놓고 술만 찾거나 술만
마시는 일을 가리키는 것이 보통이다. 술타령의 타령을 한자로 '打令'으
로 적기도 하지만, 그렇다고 하여 노래와 연관 짓는 것은 아무래도 무리
다. 그러므로 술타령을 한문으로 번역할 경우 '주타령(酒打令)'으로 해서는
상당히 곤란하다. '술 노래'로 오해될 소지가 다분하기 때문이다.

신천희 시인의 이 시는 시쳇말로 하자면 사이다처럼 빵 터지게 하는
시라고 할 수 있다. 더군다나 독자가 술을 즐기는 경우라면 그 '시원함'의
정도는 어디 비할 데가 없을 듯하다. 그런데 시인은 왜 두고두고 따스함
을 줄 수 있는 '옷'을 마다하고, 그 온기가 거의 일회성에 지나지 않는 '술'
을 사겠다고 한 것일까? 그것은 아마도 술에 담긴 의미 내지는 술의 효용
성 때문일 것이다.

옛사람들은 술을 '근심을 잊게 해주는 물건'[忘憂物]으로 불렀다. 술의
이 중요한(?) 기능은 지금 이 시대에도 여전히 유효하다. 그리고 술은 또
함께 나누는 따뜻한 정이라고도 할 수 있어, 온기만을 전할 뿐으로 한 사
람만 따뜻한 공간에 머물게 하는 옷과는 달리 그 효용성이 매우 큰 셈이
다. 물론 술이 때로는 감당하기 어려운 그리움을 격발시키거나 형편없는

일탈로 내모는 일종의 무기가 되기도 하므로, 옷과는 달리 부작용이 엄청나다고 할 수 있다.

시인이 왜 술을 사 먹겠다고 했는지 그 이유를 밝히지 않았기 때문에 이 시는 더더욱 매력적이다. 생각의 여백을 독자들에게 남겨주는 시인의 이러한 마음씀은 무성의가 아니라 하나의 따스함으로 이해될 수가 있다. 그런 따스함이 그리워지는 날에, 혼자서 불현듯 술집을 찾는 이가 있다면 그는 술꾼임에 틀림이 없다. 세상이 허전하고 세월이 허허로워 술꾼으로 사는 사람들은 또 그 얼마일까? 설령 신이 있다 하여도 그 숫자를 다 세지는 못하리라.

연 구분 없이 6행으로 이루어진 원시를 역자는 오언 4구의 고시로 재구성하였다. 시가 짧든 길든 번역하는 과정에서는 원시에 있는 시어가 누락되기도 하고, 원시에 없는 시어가 보태어지기도 한다. 이런 애로(隘路) 역시 번역의 비애로 간주할 수 있을 것이다. 한역시의 압운자는 '냉(冷)'과 '상(甞)'이다.

　　百年莫惜千回醉(백년막석천회취)
　　一盞能消萬古愁(일잔능소만고수)

　　백 년 인생에 천 번 취하는 것 아쉬워 말라
　　한 잔이 만고의 시름 씻어줄 수도 있나니
　　　　　　　　　　　　　　　　　　— 唐(당)·翁綬(옹수)

밤기차

안상학

칠흑 같은 밤 그대에게 가는 길

이마에 불 밝히고 달리는 것은

길을 몰라서가 아니라

멀리서 기다리는 너에게

쓸쓸하지 말라고

쓸쓸하지 말라고

내 사랑 별빛으로 먼저 보내는 것이다

❋ 태헌의 한역

夜間列車(야간열차)

漆黑夜中向君路(칠흑야중향군로)

額上架燈力飛馳(액상가등력비치)

此決非是路不熟(차결비시로불숙)

君在遠處待人兒(군재원처대인아)

唯願吾君不蕭索(유원오군불소삭)

先送愛心以星輝(선송애심이성휘)

❋ 주석

· 夜間列車(야간열차) 밤기차, 야간열차.　· 漆黑夜中(칠흑야중) 칠흑같이 어두운
밤중에.　· 向君路(향군로) 그대에게 가는 길.　· 額上(액상) 이마 위.　· 架燈(가등)
등을 달다.　· 力飛馳(역비치) 힘껏 나는 듯이 달리다.　· 此(차) 이, 이것.　· 決(결)
결코.　· 非是(비시) ~이 아니다.　· 路不熟(노불숙) 길이 익숙하지 않다, 길에 익숙

하지 않다. ・君在(군재) 그대가 ~에 있다. ・遠處(원처) 먼 곳. ・待人兒(대인아) 나를 기다리다. '人兒'는 친애하는 사람에 대한 애칭으로 흔히 애인(愛人)에 대하여 쓴다. ・唯(유) 오직, 그저. ・願(원) ~을 원하다, ~을 바라다. ・吾君(오군) 그대. ・不蕭索(불소삭) 쓸쓸하지 않다. ・先(선) 먼저. ・送(송) ~을 보내다. ・愛心(애심) 사랑하는 마음. ・以星輝(이성휘) 별빛으로.

❋ 한역의 직역

밤기차

칠흑 같은 밤에 그대 향해 가는 길
이마 위에 등 달고 힘껏 달리나니
이는 결코 길을 몰라서가 아니라
그대 멀리서 나를 기다리는 때문
그저 그대 쓸쓸하지 말길 바라
사랑의 맘 먼저 별빛으로 보내는 것

❋ 한역 노트

　　과학자 아인슈타인은 여행을 할 때마다 늘 3등 열차를 이용하였는데, 그의 조수가 이상히 여겨 그 이유를 물어보자, 친구를 사귀기가 쉽기 때문이라고 대답했다는 일화가 있다. 적어도 스마트폰이라는 문명의 이기(利器)가 만들어지기 전에는 열차를 타고 어디론가 가면서 생면부지의 사람들과 친구처럼 얘기를 나누는 일이 흔했지만, 그 시절에도 침대칸이 없는 야간열차의 경우는 그렇지 못하였다. 열차의 둔중한 소음 속에서 좌석에 기댄 채 불편한 잠을 자는, 아니 자야만 하는 사람들이 많아 지인과의 대화조차 죄스러울 수밖에 없었기 때문이다.

　　위의 시는 침묵이 미덕으로 간주되는 야간열차에 몸을 실은 시인이, 열차를 의인화시켜 자신과 동일시하면서 사랑하는 사람에게로 달려가는 심사를 노래한 것이다. 사랑하는 사람을 만나러 가는 일만큼 신명 나고 설레는 것이 또 있을까? 이 시에서 핵심 소재로 다루어진 '불'은 바로 그 러한 시인의 밝은 심사를 대변하는 시어(詩語)이기도 하다.

열차가 그런 '불'을 달고 그리움의 행선지를 향해 나는 듯이 달려가고 있어도, 기다리는 사람의 입장에서 보자면 먼 길은 필연적으로 긴 기다림 을 불러왔을 것이다. 긴 기다림은 그 기다리는 사람의 빈자리 때문에 때 로 고통에 가까운 쓸쓸함을 수반하기도 한다. 그리하여 시인은 '너'가 쓸 쓸하지 않기를 바라서 사랑의 마음을 먼저 별빛으로 보낸다고 하였다. 사 랑한다는 말 천 마디보다 더한 무게감이 느껴지는 사랑의 표현이다. 짐작 건대 이 시의 최초의 독자였을 '너'는 이 시를 읽으면서 얼마나 행복해하 며 미소를 지었을까? 사랑받는 이의 미소만큼 아름다운 미소는 또 없을 듯하다.

연 구분 없이 7행으로 이루어진 원시를 역자는 6구의 칠언고시로 재구 성하였다. 한역하는 과정에서 원시에는 없는 시어를 더러 보태기도 하였 으며, 원시의 표현과는 약간 달리하기도 하였다. 짝수 구 끝에 압운한 이 시의 압운자는 '馳(치)'·'兒(아)'·'輝(휘)'이다.

멈추지 마라

양광모

비가 와도
가야 할 곳이 있는
새는 하늘을 날고

눈이 쌓여도
가야 할 곳이 있는
사슴은 산을 오른다

길이 멀어도
가야 할 곳이 있는
달팽이는 걸음을 멈추지 않고

길이 막혀도
가야 할 곳이 있는
연어는 물결을 거슬러 오른다

인생이란 작은 배
그대, 가야 할 곳이 있다면
태풍 불어도 거친 바다로 나아가라

莫停駐(막정주)

下雨有行處(하우유행처)

禽鳥應飛天(금조응비천)

積雪有行處(적설유행처)

麋鹿當上山(우록당상산)

路遠有行處(노원유행처)

蝸牛不休步(와우불휴보)

道阻有行處(도조유행처)

鰱魚必逆水(연어필역수)

人生卽小舟(인생즉소주)

吾君有行方(오군유행방)

設令颱風起(설령태풍기)

前進向怒洋(전진향노양)

❋ 주석

· 莫(막) ~하지 말라. · 停駐(정주) 멈추다, 멎다. · 下雨(하우) 비가 내리다. · 有行處(유행처) 가야 할 곳이 있다. · 禽鳥(금조) 새. · 應(응) 응당. · 飛天(비천) 하늘을 날다. · 積雪(적설) 눈이 쌓이다. · 麋鹿(우록) 사슴, 암사슴. · 當(당) 응당, 마땅히. · 上山(상산) 산을 오르다, 산에 올라가다. · 路遠(노원) 길이 멀다. · 蝸牛(와우) 달팽이. · 不休步(불휴보) 걸음을 멈추지 않다. · 道阻(도조) 길이 막히다. · 鰱魚(연어) 연어. · 必(필) 반드시. · 逆水(역수) 물결을 거스르다, 물결을 거슬러 오르다. · 人生(인생) 인생. · 卽(즉) 즉, 곧, 바로 ~이다. · 小舟(소주) 작은 배. · 吾君(오군) 그대, 당신. · 有行方(유행방) 가야 할 곳이 있다. · 設令(설령) 가령, ~하다 하더라도. · 颱風起(태풍기) 태풍이 일어나다, 태풍이 불다. · 前進(전진) 전진하다, 나아가다. · 向怒洋(향노양) 거친 바다를 향하여, 거친 바

다로.

멈추지 마라

비가 와도 갈 곳이 있으면
새는 응당 하늘을 날고
눈이 쌓여도 갈 곳이 있으면
사슴은 응당 산을 오른다
길이 멀어도 갈 곳이 있으면
달팽이는 걸음을 멈추지 않고
길이 막혀도 갈 곳이 있으면
연어는 반드시 물결 거슬러간다
인생이란 작은 배
그대, 가야 할 곳이 있다면
설령 태풍이 불어도
거친 바다로 나아가라

　양광모 시인의 이 시는 5연 15행으로 구성된 자유시이지만 각 연마다 3행씩 규칙적으로 배열되어 있어 정형시를 떠올리게 한다. 아닌 게 아니라 4연까지는 거의 동일한 패턴으로 연과 행이 반복되고 있다. 일견 무척 단조로워 보이는 구성이지만, 찬찬히 들여다보면 시인의 의도가 읽힌다. 시인의 눈길은 높은 데서 낮은 곳으로, 구체적으로 말하자면 하늘에서 땅으로, 또 땅에서 땅과 물의 경계로, 다시 땅과 물의 경계에서 물속으로 향하고 있다. 그리고 시인은 거기에 사는 생명체를 하나씩 거론하고 있다. 그 생명체가 그 공간에서 대표성을 갖는 것은 아니라 하더라도 이러한 장치는 시인이 의도한 것임에 틀림 없다. 시인이 4개의 연을 통하여 얘기하려고 한 것은, 살아 있는 모든 존재는 살기 위해 애쓴다는 사실이다. 그 생명체들은 가야 할 곳이 있으므로 기꺼이 위험과 고통을 감내하리라는 것은 불문가지(不問可知)이다. 그리고 그 '가야 할 곳'은 바로 '꼭 해야 할 일'로 이해된다.

'꼭 해야 할 일'을 하는 것은 인간이나 미물이나 그다지 다르지 않다. 그러나 '꼭 하고 싶은 일'을 하는 것은 대개 인간에게만 보이는 의지적인 행동이다. 해야 할 일을 하는 것을 포괄적으로 '본능'이라고 한다면, 하고 싶은 일을 하는 것은 '의지'라고 할 수 있겠다. 그다지 위험하거나 고통스럽지 않은데도 해야 할 일을 하지 않는 사람이 있는가 하면, 때로 위험하고 상당히 고통스러울 것임에도 본인이 하고 싶은 일은 반드시 해내는 사람이 있다. 전자가 한없이 게을러지고 싶은 인간의 한 본능에 충실한 것이라면, 후자는 무엇인가를 성취하려는 인간의 의지에 충실한 것이라고 할 수 있다. 본능에 충실할 것인가? 아니면 의지에 충실할 것인가? 언제나 그 선택은 우리 각자의 몫이지만, 한 가지 분명한 점은 의지에 충실하자면 '태풍'에 맞서 배를 띄우는 것과 같은 용기가 필요하다는 사실이다.

역자는 지금 이름 지어진 가치, 용기를 생각한다. 우리가 추구해야 할 삶은 단연코 용기를 그 동력으로 할 때만이 의미가 있고 가치가 부여될 것이다. 역자는 힘은 주먹에서, 재물에서 나오는 것이 아니라 마음에서 나오는 것이라고 믿는다. 또한 마음의 힘이 강인한 자들이 빛나는 역사를 만들어왔고 앞으로도 그럴 것이라고 믿는다. 힘은 곧 용기가 아니겠는가! 인생이라는 무대에 서서 집채보다 큰 시간의, 고통의 소용돌이에 정면으로 맞설 때 그는 갈채를 받을 자격이 있다. 결과로서가 아니라 그 과정으로서 역사는 분명 그에게 뜨거운 갈채를 보낼 것이다. 갈채가 없는 인생은 무덤만큼이나 적막하고 허허롭지 않겠는가! 그러므로 우리는 용기를, 원시의 제목처럼 '멈추지 말아야' 할 것이다.

역자는 원시를 12구의 오언고시로 재구성하였다. 원시의 제1연부터 제4연까지는 일률적으로 오언 2구의 한시로 옮겼으며, 제5연은 오언 4구의 한시로 옮겼다. 또 짝수 구마다 압운하면서 4구마다 운을 바꾸었다. 한역시의 압운자는 '天(천)'·'山(산)', '步(보)'·'水(수)', '方(방)'·'洋(양)'이다.

* 이 한역 노트의 일부분은 역자의 한시집인 『감비약 처방전』에서 인용하였다.

설날

오탁번

설날 차례 지내고
음복 한 잔 하면
보고 싶은 어머니 얼굴
내 볼 물들이며 떠오른다

설날 아침
막내 손 시릴까 봐
아득한 저승의 숨결로
벙어리장갑 뜨고 계신

나의 어머니

✼ 태헌의 한역

元日(원일)

元日行禮後(원일행례후)
飲福酒一杯(음복주일배)
願見慈母顔(원견자모안)
霑頰想起來(점협상기래)
元旦母所恐(원단모소공)
季兒兩手凍(계아양수동)
漠漠九原上(막막구원상)
猶織手巴掌(유직수파장)

·元日(원일) 설날.   ·行禮(행례) 제사 등의 예식을 행하다.   ·後(후) ~한 후에.
·飮福(음복) 제사를 마치고 나서 참석한 사람들이 신에게 올렸던 술이나 제물(祭物)
을 나누어 먹는 일. 신이 내리는 복을 받는다는 뜻을 가지고 있어서 음복이라 하였다.
·酒一杯(주일배) 술 한 잔. 술은 음복주(飮福酒)를 가리킨다.   ·願見(원견) 보기를
원하다, 보고 싶다.   ·慈母顔(자모안) 어머니의 얼굴.   ·霑頰(점협) 뺨을 적시다, 볼
을 적시다.   ·想起來(상기래) 생각나다, 생각이 떠오르다.   ·元旦(원단) 설날 아침.
·母所恐(모소공) 어머니가 걱정하는 바, 어머니가 걱정하는 것.   ·季兒(계아) 막
내, 막내아들.   ·兩手(양수) 두 손.   ·凍(동) 얼다, 시리다.   ·漠漠(막막) 아득하다.
·九原(구원) 구원, 구천(九天), 저승.   ·上(상) ~ 위에서, ~에서.   ·猶(유) 오히려,
여전히. 한역의 편의를 위하여 원시에 없는 말을 역자가 임의로 보탠 것이다.   ·織(직)
~을 짜다, ~을 뜨다.   ·手巴掌(수파장) 벙어리장갑.

❋ 한역의 직역

설날

설날 차례 지낸 후에
음복주 한 잔 하면
보고 싶은 어머니 얼굴
볼 적시며 떠오른다

설날 아침 어머니 걱정은
막내의 두 손 시리게 되는 것
아득한 저승에서
여전히 벙어리장갑 뜨고 계신다

❋ 한역 노트

명절이 오히려 더 슬픈 사람들이 있다. 피붙이를 만나고 싶어도 만날
수 없는 사람들에게 명절은 슬픈 시간과의 조우(遭遇)가 되기 십상이다.

그리고 사별이든 생별이든 피붙이의 빈자리를 대신할 수 있는 존재는 없다고 해도 과언이 아니다. 피붙이에 대한 그리움 역시 세월에 씻겨 빛바래기 마련이라 하여도, 해마다 반복되는 명절과 제사 등이 있어 그 그리움은 여타의 그것과는 달리 시간에 의해 금세 마모되지는 않는다. "명절 만날 때마다 어버이 생각이 갑절이나 된다[每逢佳節倍思親(매봉가절배사친)]."고 노래한 당나라 왕유(王維)의 시구가 1000년이 훨씬 넘는 세월의 간극(間隙)을 뛰어넘어 지금에도 여전히 설득력 있게 들리는 까닭은, 사람의 자식된 자들의 보편적인 심사가 바로 그러하기 때문일 것이다.

오탁번 시인의 위의 시는, 새해의 희망을 노래한 밝은 설날 시가 아니라 피붙이에 대한 그리움을 읊은 애잔한 설날 시이다. 역자는 처음으로 이 시를 대했을 때 제2연과 제3연의 내용을 문면적(文面的)으로만 해석하여, 시인의 어머니께서 시인이 어릴 적에 세상을 떠나셨을 것으로 추정하였다. 그리하여 돌아가신 어머니에게는 시인이 어린 막내로만 기억되어, 어머니가 저세상에 계시는 지금에도 시인을 위해 벙어리장갑을 뜨고 계신다는 말로 시의(詩意)를 결속시킨 것으로 이해하였다. 그러나 역자의 이러한 해석은 사실과 거리가 있다. 시인의 어머니께서는 시인이 중년일 때 세상을 떠나셨기 때문이다. 역자가 혹시나 싶어 시인에게 확인해보지 않았다면 역자의 추정은 그야말로 소설이 되었을 것이다. 그러한 소설 역시 해석학의 하나가 된다 하여도 시인에게는 더없는 결례가 아닐 수 없다. 면구스러운 일을 면하게 된 게 역자에게는 여간 다행한 일이 아니다.

옛사람들은 본인의 나이와 관계없이 돌아가신 부모님께 자신을 칭할 때 '고아(孤兒)'라고 하였다. 그리고 부모님 앞에서는 언제나 어린아이임을 자처하였기 때문에 나이 70에 어버이 앞에서 아이들 옷을 입고 춤을 추었다는 '노래지희(老萊之戲)'와 같은 에피소드까지 생겨나게 되었다. 시인이 이 시에서 언급한 '벙어리장갑' 역시 같은 맥락이다. 어머니에게는 자신이 언제나 어린 막내일 수밖에 없다고 여겨, 어머니께서 저승에서도 자신을 위해 벙어리장갑을 뜨고 계신다고 한 것으로 보이기 때문이다. 이 얼마나 절절한 모정(母情)에 대한 그리움인가! 어쩌면 시인의 기억 한 켠에는 어린 시절에 어머니가 떠주셨을 벙어리장갑이 어제 받은 선물인 듯 선명하게 각인되어 있을 듯하다.

그리움 속에서는 세월도 멎는다. 추억 속의 사람은 더 이상 나이를 먹지 않기 때문에 그 추억 속에서 영원을 사는 셈이다. 특히 부모님에 대한 그리움이 더해가기 마련인 명절날에 시인이 마신 한 잔의 음복주는, 그리움의 마중물을 넘어 그리움을 증폭시키는 마법의 액체가 되었다. 이쯤에서, 술을 시름을 잊게 하는 물건이라는 뜻의 망우물(忘憂物)로 부르듯이, 음복주를 그리움을 더하게 하는 물건이라는 뜻의 증사물(增思物)로 불러도 되지 않을까 싶다. 그러나 요즘 같은 전대미문의 '코로나 시대'에는 음복주를 '증사물'로도 마시고 '망우물'로도 마셔야겠기에, 설날 음복주가 아무래도 한 잔으로는 부족할 듯하다.

역자는 3연 9행으로 된 원시를 8구의 오언고시로 재구성하였다. 한역하는 과정에서 제2연과 제3연의 구법(句法)을 수정하여 마지막 행의 "어머니"를 주어로 하는 시구로 재배치하는 한편 "아득한 저승의 숨결로"를 "아득한 저승에서"의 의미로 조정하였다. 한역시는 1구부터 4구까지는 짝수 구에 압운을 하고, 5·6구와 7·8구는 각기 매구에 압운을 하였다. 그러므로 이 한역시의 압운자는 '杯(배)'·'來(래)', '恐(공)'·'凍(동)', '上(상)'·'掌(장)'이 된다.

국수가 먹고 싶다

그대에게 가는 길

이상국

사는 일은
밥처럼 물리지 않는 것이라지만
때로는 허름한 식당에서
어머니 같은 여자가 끓여주는
국수가 먹고 싶다

삶의 모서리에서 마음을 다치고
길거리에 나서면
고향 장거리 길로
소 팔고 돌아오듯
뒷모습이 허전한 사람들과
국수가 먹고 싶다

세상은 큰 잔칫집 같아도
어느 곳에선가
늘 울고 싶은 사람들이 있어
마음의 문들은 닫히고
어둠이 허기 같은 저녁
눈물 자국 때문에
속이 훤히 들여다보이는 사람들과
따뜻한 국수가 먹고 싶다

欲食素麵(욕식소면)

常日人生世間事(상왈인생세간사)
誠如米飯毫無倦(성여미반호무권)
時時破舊飯館裏(시시파구반관리)
欲食老媼煮素麵(욕식로온자소면)

心傷人生轉角處(심상인생전각처)
步向街道獨輾轉(보향가도독전전)
背影有疑賣牛歸(배영유의매우귀)
我欲與彼食素麵(아욕여피식소면)

世上固似大宴家(세상고사대연가)
何處不有欲泣人(하처불유욕읍인)
心門由是一二閉(심문유시일이폐)
黑暗如飢到夕曛(흑암여기도석훈)
淚痕不乾心自露(누흔불건심자로)
我欲與彼食溫麵(아욕여피식온면)

❈ 주석

·欲食(욕식) 먹으려고 하다, 먹고 싶다. ·素麵(소면) 국수. ·常日(상왈) 흔히 ~ 라고 말하다. ·人生世間事(인생세간사) 사람이 세상에서 사는 일. ·誠如(성여) 정말 ~과 같다. ·米飯(미반) 쌀밥. ·毫無倦(호무권) 조금도 물리는 것이 없다. ·時時(시시) 때때로. ·破舊(파구) 해지고 낡다. ·飯館裏(반관리) 식당 안. ·老媼(노온) 늙은 아주머니. ·煮素麵(자소면) 국수를 끓이다, 끓인 국수. ·心傷(심상)

마음을 다치다, 마음이 상하다.　·人生轉角處(인생전각처)　인생이 모퉁이 지는 곳.　·步向(보향)　~로 걸어가다.　·街道(가도)　거리.　·獨(독)　홀로, 혼자.　·輾轉(전전)　전전하다.　·背影(배영)　뒷모습.　·有疑(유의)　~인 듯함이 있다, ~을 닮은 듯하다.　·賣牛歸人(매우귀)　소를 팔고 돌아가다, 소를 팔고 돌아가다.　·我欲(아욕)　나는 ~을 하고 싶다.　·與彼(여피)　저들과 더불어, 그들과 더불어.　·食素麪(식소면)　국수를 먹다.　·世上(세상)　세상.　·固似(고사)　정말 ~과 같다.　·大宴家(대연가)　큰 잔칫집.　·何處(하처)　어느 곳, 어디엔들.　·不有(불유)　있지 않다.　·欲泣人(욕읍인)　울고 싶은 사람.　·心門(심문)　마음의 문.　·由是(유시)　이로 말미암아, 이 때문에.　·一二閉(일이폐)　하나둘 닫히다.　·黑暗(흑암)　암흑, 어둠.　·如飢(여기)　허기처럼.　·到夕曛(도석훈)　저녁 어스름에 이르다.　·淚痕(누흔)　눈물 자국.　·不乾(불건)　마르지 않다.　·心自露(심자로)　마음이 저절로 드러나다.　·食溫麪(식온면)　따뜻한 국수를 먹다.

❋ 한역의 직역

국수가 먹고 싶다

흔히 말하기를, 사람이 세상 사는 일은
정말 밥과 같아 물리는 것 없다지만
때로는 허름한 식당에서
늙은 아주머니가 끓여주는 국수가 먹고 싶다

인생살이 모퉁이 지는 데서 마음을 다치고
길거리로 나서 홀로 전전하다 보면
뒷모습이 소 팔고 돌아오는 듯한 이들 있나니
내 그들과 함께 국수가 먹고 싶다

세상은 정말 큰 잔칫집 같아도
어디엔들 울고 싶은 사람이 있지 않으랴!
마음의 문은 이 때문에 하나둘 닫히고

어둠이 허기처럼 다가오는 저녁!
눈물 자국 마르지 않아 맘 절로 드러나나니
내 그들과 함께 따뜻한 국수가 먹고 싶다

❈ 한역 노트

고려시대에 밀가루로 만든 국수가 귀족들이 즐긴 고급 음식이 되었던 까닭은, 국수 제조 과정이 복잡하거나 어려워서가 아니라 그 당시 한반도에 밀이 귀했기 때문이라고 한다. '국수'의 또 다른 명칭인 '잔치국수'는 국수가 잔치를 할 때나 내놓았던 귀한 음식이었던 데서 유래한 말이다. 그러나 밀농사가 보편화된 이후로 국수는 더 이상 고급 대접을 받지 못하고, 가난한 사람들이 주로 먹는 음식으로 간주되었다. 그럼에도 불구하고 '잔치국수'라는 말은 오늘날에도 여전히 쓰이고 있고, 결혼식 하객들에게 실제로 '잔치국수'를 대접하는 집들 역시 간간이 있다. 전통의 역사는 이토록 유구한 것이다.

역자는 이 시를 한역한 후에 원시에 오·탈자가 없지는 않나, 행 나눔이 잘못되지는 않았나를 다시 한번 확인하는 과정에서 깜짝 놀라게 되었다. 원시의 제1행이 "국수가 먹고 싶다"로 시작되고 있었기 때문이었다. 역자가 애초에 참고하였던 판본에는 분명 제1행이 없었던 관계로 정말 난감하기 짝이 없었다. 그리하여 수고롭게 한역(漢譯)을 새로 하는 대신에(?), 무례하게도 어느 쉬는 날 다소 늦은 저녁 시간에 이상국 선생님께 전화를 드려 양해를 구하는 꼼수를 부리게 되었다. 호쾌하게 웃으시며 역자의 부주의와 게으름을 너그럽게 양해하신 선생님의 마음은, 허름한 식당에서 넉넉한 양으로 허기를 채우게 한 그 '어머니 같은 여자'의 마음과 다르지 않을 것이다.

소 팔고 돌아오듯 뒷모습이 허전한 사람들은 남몰래 얼마나 많은 눈물을 흘렸을까? 그들이 흘린 눈물로 인해 세상의 반이 눈물이라 하여도 세상은 그래도 살 만한 곳이다. 눈물 자국 때문에 속내를 숨기지 못하는 사람들이 만들어가는 세상은, 낡은 이불처럼 남루하여도 따스할 것이기 때문이다. 가식과 위선이 없는 그 세상이 바로 낙원이 아니겠는가! 그런 곳에서 함께 하는 가난한 음식 국수야말로 그 어떤 요리보다 값지지 않겠는가!

4연 20행으로 이루어진 원시를 역자는 3연 19행으로 오해한 상태에서 세 단락으로 구성된 도합 14구의 칠언고시로 한역하였다. 단락마다 모두 짝수 구에 압운하였으며, 그 압운자는 '倦(권)'·'麵(면)', '轉(전)'·'麵(면)', '人(인)'·'曛(훈)'·'麵(면)'이다.

겨울나무

이재무

이파리 무성할 때는
서로가 잘 뵈지 않더니
하늘조차 스스로 가려
발밑 어둡더니
서리 내려 잎 지고
바람 매 맞으며
숭숭 구멍 뚫린 한 세월
줄기와 가지로만 견뎌보자니
보이는구나, 저만큼 멀어진 친구
이만큼 가까워진 이웃
외로워서 더욱 단단한 겨울나무

❋ 태헌의 한역

冬樹(동수)

樹葉盛時相不見(수엽성시상불견)
天亦自蔽足底冥(천역자폐족저명)
霜降葉落風數打(상강엽락풍삭타)
歲月恰如孔穴生(세월흡여공혈생)
只以幹枝欲堪耐(지이간지욕감내)
始見遠友與近隣(시견원우여근린)

冬樹覺孤煢(동수각고경)
是故尤硬堅(시고우경견)

✽ 주석

· 冬樹(동수) 겨울나무. · 樹葉(수엽) 나뭇잎. · 盛時(성시) 성할 때, 무성할 때. · 相不見(상불견) 서로 보이지 않다. · 天亦自蔽(천역자폐) 하늘 또한 스스로 가리다. 하늘마저 스스로 가린다는 의미로 쓴 말이다. · 足底冥(족저명) 발아래가 어둡다. · 霜降(상강) 서리가 내리다. · 葉落(엽락) 나뭇잎이 지다. · 風數打(풍삭타) 바람이 자주 ~을 때리다. · 歲月(세월) 세월. · 恰如(흡여) 흡사 ~와 같다. · 孔穴生(공혈생) 구멍이 생기다, 구멍이 뚫리다. · 只(지) 다만, 그저. · 以幹枝(이간지) 줄기와 가지로써, 줄기와 가지를 가지고. · 欲堪耐(욕감내) 감내하려고 하다, 견디려고 하다. · 始見(시견) 비로소 ~이 보이다. · 遠友(원우) 보통은 멀리 있는 벗을 가리키나 여기서는 멀어진 벗을 가리키는 말로 사용하였다. · 與(여) ~와, ~과. · 近隣(근린) 보통은 가까운 이웃을 가리키나 여기서는 가까워진 이웃을 가리키는 말로 사용하였다. · 覺孤煢(각고경) 외로움을 느끼다. · 是故(시고) 이 때문에. · 尤(우) 더욱. · 硬堅(경견) 단단하다.

✽ 한역의 직역

겨울나무

나뭇잎 무성할 때는
서로가 보이지 않고
하늘 또한 스스로 가려
발밑 어두웠는데
서리 내려 잎 지고
바람 자주 때리자
세월은 마치
구멍이 뚫린 듯하지

그저 줄기와 가지로만

견디려고 하자니

비로소 보이는

멀어진 친구와 가까워진 이웃……

겨울나무는 외로움 느끼나니

그래서 더욱 단단하지

✽ 한역 노트

평상시에는 보이지 않다가 상황이 달라지거나 각도가 달라지면 잘 보이는 것들이 있다. 일이 그렇고, 물건이 그렇고, 사람이 그렇고, 글 또한 그렇다. 이 말을 뒤집어서 생각해보면 어느 시점에는 우리의 눈을 가리는 무엇인가가 있다는 것이다. 그것이 콩깍지일 수도 있겠고, 썬 혼일 수도 있겠고, 편견일 수도 있겠다. 그것이 무엇이든 애초에는 보이지 않던 것들이 어느 때가 되면 보이기도 하는 것을 우리는 거칠게 '보임'의 진화(進化)라고 할 수 있을 듯하다.

그런데 나뭇잎처럼 가리고 있던 것이 사라지고 나면 보이는 것들이 그 존재의 본질일까? 그런 것이라면, 다시 말해 벌거벗은 나무가 본질이라면, 나뭇잎을 단 나무는 전부 가식이 되어야 한다. 같은 논리로 맨 얼굴이 본질이라면 화장한 얼굴은 가식이 되어야 하고, 본능이 본질이라면 절제가 가식이 되어야 한다. 과연 그러할까? 이에 대한 결론을 내리는 것은 역자의 몫이 아닐 뿐더러 이 자리에서 꼭 처리해야 할 일도 아닌 듯하다. 다만 가리고 있던 그 무엇인가가 사라지고 나면 보이지 않던 것이 비로소 보이기도 한다는 것은 의심의 여지가 없다.

시인이 얘기한 "멀어진 친구"와 "가까워진 이웃"은 당연히 멀어진 나뭇가지와 가까워진 나뭇가지에서 힌트를 얻었을 것이다. 나를 등지고 있던 나뭇가지는 자란 만큼 더 멀어졌을 것이고, 나를 향하고 있던 나뭇가지는

271

자란 만큼 더 가까워졌을 것이다. 이 대목에서 역자는 멀고 가까움은 물리적인 거리가 아니라 그 방향이 아닐까 하는 생각이 불현듯 든다.

살다 보면 원래는 볼 수 없는 것인데도 때로 잘 보이는 것이 있다. 우리의 마음이 바로 그러하다. 우리는 참으로 이상하게도 어떤 때는 도무지 보이지도 않은 그 마음을 보여주려고 그렇게 애를 쓰면서도, 또 어떤 때는 훤히 보이는 그 마음 자락을 감추려고 무진 애를 쓰기도 한다. 만일 우리의 마음을 속속들이 비추어줄 수 있는 거울이 있다면 세상은 어떻게 될까? 동화 「백설공주」에 등장하는, 진실만을 말하는 마법의 거울을 가진 왕비의 경우처럼 오히려 불행의 씨앗이 되지는 않을까? 조선시대 박수량 (朴遂良) 선생의 다음 시를 보게 되면 그런 거울에 대한 미련은 일단 사라지지 않을까 싶다.

鏡浦臺(경포대)

鏡面磨平水府深(경면마평수부심)
只鑑形影未鑑心(지감형영미감심)
若敎肝膽俱明照(약교간담구명조)
臺上應知客罕臨(대상응지객한림)

경포대

수면이 거울 면처럼 간 듯 평평해도
물의 신이 사는 수부까지는 깊지.
수면은 모습과 그림자만 비출 뿐
사람의 마음까지 비추지는 못하네.
만일 사람의 속마음까지
모두 환하게 비추게 한다면

응당 알게 되리라, 경포대 위에는
임하는 나그네 드물리라는 것을!

　역자는 연 구분 없이 11행으로 구성된 원시를 8구로 이루어진 고시로
한역하였는데 마지막 2구는 오언구로 처리하였다. 짝수 구마다 압운하면
서 4구마다 운을 바꾸었다. 그리하여 한역시의 압운자는 '명(冥)'·'생(生)',
'인(隣)'·'견(堅)'이 된다.

저녁

이정록

곧 어두워지리라
호들갑 떨지 마라
잔 들어라,
낮달은 제 자리에서 밝아진다

❈ 태헌의 한역

夕(석)

恐怕天將暮(공파천장모)
勸君莫佻輕(권군막조경)
但擧酒滿盞(단거주만잔)
晝月原地明(주월원지명)

❈ 주석

· 夕(석) 저녁. · 恐怕(공파) 아마도. [나쁜 결과를 예상하여] 아마 ~할 것이다. · 天
將暮(천장모) 날이 장차 저물 것이다, 날이 장차 어두워질 것이다. · 勸君(권군) 그
대에게 권하노니. · 莫(막) ~을 하지 말라. · 佻輕(조경) 경박스럽게 굴다, 호들갑
떨다. · 但(단) 다만, 그저. · 擧(거) ~을 들다. · 酒滿盞(주만잔) 술이 가득 찬 잔.
· 晝月(주월) 낮달. · 原地(원지) 원래의 자리, 제자리. · 明(명) 밝다, 밝아지다.

저녁

곧 날이 어두워질 거라고
그대여 호들갑 떨지 마라
술 가득한 잔이나 들어라
낮달이 제 자리에서 밝아지리니

❋ 한역 노트

시가 짧다고 이해하기 쉬운 것은 결코 아니다. 역설적으로 시는 때로 짧을수록 이해하기가 더 어렵다고 할 수 있다. 그 짧은 시 안에 담아야 할 것을 모두 담아 하나의 우주로 만들어야 하기 때문이다. 이정록 시인의 이 시도 바로 그런 범주에 속한다.

이 시에 있어서 저녁은 단순한 저녁이 아니다. 다시 말해 저마다 일을 끝내고 벗들끼리 모여 생맥주 한잔을 기울이며 담소를 나눔 직한 그 휴식의 시간 언저리를 얘기하는 것이 아니다. 그럼에도 역자는 애초에 이 시를 표피적으로만 이해하여, 아직 해가 지지 않은 저녁 가까운 시간에 시작된 어느 술자리에서 지어진 시로 오해하였더랬다. 그리하여 역자는 급기야 이 시를 술꾼들을 위한 시로 여기게 되는 상황까지 나아가게 되었다. 잘못 끼워진 첫 단추 탓에 마지막 단추까지 잘못 채워지게 되었던 것이다.

이 시는, 저녁이 되면 곧 어두워지듯 멀지 않아 자기에게 암울한 상황이 닥칠 것이라며 지레 겁을 먹고 쏟아내는 친구의 넋두리를 호들갑으로 간주하면서, 미리 절망하지 말기를 바라는 권계(勸戒)의 뜻을 담은 시로 이해된다. 자신감을 잃고 의기소침해진 친구에게 시적 화자가 권한 술은, 괴로움을 잊으라고 권하는 망각의 음료수가 아니라, 용기를 내라고 권하는 희망의 음료수이다. 그 희망의 음료수를 한 잔 들이켜고서 차분히 어둠에 맞서 어려운 시기를 넘고 나면, 하얗다 못해 창백한 "낮달"이 마침내 제자리에서 밝아지듯, '너' 역시 지금 '너'의 자리에서 다시 밝아질 수 있다고 격려한 것이다. 그러므로 이 시에서의 달은 어둠을 쓸어내는 주체이면서 동시에 위기에 처한 친구의 투영(投影)이기도 한 셈이다. 시인이 아니라면 어떻게 이런 멋진 비유를 곁들인 격려를 들려줄 수 있을까?

4행으로 이루어진 원시를 역자는 4구로 구성된 오언고시로 한역하였다. 한역시의 압운자는 '輕(경)'과 '明(명)'이다.

여적(餘滴) : 이제 달이 휘영청 밝을 정월대보름이 얼마 남지 않았다. 역자가 오래전 어느 달 밝은 밤에 한 벗을 그리워하며 지었던 짧은 시를, 달을 대하면 누군가가 그리워질 분들에게 드리고 싶다. 그리움이란 아무리 퍼내도 마르지 않는 샘물인 걸까? 역자는 지금에도 그 벗이 전설처럼 그립다.

思君(사군)

彼天有月(피천유월)
此心有君(차심유군)
君卽心月(군즉심월)
月爲天君(월위천군)

그대를 생각하며

저 하늘에는 달이 있고
이 마음엔 그대가 있네

그대는 맘속에 있는 달
달은 하늘에 있는 그대

역사(驛舍) 앞에는 흰 눈이 펄펄 내린다

이중열

'커피 한잔 사주세요'
노숙인의 목소리가
눈 사이로 들려온다

때마침 신사가 있어
외투를 입혀준다
장갑도 벗어 건네준다

'따뜻한 거 사 드세요'
지갑을 열어 오만 원을 준다

총총히 길을 가는 그 사람
역사 앞에는 흰 눈이 펄펄 내린다

✽ 태헌의 한역

玉屑飄飄驛舍前(옥설표표역사전)

請君向我惠咖啡(청군향아혜가배)
行旅聲音聞雪邊(행려성음문설변)
適有紳士解袍授(적유신사해포수)
手帶掌甲脫而傳(수대장갑탈이전)
却曰須賣溫暖食(각왈수매온난식)

❋ 주석

· 玉屑(옥설) 옥의 가루. 여기서는 눈(雪)을 아름답게 칭하는 말로 쓰였다. · 飄飄(표표) 바람에 날리는 모양, 나부끼는 모양, 펄펄. · 驛舍前(역사전) 역사(驛舍) 앞. 여기서는 서울역 앞 광장을 가리킨다. · 請君(청군) 그대에게 청하다, 그대에게 부탁하다. · 向我(향아) 나에게. · 惠(혜) ~을 내려주다, ~을 보내주다. · 咖啡(가배) 커피(coffee). · 行旅(행려) 나그네, 길손. 역자는 여기서 노숙인의 의미로 사용하였다. · 聲音(성음) 소리, 목소리. · 聞雪邊(문설변) [내리는] 눈 가운데서 들리다. '邊'에는 어떤 범위의 안이나 속이라는 뜻이 있다. · 適(적) 마침, 때마침. · 有(유) ~이 있다. · 紳士(신사) 신사. · 解袍授(해포수) 외투를 벗어 주다. '袍'는 보통 도포라는 뜻으로 쓰나 여기서는 외투라는 의미로 사용하였다. · 手帶掌甲(수대장갑) 손에 끼고 있는 장갑. '掌甲'은 현대 중국어의 '手套(수투)'에 해당되는 한자어이다. '手帶'는 한역의 편의를 위하여 원시에 없는 말을 역자가 임의로 보탠 것이다. · 脫而傳(탈이전) 벗어서 전해주다. · 却日(각왈) 문득 말하다. 한역의 편의를 위하여 원시에 없는 말을 역자가 임의로 보탠 것이다. · 須(수) 모름지기, 꼭. ~을 해야 한다. · 賣(매) ~을 사다. · 溫暖食(온난식) 따뜻한 음식. · 開匣(개갑) 지갑(紙匣)을 열다. '紙匣'은 현대 중국어의 '錢包(전포)'에 해당되는 한자어이다. · 還(환) 다시, 또. · 贈(증) ~을 주다. · 五萬圓(오만원) 5만 원. '圓'은 본래 1954년에 행한 통화(通貨) 개혁 이전의 화폐 단위의 하나로 1전(錢)의 100배를 가리키는 한자인데 여기서는 현재 통용되는 화폐 단위인 '원'의 대용어(代用語)로 사용하였다. · 斯人(사인) 이 사람. 원시의 '그 사람'을 한문식 행문(行文)에 맞게 변형시킨 말이다. · 匆匆(총총) 총총히, 몹시 바쁜 모양. · 行己路(행기로) 제 갈 길을 가다.

역사(驛舍) 앞에는 흰 눈이 펄펄 내린다

"제발 저에게 커피 좀 사주세요."
노숙인의 목소리가 눈 속에서 들려온다.
때마침 신사가 있어 외투 벗어 주고
손에 끼고 있던 장갑 벗어서 전한다.
문득 말하길, "따뜻한 음식 사 드세요."
지갑을 열어 다시 오만 원을 건넨다.
이사람, 총총히 제 갈 길 가고
역사(驛舍) 앞에는 흰 눈이 펄펄 날린다.

✽ 한역 노트

　이중열 시인의 위의 시는 2021년 1월 13일 자 모 일간지 1면에 실린 사진과 그 사진에 대한 기사를 바탕으로 해서 지은 일종의 기록시(記錄詩)이다. 시인이 이 시를 짓고 역자가 이 시를 한역하게 된 데는 다음과 같은 사연이 있었다.

　1월 하순 어느 날 아침에 역자가 좌장(座長)으로 있는 시회(詩會)의 멤버이자 시인인 오수록 수사로부터 어떤 기사를 소개하는 메시지 하나를 받았는데 여기에서 마주한, '노숙인과 신사'라는 제목이 붙은 몇 장의 사진이 역자의 가슴을 오래도록 먹먹하게 하였다. 기사를 꼼꼼하게 읽어보고 있노라니 이 일은 충분히 시 감이 되겠구나 하는 생각이 퍼뜩 스쳤다. 곧바로 오수록 시인에게 전화를 걸어 '작시(作詩)'를 권하는 한편, 역자가 가입하고 있는 SNS 동호회에 이 기사를 소개하고는, "기사를 보고 한글시를 지어 올려주면 한시로 옮기기 적당한 시를 하나 골라 한시로 만들어드리겠다."는 약속을 하였더랬다. 그날 SNS 동호회에 올라온 시가 10편이 넘었고 역자가 보기엔 다들 상당할 정도로 훌륭하였다. 다만 대부분이 역자가 한시로 옮기기에는 다소 버거운 작품으로 보였기 때문에 되풀이하여 몇 번을 읽다가 마침내 이중열 시인의 위의 시를 한역해보기로 마음먹게 되었다. 그리하여 오늘 이 한역시를 소개할 수 있게 된 것이다.

이중열 시인의 위의 시는 스케치와 같은 기법으로 사실을 적은 시이다. 기름을 뺀 보쌈고기처럼 담백한 이 시에는 시인들이 가끔 뿌리기도 하는 감정의 조미료 맛이 거의 느껴지지 않는다. 이러한 경향의 시를 중국 전통문학에서는 '평담(平淡)'이라는 풍격(風格) 용어로 개괄하였다. 있는 그대로의 사실을 평이하고 담담하게 적었음에 그 풍경이 독자의 뇌리에 그대로 투사된다. 그 옛날 소동파(蘇東坡)가 설파한, 이른바 "시중유화(詩中有畵, 시 속에 그림이 있다)"인 셈이다. 그렇다면 기자가 찍은 사진은 말할 필요도 없이 "화중유시(畵中有詩, 그림 속에 시가 있다)"가 될 것이다.

한 장의 사진이 때로는 한 편의 시보다 더 시적이고, 한 편의 소설보다 더 많은 얘기를 들려줄 수 있다. 한 편의 시를 압도하는 한 장의 사진 앞에서 다시 시를 짓는 것은 만용이 아니라 애정일 것이다. 사진도 시도 기록은 역사가 된다. 그리고 기록 속의 민초들 일상도 역사가 되기에, 기자의 사진이 반갑고 시인의 시가 고마운 것이다. 초상권 문제가 있어 예의 그 사진을 소개하지 못하는 것이 못내 아쉽기만 하다.

이 시대의 힘 있는 자들은 왜 그 사진 속의 신사처럼 가슴 먹먹한 감동을 주지 못하는 걸까? 자리가 사람을 각박하게 만들지는 않았을 터인데, 저 높은 자리에 있는 사람들은 그 사진을 보고 무슨 생각을 하였을까? 또 이 시를 본다면 무슨 생각을 하게 될까? 가뜩이나 을씨년스런 가슴 들녘을 감동으로 적신 그 사진을 다시 보고 있자니 숱한 생각들이 들녘의 바람처럼 몰려온다.

아래는 오수록 시인이 병석에서 쓴 시이다. 원인을 알 수 없는 어떤 질환으로 몇 달째 육신이 고통을 받고 있는 중임에도 훈훈한 미담을 소개하고 시까지 지어 보내주었으니, 이를 기록해 시인의 따스한 마음자리를 기념하는 것 또한 하나의 작은 역사가 될 것이다. 하여 이 자리를 빌어 오수록 시인의 쾌유를 빌면서 시 전문을 독자들께 소개하는 바이다.

훈훈한 세상을 여는 사람들

올 겨울은 유난히 추웠네
집집마다 수도가 얼고 한강도
얼었으니 노숙하는 사람들
고드름똥을 누었겠지

강추위에 언 몸을 녹이고 싶었던 서울역 걸시
길 가던 신사에게 커피 한 잔 값을 구걸했다지

신사 양반 그에게 장갑을 벗어 주고 외투를 입히고
신사임당 초상화 한 장 찔러주고는
눈보라 속으로 총총히 사라졌다지

비가 내리면 비를 찍고 날이
더우면 더위를 찍고 바람이
불면 바람을 찍던 신문기자

이번엔
선한 사람의 마음을 찍어주었다지

훈훈하여라!
선한 사람들이 떠받치는 세상

나, 이 한 장의 사진 앞에서

눈을 떼지 못한 채

여기, 오래도록 서 있네

    4연 10행으로 된 원시를 역자는 8구의 칠언고시로 재구성하였다. 짝수 구마다 압운하였으며 그 압운자는 '邊(변)'·'傳(전)'·'圓(원)'·'前(전)'이다.

네 곁에서

정백락

나 차마 비웠다고 말하지 않으리

나 결코 올곧다고 입 열지 않으리

입 닫고
말씬한 푸름으로
너볏하게 서리

❀ 태헌의 한역

於君傍(어군방)

吾不敢言心倒空(오불감언심도공)
亦決無誇身正雅(역결무과신정아)
緘口常帶濃靑色(함구상대농청색)
一向堂堂立天下(일향당당립천하)

❀ 주석

·於(어) ~에서. 처소를 나타내는 개사(介詞). ·君傍(군방) 그대 곁. 원시의 '네'를
역자가 '汝(여)'로 번역하지 않고 '君(군)'으로 번역한 이유는 위진남북조 시기의 왕휘지
(王徽之)가 대나무를 '此君(차군, 이 사람·이분)'으로 부르며 그 격을 높였던 사실을 염
두에 두었기 때문이다. ·吾(오) 나. ·不敢言(불감언) 감히 말하지 못하다, 감히 말
하지 않다. ·心(심) 마음. ·倒空(도공) 쏟아서 비우다, 비우다, 비다. ·亦(역) 또
한. 한역의 편의를 위하여 원시에 없는 말을 역자가 임의로 보탠 것이다. ·決(결) 결

코. · **無誇**(무과) 자랑함이 없다, 자랑하지 않다. 원시의 "입 열지 않으리"를 역자가 의역한 말이다. · **身**(신) 몸. · **正雅**(정아) 바르고 고아하다, 올곧다. · **緘口**(함구) 입을 다물다. · **常**(상) 항상, 늘. 한역의 편의를 위하여 원시에 없는 말을 역자가 임의로 보탠 것이다. · **帶**(대) ~을 두르다, ~을 띠다. · **濃靑色**(농청색) 짙은 푸른빛, 농익은 푸른빛. · **一向**(일향) 언제나. 한역의 편의를 위하여 원시에 없는 말을 역자가 임의로 보탠 것이다. · **堂堂**(당당) 당당하다, 당당하게. · **立**(입) ~에 서다. · **天下**(천하) 하늘 아래, 천하. 한역의 편의를 위하여 원시에 없는 말을 역자가 임의로 보탠 것이다.

❋ 한역의 직역

그대 곁에서

나 감히 마음 비웠다 말하지 않으리
또 결코 나 올곧다 자랑하지 않으리
입 닫고 늘 농익은 푸른빛 띠고서
언제나 당당하게 하늘 아래에 서리

❋ 한역 노트

이 시를 사진 없이 감상하는 독자라면 다소 당황스러울 수 있겠다. '네'가 누구를, 또는 무엇을 가리키는지 특정하기가 쉽지 않을 것이기 때문이다. 또한 사진을 보고 감상하는 독자라 하더라도 제3연에 이르러 대부분이 멈칫하게 될 것이다. '말씬한'과 '너볏하게'라는 말이 매우 생소하게 다가올 것이기 때문이다. 이 두 단어를 보고 바로 뜻을 이해한 독자가 있다면 우리말 실력을 겨루는 퀴즈 대회에 한번 나가보기를 권한다. 역자가 짐작건대 우승은 떼어놓은 당상이 아닐까 싶다. 시인이 이 짧은 시에서 이처럼 생소한 어휘를 둘씩이나 사용한 까닭은 무엇일까? 자신의 어휘력을 과시하기 위하여 그랬을까? 그렇지는 않을 것이다. 역자가 보기에는 예쁜 우리말을 하나라도 더 사용해보려고 하는 시인의 마음이 작용한 때문이 아닐까 한다. 어떤 경우든 이 두 개의 말뜻을 해결하지 않고는 이 시를 제대로 이해하지 못할 것임이 분명하다. '말씬한'은 '잘 익은'이라는 뜻이고, '너볏하게'는 '의젓하게'라는 뜻이다.

속은 비어 있고 밖은 곧다는 뜻의 한자어인 '중통외직(中通外直)'은 본디 북송(北宋)의 주돈이(周敦頤)가 「애련설(愛蓮說)」에서 연 줄기의 속성을 두고 말한 것이지만, 대나무의 속성에 그대로 적용시켜도 전혀 어색하지가 않다. 물론 대나무는 마디가 있어 모든 속이 서로 통하지는 않는다. 시인이 이 한자어를 떠올리면서 1연과 2연을 작성했는지는 알 수 없지만 의미는 정확하게 일맥상통한다. 그리고 이 한자어를 굳이 거론하지 않더라도 대나무의 생태적 특성을 눈여겨본 사람이라면, 1연과 2연의 의미는 물론 그 의미의 상징성에 대해서도 그리 어렵지 않게 짐작할 수 있을 듯하다.

원시의 3연은 대나무가 사시사철 푸르게, 그리고 의젓하게 서 있는 것처럼 자신 역시 그런 모습과 자세로 세상을 살겠다는 의지를 투영시킨 시

구로 읽힌다. 이러한 이해의 연장선상에서 보자면 시의 제목에서 얘기한 '네'는 단순히 대나무만 지칭하는 것이 아닐 수도 있다. 이 시의 내용 전체를, 자신을 아껴주는 사람이나 자신이 사랑하는 사람 앞에서 들려주는 일종의 맹서의 말로도 볼 수 있기 때문이다.

이 시의 대의를 한마디로 요약하면 "대나무처럼 살리라"가 될 것이다. 북송의 대시인 소동파는 「어잠승록균헌(於潛僧綠筠軒)」이라는 시에서 사는

곳에 대나무가 없어서는 안 된다고 전제한 후에, "대나무가 없으면 사람을 속되게 한다[無竹令人俗]."고 하였다. 우리의 옛 선비들이 뜰이나 사랑채 주변에 대나무를 심어두고 완상(玩賞)하였던 것도 따지고 보면 속되지 않으리라는 의지를 다진 것으로 이해할 수 있다. 그러므로 "대나무처럼 살리라"는 것은 달리 "속되지 않게 살리라"는 말로 이해해도 무방하다.

선악(善惡)과 마찬가지로 아속(雅俗) 또한 동시에 양립할 수가 없다. 속되면서 동시에 고아(高雅)한 것이 어찌 있을 수가 있겠는가! 옛 선비들이 대개 속된 것을 우선적으로 경계했던 이유는, 소동파가 같은 시에서 들려준 말처럼 사람이 속되면 고칠 수가 없기 때문일 것이다[俗士不可醫]. 속된 것을 좇고 속된 것을 받드는 곳이 바로 세속(世俗)이다. 그런데 이 세속을 떠나 고요한 곳에서 은자처럼 살지 않고도, 다시 말해 이 세속에 몸을 두고 살면서도 결코 세속에 물들지 않는 인격이 있다면, 우리는 그 사람에게 고개를 숙여야 하지 않겠는가! 역자가 단언컨대 대나무를 제대로 배운 사람이라면 능히 그런 인격이 될 수 있을 것이다.

3연 5행으로 된 원시를 역자는 4구의 칠언고시로 재구성하였다. 한역시는 짝수 구에 압운하였으며 그 압운자는 '雅(아)'·'下(하)'이다.

어머니가 고등어 굽던 날

어머니가 고등어 굽던 날
할아버지 친구분께서
느닷없이 찾아오셨다
온 집안이 고등어 냄새뿐이어도
그날 난 겨우
지우개만 한 고등어 토막을 먹었다
너무 작아 눈물 흘리며 먹었다

❋ 태헌의 한역

母親燒炙鯖魚日(모친소자청어일)

母親燒炙鯖魚日(모친소자청어일)
祖父友人忽來宿(조부우인홀래숙)
全家遍滿熏魚香(전가편만훈어향)
愚生僅食如棗肉(우생근식여조육)

❋ 주석

·母親(모친) 모친, 어머니. ·燒炙(소자) (불에 사르고) 굽다. ·鯖魚(청어) 고등
어. '鯖魚'는 청어(靑魚)를 뜻하기도 하고 고도어(古刀魚)를 뜻하기도 하는데, '古刀魚'
는 고등어를 우리 식으로 표기한 한자어이다. ·日(일) 날, ~하는 날. ·祖父(조부)
할아버지. ·友人(우인) 친구, 벗. ·忽(홀) 문득, 갑자기. ·來宿(내숙) 와서 묵
다, 묵으러 오다. ·全家(전가) 온 집안. ·遍滿(편만) ~이 널리 차다, ~이 꽉 차다.
·熏魚香(훈어향) 생선 굽는 냄새. ·愚生(우생) 나. 자기(自己)를 겸손(謙遜)하게 일

컫는 말이다. ·僅(근) 겨우. ·食(식) ~을 먹다. ·如棗肉(여조육) 대추와 같은 고기, 대추만 한 고기. '대추'는 원시의 '지우개'를 대신하여 사용해본 말이다.

✽ 한역의 직역

어머니가 고등어 굽던 날

어머니가 고등어 굽던 날
조부님 벗께서 문득 오시어 묵으셨다
온 집안에 생선 굽는 냄새 가득했어도
나는 겨우 대추만 한 고기를 먹었을 뿐

✽ 한역 노트

"여름 손님은 범보다 더 무섭다."는 말은 전기(電氣)도 없던 농경 사회에서 만들어진 말로 보인다. 아무리 시골이라 하여도 "접빈객(接賓客)"의 문화는 소중한 것이어서 손님을 정성껏 접대하자면 각오해야 할 불편이 한두 가지가 아니기 때문에 이 말이 생겨났을 것이다. 먹는 것은 물론 입는 것과 잠자는 것에도 상당한 불편을 초래하는 이 '여름 손님'이 오면 집안의 할머니들과 어머니들은 거의 비상 상태가 되기 일쑤였다. 열무김치 하나 두고 간간한 된장찌개에 호박잎을 쌈 싸 먹으며 풋고추를 곁들이기만 해도 풍족한 여름 식사지만, 손님에게까지 이런 상을 내놓을 수는 없기 때문에 여름철 식사 대접은 그야말로 초비상이 될 수밖에 없었다. 바로 그런 일이 우리 집에서도 일어났더랬다. 집안의 왕이나 진배없는 할아버지의 친구분께서 어느 여름 다 저녁에 예고도 없이 불쑥 찾아오셨던 것이다.

당시에 우리 집은 조부모님이 사시는 집과 우리 식구들이 사는 집이 달랐다. 그러나 밭 언덕 두어 층 높이 차이로 위와 아래에 위치하고 있는

데다, 주로 식구들만 다니는 길로 연결되어 있어 기실 한 집이나 마찬가지였다. 그럼에도 보통 때는 할머니는 할머니대로 어머니는 어머니대로 각자 식사를 준비하셨다. 그날도 분명 그랬다. 예고도 없이 손님이 불쑥 마당을 들어섰을 때 할머니께서는 얼마나 놀라셨을까? 급히 어머니를 찾으실 때의 그 표정이 지금도 잊히지 않는다. 그때 어머니는 마당 한 켠에서 해으름의 열기에 더해 장작불의 열기와 싸우며 고등어를 굽고 계셨다. "야야, 천만다행이다, 천만다행이다." 이렇게 소리치며 어머니 계신 쪽으로 쫓아가던 할머니의 그때 표정 또한 지금도 잊히지 않는다. 변변한 찬거리가 없어 난감하기 그지없었을 할머니에게는 고등어구이가 구세주나 다름없었을 것이다. 어쨌거나 그날 그 할아버지의 방문으로 인해 역자는 역자만이 아는 슬픈 저녁을 먹어야 했다.

고등어구이조차 맘껏 먹을 수 없었던 그 시절이지만, 냉장고조차 없었던 그 시절이지만, 역자는 모든 것이 넘쳐나는 지금 이 시절과 바꿀 생각이 별로 없다. 그 시절에는 지금에는 없는 아름다운 것들이 많이 있었기 때문이다. 청국장 냄새가 싫다고 할머니를 타박하며 햄버거 사 들고 들어오는 이 시대 어린 세대들에게는 훗날 무엇이 어린 시절의 추억으로 남게 될까?

낙서 내지 메모에 가까운 것이기는 하지만 역자가 지은 한글시를 역자가 한시로 옮기는 것이 '짜고 치는 고스톱'처럼 보여도 결코 그런 것은 아니다. 애초에 역자가 한시로 옮길 것을 염두에 두고 한글 시를 지은 것이 아니기 때문이다. 그것을 미리 생각하거나 계산을 했더라면 원시의 제7행 "너무 작아 눈물 흘리며 먹었다"를 부언(附言)이 되도록 내버려두지는 않았을 것이다. 어쨌거나 '짜고 치는 고스톱'은 아니지만, 또 '짜고 치는 고스톱'인들 뭐 어떠랴! 시가 누구를 힘들게 하는 것은 아니니까 하는 말이다. 역자는 7행으로 이루어진 원시를 4구의 칠언고시로 한역하였다. 이 한역시의 압운자는 '宿(숙)'과 '肉(육)'이다.

賀介弗先生停年退任(하개불선생정년퇴임)

先生敎史過三十(선생교사과삼십)
訪古傳新師德垂(방고전신사덕수)
滿任收鞭離校日(만임수편리교일)
以詩羞代頌功碑(이시수대송공비)

❈ 주석

· 賀(하) ~을 경하하다, ~을 축하하다. · 介弗先生(개불선생) 김동철(金東哲) 선생. '介弗'은 김동철 선생의 아호이다. · 停年退任(정년퇴임) 정년퇴임. 우리나라에서 흔히 쓰는 말을 그대로 사용하였다. · 敎史(교사) 역사를 가르치다. · 過三十(과삼십) 필자가 '30년이 넘다'는 의미로 사용한 말이다. · 訪古(방고) 옛것(=古蹟)을 탐방하다. · 傳新(전신) 새것을 전수하다. · 師德垂(사덕수) 스승의 덕이 드리워지다, 스승의 덕을 드리우다. · 滿任(만임) 임기가 만료되다, 임기가 차다. · 收鞭(수편) 채찍을 거두다. 교직에 종사하는 것을 흔히들 '교편(敎鞭)을 잡다'로 표현하므로 이를 참고하여 교직을 그만두는 것을 교편을 거둔다는 뜻으로 사용한 말이다. · 離校日(이교일) 학교를 떠나는 날. 곧 정년 퇴임하는 날이라는 뜻으로 사용한 말이다. · 以詩(이시) 시로써, 시를 가지고. · 羞(수) 부끄럽다, 부끄럽게. · 代(대) ~을 대신하다. · 頌功碑(송공비) 공적(功績)을 기린 비석.

❈ 번역

개불 선생의 정년퇴임을 경하하며

선생께서 역사 가르친 지 서른 해가 넘었나니
고적 탐방하여 새것 전해 스승의 덕 드리웠네
임기가 차서 채찍 거두어 학교 떠나시는 날에
시로써 부끄럽게 공적 기린 비석 대신합니다

이 시는 필자가 좌장으로 있는 시회의 멤버인 김동철(金東哲) 선생의 정년퇴임[서울 문일고]을 축하하기 위하여 지은 것이다. 개불(介弗)은 선생의 아호인데 같은 학교 동료 교사가 "세상일에 끼어들지 않는다."는 뜻으로 지었다고 한다. 필자는 이 축시를 짓기에 앞서 아래와 같은 개불 선생의 호시(號詩)를 지어본 적이 있다.

讚介弗(찬개불)

曉山又號爲介弗(효산우호위개불)
聞則開顔意自深(문즉개안의자심)
人事人言吾不與(인사인언오불여)
如仙如佛可存心(여선여불가존심)

'개불'을 기리며

효산은 또 다른 호가 '개불'인데
들으면 웃게 되나 뜻은 절로 깊네
남의 일 남의 말에 내 관여치 않으면
신선처럼 부처처럼 마음 지킬 수 있네

호가 효산이기도 한 이 개불 선생의 정년퇴임을 앞두고 지은 필자의 축시는 개불 선생의 지나온 날에 무게중심을 두고 축하의 의미를 담은 것이다. 30년이 넘는 세월 동안 한 학교에서 역사 과목을 가르치면서 기회가 닿을 때마다 학생들을 인솔하여 고적을 탐방한, 선생의 길고도 열정적이었던 교직 생활을 겨우 30여 글자의 짧은 시로 축하드린다는 것이 비례(非禮)임을 모르지는 않았지만, 비재(非才)인 필자의 역량을 돌아보지 않을 수도 없었기 때문에 부득불 한 수의 절구로 기나긴 교직 생활을 축하하게 되었던 것이다. 정년이 되도록 교직 생활을 수행한 것은 분명 비석을 세워 기릴 만한 공로임이 틀림없다. 그리하여 필자가 이 변변찮은 시 한 수로 공적을 기리는 비석을 대신하게 되었던 것이다.

정년퇴임을 미리 축하하는 시회 멤버들의 뒤풀이 자리에서 개불 선생이 준비해온 고급 중국술만큼이나 감칠맛이 났던 것은 송제(松濟) 박종두(朴鍾斗) 선생의 담론이었다. 퇴임 후의 삶과 관련한 무슨 얘기 끝에 송제 선생이 꺼낸 '자긍심(自矜心)'에 대한 지론(持論)은 듣는 순간에 바로 시가 되겠구나 싶어 즉석에서 메모를 부탁하였더랬다. 자리가 파하고 나면 누구도 기억하지 못하게 될까 염려하면서……

> 자긍심이 낮으면
> 자신을 믿지 못하고
> 남에게 탓을 돌리며
> 복수에 목말라한다

이것이 송제 선생이 그날 메모한 원문이다. 그 다음 날 역자는 이를 아래와 같이 한역해보았다.

自矜心(자긍심)

> 人無自矜心(인무자긍심)
> 不可信其軀(불가신기구)
> 臨事好尤人(임사호우인)
> 恒渴於報仇(항갈어보구)

자긍심

사람에게 자긍심이 없으면
그 자신을 믿지 못하고
일에 임하여 남 탓 잘하며
늘 복수에 목말라한다

미국에서 영시(英詩)로 석사학위를 취득한 영문학도답게 송제 선생은 이를 다시 영역(英譯)까지 하였다.

Self-esteem

If the self-esteem is lacked,
They don't believe in themselves,
Always put the blame on others,
And burn with vengeance packed.

역자는 시회에서나 학교에서나 메모의 중요성을 누누이 강조한다. 누구나 인정하는 바겠지만 사람의 생각과 말은 휘발성이 정말 강하다. 그러므로 우리가 그것을 잡아두기 위해서는 메모를 하지 않을 수가 없다. 그러니 메모하고 또 메모하라! 그리고 세상을 메모하라! 그것은 당신의 글이 되고 시가 되고 우주가 될 것이다!

개불 선생은 「미리 써본 퇴임사」라는 글에서 "삶은 유한하다. 나의 직업도 유한했다. ……이제 퇴직을 하지만 끝까지 인생을 구가하며, 또 다른 곳에서 참여와 배려·나눔 등의 삶을 계속해 나갈 것"이라고 하였다.

이런 분과 함께 한시를 공부하며 인생을 얘기할 수 있다는 것은 필자나 시회 멤버들에게 분명 하나의 복일 것이다. 이제 필자는 개불 선생이 오랫동안 마음을 지키며 신선처럼 부처처럼 살 수 있기를 기원하는 바이다.

讚先笑先生(찬선소선생)

皆謂笑招福(개위소초복)
世稀多笑人(세희다소인)
對人吾先笑(대인오선소)
誰向吾人矉(수향오인빈)

✿ 주석

·讚(찬) ~를 기리다. 타인을 위하여 지어주는 시문에 많이 사용되는 말이다. ·先笑先生(선소선생) 선소 선생님. ·皆謂(개위) 모두가 ~라고 하다. ·笑招福(소초복) 웃음이 복을 부르다. ·世稀(세희) 세상에는 ~이 드물다. ·多笑人(다소인) 많이 웃는 사람. ·對人(대인) 남을 대하다, 남을 만나다. ·吾先笑(오선소) 내가 먼저 웃다. ·誰(수) 누가. ·向吾人(향오인) 나를 향하여, 나에게. '吾人'은 '나'라는 뜻이다. ·矉(빈) 얼굴을 찡그리다, 이맛살을 찌푸리다.

✿ 번역

선소 선생을 기리며

다들 웃음이 복 부른다 하면서도
세상에는 많이 웃는 사람 드물지
남을 대하여 내가 먼저 웃는다면
누가 나를 향해 얼굴을 찡그리랴

✿ 시작 노트

호시(號詩)는 간단히 말해 호의 뜻을 설명하거나 호에 모종의 의미를 부여하는 시라고 할 수 있다. 호가 호 주인의 지향(志向)을 개략적으로 알게 해주는 것이라면, 호시는 그 지향을 구체적으로 알게 해주는 것이므로, 호가 있으면 당연히 호시가 있을 법하다. 그러나 실제로 어떤 호에 호시가 있는 경우는 매우 드물다. 호시는 본인이나 누군가가 작정하고 짓지 않으면 좀처럼 '지어지지 않는' 시이기 때문이다. 조선 중엽의 정호신(鄭好信) 선생은 호가 삼휴정(三休亭)인데 다음과 같은 자작 호시를 남겼다.

芳辰賞花(방신상화)
花落則休(화락즉휴)
良宵對月(양소대월)
月傾則休(월경즉휴)
閑中得酒(한중득주)
酒盡則休(주진즉휴)

아름다운 때에 꽃을 감상하다가
꽃이 지면 쉬고
아름다운 밤에 달을 마주하다가
달이 기울면 쉬고
한가한 중에 술이 생겨 마시다가
술이 다하면 쉬리라

이 호시로 살피자면 '삼휴정'은 세 가지 쉼이 있는 정자라는 뜻이 되는데, '休' 자에는 또 '아름답다'는 의미도 있으니 '삼휴정'을 세 가지가 아름다운 정자로 보더라도 그리 큰 문제가 될 것 같지는 않다. 다만 그 세 가지가 무엇인지는 이 호시나 또 다른 기록을 보기 전에는 결단코 알지 못하겠지만 말이다.

오늘 소개하는 호시의 주인인 선소 김주식(金周植) 선생과 필자는 방송통신대 출석 수업을 계기로 인연을 맺게 되었다. 다들 아시다시피 방송통

신대는 인생의 선배가 자발적으로 학생이 되고 인생의 후배가 도리어 선생이 되는 일이 비일비재한, 매우 독특하면서 매력적인 배움터이다. 선소 선생이 이 학교를 졸업한 뒤로도 계속하여 서로 알고 지내게 된 것은 SNS라는 좋은 소통 수단이 있어왔기 때문이다. 그렇게 교류를 해오던 차에 자그마한 '사건' 하나가 생겼더랬다.

필자가 그 언젠가 카카오톡 대문글로 "鏡子不先笑(경자불선소)", 곧 "거울은 먼저 웃지 않는다."라는 자작 시구(詩句) 하나를 걸어두었는데, 어느 날 선소 선생이 전화를 하여 "先笑"를 본인의 호로 쓰고 싶다는 뜻을 알려왔다. 필자는 이미 두어 개의 호를 쓰고 있던 중이어서 "先笑"라는 호에 굳이 욕심낼 필요가 없었던 데다, "근사한 식사"라는 제안에 혹하여(^^) 그 호를 그날로 바로 넘겨버리고 말았다. 그리하여 "先笑"는 마침내 김주식 선생의 아호가 되었던 것이다.

언제나 기품 있는 외모에 잔잔한 미소를 먼저 곁들이는 선소 선생에게는 사실 이 "先笑"라는 호보다 더 잘 어울릴 만한 호가 없을 듯하다. 그런데 곰곰이 생각해보니 호가 생겨 그런 미소가 만들어진 것이 아니라, 그런 미소가 있어 "先笑"라는 호가 운명적으로 따라가게 된 것은 아닐까 싶다. 물건에는 각기 주인이 있다는 뜻의 "물각유주(物各有主)"라는 말이 어찌 호엔들 적용되지 않겠는가!

예전에 필자의 선생님 한 분께서, "호가 사람이라면 호시는 집이고, 호가 칼이라면 호시는 칼집이다. 사람이든 물건이든 깃들 곳이 있어야 하니 나중에 네가 어른이 되었을 때 타인에게 덜렁 호만 지어주는 일은 하지 말거라."라고 하신 가르침이 어제의 일인 듯 생생하기만 하다. 그렇지만 필자는 선생님의 가르침을 제대로 받들지 못하였다. 이따금 친구나 지인들에게 호를 지어주면서 호시까지 지어준 적이 거의 없었기 때문이다. 다만 몇몇 친구나 지인들에게는 그들의 호시를 지어 전한 적이 있기는 하다. 선소 선생의 이 호시 역시 그런 호시 가운데 하나인 셈이다. 그런데 필자는 호는 있어도 호시가 없다. 타인의 호에 집은 지어주면서도 정작 본인의 호는 한데서 떨게 하고 있으니 도리가 아닌 듯하지만, 이상하게도 딱히 이거다 싶은 아이디어가 도무지 떠오르지 않으니 아직은 어쩔 수 없는 게 아닐까 싶다.

옛사람들은 호가 깃드는 곳이 시(詩)이면 호시 혹은 호사(號詞)로 불렀고, 문(文)이면 호기(號記) 혹은 호변(號辨)으로 칭하였다. 독자님들에게 혹 호가 있다면 본인들 호에 집을 마련해주는 따스한 계절이 되었으면 한다. 호시나 호기를 한글로 지어도 누가 무어라고 할 사람 없으니 겨울 숙제로 한번 도전해보기를 권하는 바이다. 위의 시는 오언절구가 아니라 오언고시이며, 압운자는 '人(인)'과 '嚬(빈)'이다.

安兄白檀杖(안형백단장)

未朞安兄有一杖(미기안형유일장)

冠岳白檀剝而成(관악백단박이성)

散步上山恒帶同(산보상산항대동)

親近誠與待媛平(친근성여대원평)

賢閣頻日縮額事(현합빈왈축액사)

山僧猶亦願見呈(산승유역원견정)

色白形曲似白龍(색백형곡사백룡)

終身恩愛大於鯨(종신은애대어경)

❋ 주석

·安兄(안형) 안 형. ·白檀杖(백단장) 노린재나무로 만든 지팡이. '白檀'은 노린재나무를 가리키는 말인데, 나무껍질을 벗긴 색이 희며, 도장을 새기는 데 쓸 수 있을 정도로 단단하다. ·未朞(미기) 아직 돌이 되지 않다. 역자는 이 시에서 '朞'를 주갑(周甲), 곧 환갑(還甲)의 의미로 사용하였다. 언제부턴가 예순 살 언저리의 사람들이 환갑을 '돌'로도 칭하고 있기 때문이다. 또 '朞'는 늙거나 장수하는 것을 이르기도 하므로 '未朞'는 아직 늙지 않았다는 뜻으로 이해해도 무방하다. ·有(유) ~이 있다. ·一杖(일장) 지팡이 하나. ·冠岳(관악) 관악산(冠岳山). ·剝而成(박이성) (껍질을) 벗겨 만들다. ·散步(산보) 산보하다. ·上山(상산) 산에 오르다, 등산하다. ·恒(항) 항상, 늘. ·帶同(대동) 대동하다, 데리고 다니다. 親近(친근) 친근하다. ·誠(성) 진실로, 정말. ·與待媛平(여대원평) 미녀를 대하는 것과 같다. ·賢閣(현합) 타인의 아내를 공경(恭敬)하여 일컫는 말. ·頻(빈) 자주. ·日(왈) ~라고 말하다. ·縮額事(축액사) 이맛살을 찌푸릴 일, 창피한 일. ·山僧(산승) 산승, 산속의 스님. ·猶亦(유역) 오히려, 도리어. ·願(원) ~을 원하다. ·見呈(견정) ~을 받다. '주다'의 피동형이다. ·色白(색백) 색깔이 희다. ·形曲(형곡) 모양이 굽다. ·似(사) ~과 같다, ~과 비슷하다. ·白龍(백룡) 백룡, 흰 용. ·終身(종신) 종신토록, 죽을 때까지.

· 恩愛(은애) 은애, 은혜(恩惠)와 사랑. · 大於鯨(대어경) 고래보다 크다. '於'는 비교를 나타내는 개사(介詞)이다.

✳ 번역

안 형의 노린재나무 지팡이

회갑 안 된 안 형에게 지팡이가 있는데
관악산 노린재 껍질 벗겨서 만든 거네
산보나 등산할 때 항상 데리고 다니니
친근함이 정말 미녀 대하는 것과 같네
창피한 일이라고 부인이 자주 말해도
산승들은 되레 지팡이 받길 원한다네
색깔 하얗고 모양 굽어 흰 용과 같은데
종신토록 베풀 은혜 고래보다 크리라

✳ 시작 노트

멤버가 네 명인 단톡방에 어느 날 특별한 사진 한 장이 올라왔다. 안 형이 북한산 백운대 정상의 바위 위에서 흰 지팡이를 짚고 찍은 사진이었다. 이날 필자의 눈을 놀라게 한 그 지팡이가 자연스레 대화의 소재가 되었는데 스포츠 랠리처럼 톡이 오고 간 것이 계기가 되어 마침내 이 시가 지어지게 되었다. 시상(詩想)의 샘마저 얼어붙기 십상인 겨울철에 물건 하나가 우연히 시를 짓게도 해주었으니 필자에게는 여간 고마운 일이 아닐 수 없다.

안 형의 지팡이 사연은 이러하다. 10여 년 전 어느 여름날에 안 형이 관악산에 올랐다가 내려오는 길에 용마골 등산로 인근에서 태풍에 뿌리가 뽑힌 채 누워버린 작은 노린재나무 한 그루를 얼핏 보게 되었다. 처음에는 별생각 없이 지나쳤다가 뭔가 이상하게 뒤통수를 당기는 듯한 느낌이 들어 되돌아가 그 나무를 살펴보았다고 한다. 한눈에 보아도 지팡이가 되겠다는 생각이 들어 간략히 손을 보아 집으로 가지고 갔다가, 산에 오를 때마다 조금씩 껍질을 벗기고 다듬어 마침내 지금과 같은 지팡이로 태어나게 하였다.

안 형은 나이가 아직 50대인데다 등산으로 건강 관리를 잘해왔기 때문에 상당 기간 동안 지팡이에 의지해야 할 일은 거의 없어 보이지만, 등산을 할 때는 물론 산책을 할 때도 이 지팡이를 가지고 다닌다고 한다. 그 이유를 물어보았더니 세상에나! 호신용이란다. 안 형의 집이 있는 과천처럼 고요하고 호젓한 마을도 흔하지 않으므로, '호신용 지팡이'라는 말은 지팡이에 대한 각별한 애정을 공연한 너스레로 풀어낸 것에 불과하다는 생각이 든다.

안 형의 이러한 너스레가 필자에게는 즐거움을 주지만 합부인에게는 그렇지 못하여 "창피하니 내다버려라."는 말을 수시로 듣고 있다고 한다. 하기야 아직 젊고 건강하게만 여겨지는 남편이 노년의 상징인 지팡이를 애인처럼 데리고 다니는 것을 예쁘게 봐줄 여성분들이 과연 얼마나 있을까? 더군다나 수시로 함께 산행하는 처지이기도 하니 그 '이맛살 찌푸림'은 결코 지나친 게 아닐 듯하다. 그러나 산속에 사는 스님들은 입장이 다르다. 그리하여 안 형의 지팡이를 볼 때마다 부러워하면서 달라고 졸랐던 것이다.

안 형 지팡이의 색이 하얗고 뱀처럼 굽어 있어 사람들이 '백사(白蛇)'로 칭한다고 하여 그렇게 시구를 만들어 보여주었더니, "내가 용띠니까 '백사'를 '백룡(白龍)'으로 고쳐주시라.”고 하였다. 시어 고치는 데 뭐 품이 드는 일도 아니라 필자는 흔쾌히 그러겠노라고 하였다. '백사'가 아무리 귀하대도 그 격이 '백룡'을 따를 수는 없을 테니 '백사'를 '백룡'으로 고친 것이 필자의 마음에도 어지간히 흡족하였다. 필자는 이제 안 형이 이 '백룡'에 의지해 신선처럼 산을 오르거나 호젓한 길을 노니는 호사를 오래도록 만끽할 수 있기를 바래본다.

따지고 보면 안 형은 나이가 들어갈수록 더 친해질 친구 하나를 미리 만들어둔 셈이다. 기나긴 인생행로(人生行路)에서 어찌 사람만이 친구가 되겠는가! 그러므로 합부인께서도, 부군께서 운명적으로 만난 친구와 절교하라는 잔소리는 이제 더 이상 하지 않으실 걸로 보인다.

이 시는 8구로 구성된 칠언고시로 짝수 구마다 압운하였으며, 그 압운자는 '成(성)'·'平(평)'·'呈(정)'·'鯨(경)'이다. 안 형의 간곡한 요청에 따라 안 형의 성명과 소속 등은 따로 밝히지 않았다.

眼瞼手術(안검수술)

1. 眼瞼手術(안검수술)

眼瞼下垂比人甚(안검하수비인심)
生來初臥手術床(생래초와수술상)
鼓鼓腫脹還瘀靑(고고종창환어청)
恰如貉眼橫向張(흡여학안횡향장)

❋ 주석

·眼瞼(안검) 눈꺼풀. ·手術(수술) 수술. ·眼瞼下垂(안검하수) 눈꺼풀이 아래로 처지다. 눈꺼풀이 아래로 처져서 시야를 가리는 현상을 가리키기도 한다. ·比人甚(비인심) 타인(남들)에 비해 심하다. ·生來(생래) 태어나, 난생. ·初(초) 처음, 처음으로. ·臥(와) ~에 눕다. ·手術床(수술상) 수술대. ·鼓鼓(고고) 부풀어 오른 모양. 퉁퉁. ·腫脹(종창) [염증 따위로 말미암아 인체의 국부가] 부어오르다. ·還(환) 다시, 또. ·瘀靑(어청) 멍이 들다. ·恰如(흡여) 흡사 ~와 같다. ·貉(학) 너구리. 여러 가지 뜻이 있으나 여기서는 너구리라는 의미로 사용하였다. ·眼(안) 눈. ·橫向(횡향) 가로로, 가로 방향으로. ·張(장) 펴다, 늘리다.

❋ 번역

눈꺼풀 수술

안검하수가 남들보다 심하여
태어나 처음 수술대에 누웠다
퉁퉁 붓고 다시 멍까지 드니
흡사 너구리 눈 가로로 늘인 듯

2. 眼瞼手術後(안검수술후)

手術畢後朔餘過(수술필후삭여과)
腫消瘀滅聊可觀(종소어멸료가관)
但恐身登九原日(단공신등구원일)
兩親不識吾面顏(양친불식오면안)

❋ 주석

·後(후) 뒤, ~ 뒤에, ~한 후에. ·畢後(필후) 끝난 뒤. ·朔餘(삭여) 한 달쯤, 한 달 남짓. ·過(과) 지나가다. ·腫消(종소) 부기가 가라앉다. ·瘀滅(어멸) 멍이 사라지다. ·聊(요) 애오라지, 그럭저럭. ·可觀(가관) 볼만하다. ·但恐(단공) 다만 ~이 두렵다. ·身登(신등) 몸이 ~에 올라가다, 내가 ~에 올라가다. ·九原(구원) 저세상, 저승. ·日(일) ~하는 날. ·兩親(양친) 양친, 부모님. ·不識(불식) ~을 알지 못하다. ·吾(오) 나, 나의. ·面顏(면안) 얼굴.

❋ 번역

눈꺼풀 수술 후에

수술 마친 후로 한 달쯤 지나자
부기 빠지고 멍 사라져 그럭저럭 볼 만한데
그저 걱정인 것은 내가 저세상 가는 날
양친께서 내 얼굴 못 알아보실까 하는 것

❋ 시작 노트

어느덧 4월 초입이 봄의 끝자락처럼 여겨지는 시절이 되었다. 제아무리 지구 온난화 현상 때문이라고는 해도 너무 얼척 없이 빠른 것은 아닌지 모르겠다. 필자는 올봄이 빚어지고 여문 2월과 3월 두 달을, 필자의 생애에서 비슷한 예를 찾기 어려울 정도로 괴롭고 바쁘게 보냈다. 오늘은 그 괴롭고 바쁘게 보냈던 나날 가운데 괴로웠던 날들에 대해 얘기를 해볼까 한다.

"아빠! 아빠가 쌍수했다며? 도대체 뭔 일이래? 아빠가 그걸 왜 해?"

직장에서 기숙사 생활을 하는 우리집 큰애가 호들갑을 떨며 한 말을 여과 없이 그대로 적어보았더니 '쌍수'가 도대체 뭔 말이냐고 반문할 독자가 계실 듯하다. '쌍수'는 요즘 젊은 세대들이 많이 쓰는 말인, '쌍꺼풀 수술'을 줄인 말이다. 필자가 생각하기에 쌍꺼풀 수술과 눈꺼풀 수술은 좀 다른데도 대부분이 별 구분 없이 쓰고 있는 듯하다. 그러나 우리 집 큰애가 그렇게 표현한 것은 다분히 의도적인 것으로 보였다. 그 두 수술의 차이를 모를 리 없는, 현직 간호사이기 때문이었다.

따발총처럼 쏘아대는 딸아이의 파상적인 질문과 잔소리를 언제까지고 듣고 있을 수만은 없었다. 필자는, 딸아이의 이런 '공격'을 한마디로 차단할 수 있을 정도의 지혜(?)는 이미 진작에 터득한 나이이다.

"잠깐! 니가 돈 낼 거 아니면 제발 조용히 해라, 응?"

딸아이가 깨갱하는(?) 소리가 폰 너머에서 바로 들려오는 듯하였다. 이렇게 나이가 주는 훈장 하나를 꺼내 딸아이의 수다를 잠재운 필자는 2월 어느 날에 눈꺼풀 수술을 하였더랬다. 앞서 얘기를 꺼낸 '괴로움'은 바로 여기에서 비롯된 것이었다. 필자는 수술한 당일 날 문자 그대로 피눈물을 흘리며 귀가하였다. 그 피눈물은 정말이지 견디기가 힘들 정도로 고약했다. 필자가 소개한 첫 번째 시는 그나마 그 피눈물이 마른 직후에 거울을 보다가 불현듯 시상이 떠올라 지은 것이다. 거울에 비친 내 눈이 사람의 눈이 아니라 너구리 눈 같다는 생각이 든 건 그때가 난생처음이었다.

어쨌거나 시 한 수를 짓기는 했지만, 본격적인 괴로움은 사실 그 뒤에 시작되었다. 수술한 부위의 통증 때문이 아니라, 눈물이 자주 나고 시력이 일시적으로 매우 떨어져 컴퓨터 모니터를 제대로 볼 수가 없었기 때

강성위 眼瞼手術(안검수술)

문이었다. 작업해야 할 분량은 만만치 않은데 앞이 제대로 보이지 않으니 그야말로 앞이 캄캄할 수밖에 없었다. 일이 더디면 마음은 더 바빠지는 법이다. 그 마음을 달래고자 막걸리 한 사발 들이켜고 싶어도 또 음주는 절대적으로 피해야 하는 기간이었기에, 그 '술을 억지로 참음' 역시 고스란히 고통으로 변환되었다. 그러니 그 괴로움이 오죽했겠는가?

그런 나날이 그럭저럭 흘러 한 달쯤 지나자 그제야 눈이 사람 눈 같다는 생각이 들었다. 그런데 아무리 보아도 내가, 내가 아닌 듯하다는 생각을 도무지 지울 수가 없었다. 수술을 괜히 했나 하는 생각이 심하게 든 것도 바로 이때쯤이었는데, 한 가지 다행이었던 것은 모니터를 볼 때 수술 전보다 눈이 다소 덜 피곤한 듯하다는 느낌이 들었다는 사실이다.

그러던 어느 날, 양치질을 하면서 거울을 보노라니 불현듯 『효경(孝經)』의 구절이 떠올랐다. "신체발부(身體髮膚)는 수지부모(受之父母)라 불감훼상(不敢毁傷)이 효지시야(孝之始也)요" 여기까지 외우다 보니, 문득 내가 저세상에 가서 부모님을 뵐 때 두 분께서 혹시 날 못 알아보시는 건 아닐까 하는 생각이 뇌리를 스쳤다. 생각은 휘발성이 강하다는 걸 너무도 잘 알고 있었기에, 칫솔을 입에 문 상태로 핸드폰에 시상을 메모해두었다가 위에 소개한 두 번째 시를 지었다. 부모님께서 저 하늘에서 내려다보시고 "못난 놈!" 하시며 혀를 차시더라도, 기껏해야 100년인 인생을 살며 더러 이런 너스레도 떨어보아야지 않겠는가 하는 생각이 든다.

필자는 비포(Before)와 애프터(After) 사진을 남기는 대신에 이 시를 남기기로 했다. 2월과 3월의 그 '바쁨'이 어지간만 했다면 좀 더 멋있는 시를 짓지 않았을까 하는 아쉬움이 지금에야 남는다. 과연 그랬을까?

두 수의 한시 모두 칠언고시(七言古詩)이며, 짝수 구에 압운하였다. 첫 번째 시의 압운자는 '床(상)'과 '張(장)'이며, 두 번째 시의 압운자는 '觀(관)'과 '顔(안)'이다.

讀柳岸津先生之野花岸上詩後
(독유안진선생지야화안상시후)
— 香之大小(향지대소)

人養花草香氣小(인양화초향기소)
花草與人去不遠(화초여인거불원)
天養野花香氣大(천양야화향기대)
野花與天去相遠(야화여천거상원)

✽ 주석

· 讀(독) ~을 읽다, ~을 읽고서. · 柳岸津先生(유안진 선생) 유안진 선생. · 之(지) ~의. 관형격 구조조사. · 野花岸上詩(야화안상시) 「들꽃 언덕에서」라는 시. · 後(후) ~한 뒤에, ~한 후에. · 香之大小(향지대소) 향기의 대소(大小), 향기의 크기. · 人養花草(인양화초) 사람이 화초를 기르다, 사람이 기른 화초. · 香氣(향기) 향기. · 小(소) ~이 작다. · 花草與人(화초여인) 화초와 사람. '與'는 'and'에 해당하는 접속사이다. · 去不遠(거불원) [떨어진] 거리가 멀지 않다. '去不遠' 앞에 '相'이 생략된 것으로 이해하면 된다. · 天養野花(천양야화) 하늘이 들꽃을 기르다, 하늘이 기른 들꽃. · 大(대) ~이 크다. · 野花與天(야화여천) 들꽃과 사람. · 去相遠(거상원) [떨어진] 거리가 서로 멀다.

✽ 번역

유안진 선생의 「들꽃 언덕에서」 시를 읽은 후에
— 향기의 크기

사람이 기른 화초는 향기가 작다
화초와 사람 거리가 멀지 않으니

하늘이 기른 들꽃은 향기가 크다
들꽃과 하늘 거리가 서로 머니까

❃ 시작 노트

　필자의 졸시는 한시로 작성한 일종의 독후감이다. 유안진 선생의 「들
꽃 언덕에서」를 몇몇 지인들과 SNS 동호회에 소개한 후에 새삼스레 감상
하다가 불현듯 시상이 일어 엮어보게 된 것이었다. 「들꽃 언덕에서」 시가
퍼뜩 떠오르지 않는 독자들을 위하여 우선 작품을 여기에 소개하도록 한
다.

들꽃 언덕에서

유안진

들꽃 언덕에서 알았다
값비싼 화초는 사람이 키우고
값없는 들꽃은 하느님이 키우시는 것을

그래서 들꽃 향기는 하늘의 향기인 것을

그래서 하늘의 눈금과 땅의 눈금은
언제나 다르고 달라야 한다는 것도
들꽃 언덕에서 알았다

　필자가 유안진 선생의 이 시를 감상하면서 우선적으로 주목한 것은 두
가지였는데, 그 첫 번째가 '사람이 키우는 화초'와 '하느님이 키우는 들꽃'
으로 나눈 것이었다. 그 두 번째는 "들꽃 향기는 하늘의 향기"라고 얘기한

부분이었다. 이를 곰곰이 생각하고 있자니 문득 '향기의 크기'라는 말이 필자도 모르는 사이에 튀어나왔다. 필자의 졸시는, 필자가 주목한 것에 이렇게 단상(斷想) 하나가 더해져 엮어지게 된 것이다.

개인이 키우는 화초의 향기는 대개 그 집이나 그 울타리를 벗어나지 않는다. 그러므로 그 향기는 작은 것이다. 이에 반해 하늘이 키우는 들꽃은, 그 향기를 누구나가 맡을 수 있어야 하기 때문에 필자는 그 향기가 커야만 한다고 생각하였다. 또한 애완용 동물이 자기를 길러주는 사람을 위하여 재롱을 떨듯, 자기를 사랑해주는 존재에게 보답하려고 하는 마음이 저 화초나 들꽃인들 없지는 않을 것이라고 생각하였다.

집과 뜰은 하늘보다 낮고 사람에게 가까우며, 하늘은 집과 뜰보다 높고 땅으로부터 멀다. 그리하여 필자는 화초와 사람 사이의 거리 및 들꽃과 하늘 사이의 거리를 언급하게 되었다. 이 대목이 필자의 득의처(得意處)였다면, 필자가 향기를 옅은 향기와 짙은 향기로 나누지 않고 작은 향기와 큰 향기로 나눈 대목은 필자의 고심처(苦心處)였다고 할 수 있다. 솔직히 말해 전체 시를 엮는 데 소요된 시간보다 '小'와 '大' 이 두 글자를 선택하는 데 소요된 시간이 두 배는 넘었던 듯하다. 작시(作詩)가 즐거움이면서 동시에 괴로움인 이유는 이러한 데에도 있다.

필자는 애초에 이 시의 부제(副題)를 "花以香報恩(화이향보은, 꽃은 향기로 은혜를 갚는다)"로 적어놓고 나름대로 흡족해하다가 결국에는 처음 시상에 따라 "香之大小(향지대소, 향기의 크기)"로 고쳤다. 모든 꽃이 향기를 풍기는 것은 아니기 때문이었다. 그리고 향기 없는 꽃이라 하여 어찌 은혜를 모르겠는가!

꽃은 모양이 아름다운 꽃도 있고, 향기가 아름다운 꽃도 있으며, 빛깔이 아름다운 꽃도 있다. 또 드물게는 맛이 아름다운 꽃도 있기는 하다. 그러나 먹을 수 있는 꽃은 흔하지 않기 때문에 꽃의 척도로는 모양과 향기와 빛깔 정도를 얘기하는 것이 무난할 듯하다. 필자는 언제부턴가 꽃의 모양과 향기와 빛깔을 미녀 선발대회에서 주로 사용하는 말인 진선미(眞善美)에 견주어왔다. 그러나 그 진·선·미라는 말 자체에 무슨 우열이 있는 것은 아니듯, 꽃의 모양과 향기와 빛깔에도 우열이라는 것이 있지는 않을 것이다. 말이 났으니 말이지 이 세 가지 요소 가운데 어느 하나만 빼어나도 훌륭하지 않은가? 그런데 찬찬히 살피다 보면 이 세 가지 요소를 모두 갖춘 꽃 역시 없지는 않다. 물론 이러한 판단은 주관적인 것이겠지만 말이다.

어느 꽃이 모든 요소를 훌륭하게 갖추듯, 또 물 좋고 정자 좋고 바람 좋은 곳이 어딘가에 있듯, 외양 좋고 인품 좋고 재력 좋은 사람 역시 없지 않다. 그러나 현실 속에서 그런 사람을 만나기는 결코 쉽지가 않다. 그런 사람을 만나기보다 더 어려운 일은, 바로 내가 그런 사람이 되는 것이다. 그런데 외양은 주로 타고나거나 물려받는 것이고, 재력은 하늘이 관여하는 일이라 어쩔 수 없는 것이라 한다면 나는 어떻게 해야 할까? 그저 내게 주어지지 않은 것을 한탄하며 한 세상을 보내야 하는 걸까? 필자는 그렇지는 않을 것이라고 생각한다. 무엇보다 사람의 가치를 높여줄 '인품'만큼은 내 스스로가 얼마든지 가꾸고 키울 수 있기 때문이다. 기른 향기로 들꽃이 하늘에 응답하듯이 기른 인품으로 내가 하늘에 응답한다면, 외진 곳에 핀 들꽃처럼 세상 사람들은 나를 몰라준다 하여도 저 하늘만은 나를 알아주지 않겠는가!

이 한시는 4구로 구성된 칠언고시로 짝수 구에 같은 글자 '遠(원)'으로 압운하였다.

家弟筆架(가제필가)

祖妣孤墳位土邊(조비고분위토변)

山桑一樹老爲仙(산상일수로위선)

刈草同生採根後(예초동생채근후)

終成筆架立窓前(종성필가립창전)

❋ 주석

・家弟(가제) 동생. 보통 남에게 자기 아우를 겸손하게 일컫는 말로 쓰인다. ・筆架(필가) 붓걸이. ・祖妣(조비) 돌아가신 할머니를 칭하는 말. ・孤墳(고분) 외로운 무덤. 보통 외따로 떨어져 있는 무덤을 가리킨다. ・位土(위토) 집안의 제사나 이와 관련된 일에 필요한 비용을 충당하기 위하여 마련된 토지를 가리킨다. ・邊(변) ~의 가, ~의 가장자리. ・山桑(산상) 산뽕나무. ・一樹(일수) 한 그루의 나무, 나무 한 그루. ・老爲仙(노위선) 늙어 신선이 되다. 곧 죽었다는 말이다. ・刈草(예초) 풀을 베다. ・同生(동생) 동생, 아우. ・採根(채근) 뿌리를 캐다. ・後(후) ~한 후에. ・終(종) 마침내, 결국. ・成(성) ~을 만들다, ~을 완성하다. ・立窓前(입창전) 창 앞에 세우다.

❋ 번역

동생의 붓걸이

할머니 외로운 무덤

위토 가장자리에

산뽕나무 한 그루가

늙어 신선이 되었는데

풀을 베던 동생이

그 뿌리 캔 후에
마침내 붓걸이 만들어
창 앞에 세워두었네

✼ 시작 노트

　할머니와 함께 같은 세월을 보낸 적이 있거나 지금도 할머니와 함께
같은 세월을 보내고 있는 중이라면 어느 누군들 할머니와의 인연이 예사
롭기만 할까만, 필자만큼 다소 극적인 사연이 있는 경우도 그리 흔하지는
않을 듯하다.

　필자가 고등학교 3학년이 되던 해에 필자의 자취방으로 오셔서 몇 달
동안 밥을 해주셨던 할머니는, 1년 반이 넘게 병석에 계시다가 재수생이
었던 필자가 대학에 합격했다는 소식을 전해 들으신 바로 그다음 날 세상
을 떠나셨다. 할아버지 말씀으로는 필자의 합격 소식을 듣고 가려고 할머
니가 여러 날 삐친 것이라고 하셨다. 이렇게 필자와 할머니의 좀은 남다
른 사연이 시작되었다.

　다음으로 필자는 설날 며칠 후가 되는 할머니 제삿날에, 큰댁이 있는
대구에서 큰어머니와 큰어머니 친구분의 소개로 집사람을 처음으로 만나
마침내 결혼까지 하게 되었다. 그러니 필자 입장에서 보자면 할머니가 살
아 계셔서나 돌아가셔서나 필자를 도와주신 것이 분명하다. 평생의 업을
정한 계기가 된 것이 대학 입학이었고, 평생의 반려를 얻은 계기가 된 것
이 할머니 제삿날 소개였으니 필자가 그렇게 보는 것도 그다지 무리는 아
닐 듯하다.

　그리고 오랜 세월이 흐른 후에 서예가인 동생의 붓걸이 사진을 보고
오늘 소개하는 졸시를 즉흥으로 짓게 된 것 역시 필자에게는 그저 할머니
의 뜻으로만 여겨진다. 사실, 동생이 그 뽕나무 뿌리를 캔 직후에 붓걸이
가 되겠다는 말을 이미 했지만, 솔직히 말해 그 당시에 필자에게는 별다

른 감흥이 없었더랬다. 필자는 악필(惡筆)이어서 붓을 잡을 일이 없으므로, 붓걸이가 요긴한 것으로 와닿지 않았기 때문이었다. 그러던 어느 날 동생이 자신의 붓걸이 사진을 보내주었는데, 그 사진을 찬찬히 보고 있자니 불현듯 시상이 떠올라 위의 시를 짓게 된 것이었다.

그러나 필자의 졸시는 기실 시상이랄 것도 없는 시이다. 사실을 있는 그대로 적은 것일 뿐이기 때문이다. 사촌 큰형님이 집안의 위토(位土)로 쓰려고 사두신 밭의 맨 위쪽 한 떼기에 할머니 혼자만 계시는 묘소가 있었고, 묘소가 있는 그 작은 밭 언덕에서 어느 날 거친 풀을 베던 동생이 언젠가 죽어버린 산뽕나무 뿌리를 애써 캐내게 되었다. 쇠스랑처럼 갈래가 진 뽕나무 뿌리를 캐느라 동생이 무진장 애를 먹었던 것으로 기억된다. 이 사실이 그대로 시의 1구와 2구, 3구가 되었다. 그러니 시상이라고 할 만한 건덕지가 없는 것이다. 마지막 구절은, 동생이 그 뽕나무 뿌리를 깎고 다듬고 칠까지 하여 마침내 멋진 붓걸이로 만들어 본인의 서재 창 앞에다 세워둔 것을, 또 간략하게 사실 그대로 적은 것일 뿐이다.

그럼에도 불구하고 필자가 이 시에 유난히 애착이 가는 까닭은, 이 시를 대할 때면 언제나 할머니 생전의 모습이 보름달처럼 환하게 떠오르기 때문이다. 설 명절이라 그립지 않은 피붙이가 없지만, 필

317

자에게 대학을 가게도 해주시고 장가도 가게 해주신 할머니가 더더욱 그리운 것은, 바로 동생의 붓걸이와 필자의 이 시가 있기 때문일 듯하다.

이제 할머니는 할머니보다 몇 년 후에 저세상에 가신 할아버지 곁으로 가 누워 계시니 더 이상 외롭지는 않으실 것이다. 필자가 동생의 붓걸이 사진과 함께 이 졸시를 시회 멤버들의 단체 톡에 올렸더니, 이를 본 시인인 오수록 수사께서 그 임시에 즉흥으로 시 한 수를 지어 필자에게 선물로 보내주셨다. 그 따스한 정을 기념하기 위하여 시를 여기에 걸어둔다.

다리

오수록

예로부터 "살림에는 눈이 보배"라 했다지
할머니 무덤가에 자란 잘생긴 뽕나무 한 그루 캐서
서예가인 동생은 붓걸이 만들어 서실에
걸어두고 먹물 찍어 글을 쓰셨다지
시인인 형님은 동생이 만든 붓걸이를 보고
찬탄하며 즉석에서 시를 지으셨다지
할머니 보고 싶은 마음이야
굴뚝같지만 향기에 담기는 쉽지 않은 법
서예가의 묵향(墨香)과 시인의 시향(詩香)이 만나 천국에 닿을 때
할머니는 단박에 알아보시고 환한 미소 지으시며
"좋다 좋다" 하시겠지

누군들 알았을까!
할머니 무덤가에 자란 뽕나무 한 그루

하늘과 땅을 잇는 다리 될 줄을

오늘 소개한 필자의 한시는 칠언절구(七言絕句)이며 압운자가 '邊(변)'·'仙(선)'·'前(전)'이다.

太獻三難(태헌삼난)

詩海無邊選詩難(시해무변선시난)
語路多岐譯詩難(어로다기역시난)
才菲學淺說詩難(재비학천설시난)

태헌의 세 가지 어려움

시의 바다 끝이 없어 시 고르기 어려웠고
말의 길 갈래가 많아 시 옮기기 어려웠고
재주 엷고 학식 얕아 시 해설이 어려웠네